Michael Peinkofer
Das Zauberer-Handbuch

PIPER

Zu diesem Buch

Das Handbuch für alle, die Fantasy schreiben – ob deine erste Kurzgeschichte oder das große, eigene Epos, dieses Buch hat alles, was du brauchst, um deine Pläne in die Tat umzusetzen: Entwickle einen überzeugenden Plot, erwecke Figuren zum Leben und ersinne Schauplätze, die dich und deine Leser begeistern. Bestsellerautor und Fantasyexperte Michael Peinkofer führt dich durch das Einmaleins des Schreibens, verrät exklusive Tricks und begleitet dich auf deinem Weg zum erfolgreichen Autor.

Michael Peinkofer, 1969 geboren, studierte Germanistik, Geschichte und Kommunikationswissenschaften und arbeitete als Redakteur bei der Filmzeitschrift »Moviestar«. Mit seinen Bestsellern um die »Orks« avancierte er zu einem der erfolgreichsten Fantasy-Autoren Deutschlands. Seine dreibändige Serie um »Die Zauberer« führt alle Ork-Fans zu den Anfängen von Erdwelt. Weiteres zum Autor: www.michael-peinkofer.de

Michael Peinkofer

DAS ZAUBERER HANDBUCH

Schreib deinen eigenen Fantasy-Roman

Piper München Zürich

Entdecke die Welt der Piper Fantasy:

Piper-Fantasy.de

Von Michael Peinkofer liegen bei Piper vor:
Die Zauberer
Die Zauberer. Die Erste Schlacht
Die Zauberer. Das dunkle Feuer
Die Rückkehr der Orks
Der Schwur der Orks
Das Gesetz der Orks
Orks – Die komplette Saga
Unter dem Erlmond. Land der Mythen 1
Die Flamme der Sylfen. Land der Mythen 2
Das Zauberer-Handbuch

FSC www.fsc.org
MIX
Papier aus verantwortungsvollen Quellen
FSC® C083411

Originalausgabe
September 2012

Umschlaggestaltung: Guter Punkt, München/www.guter-punkt.de
Umschlagabbildung: Alan Lathwell
Satz: Kösel, Krugzell
Druck und Bindung: CPI – Clausen & Bosse, Leck
Papier: Munken Print von Arctic Paper Munkedals AB, Schweden
Printed in Germany ISBN 978-3-492-26791-5

Vorwort
Das ultimative Abenteuer

»Wie sind Sie Autor geworden?«

»Woher nehmen Sie Ihre Inspiration?«

»Was muss man beachten, wenn man einen Verlag sucht?«

»Welche Tipps können Sie mir geben?«

Oft erreichen mich Zuschriften, in denen Fragen wie diese gestellt werden, und es vergeht kaum eine Lesung, in der ich nicht nach solchen Dingen gefragt werde. Das freut mich wirklich sehr, denn es zeigt, wie viel Inspiration vom phantastischen Genre ausgeht. Mehr noch als andere Leser scheinen Phantastik-Fans vor eigenen Ideen und Neugier regelrecht zu sprühen, und immer mehr von ihnen genügt es nicht, immer die Bücher anderer zu lesen – sie wollen selbst schreiben.

Für Autoren wie mich ist das eine schmeichelhafte Angelegenheit, denn letztlich bedeutet es ja nichts anderes, als dass wir andere Menschen durch unsere Arbeit dazu bewegen, selbst kreativ zu werden – und dieser Funke, diese Inspiration, die am Anfang eines jeden Romans steht, ist für mich immer wieder faszinierend. Wie kann es geschehen, dass etwas, das am Anfang nur ein Bild gewesen ist, allenfalls eine ungefähre Vorstellung, später zu etwas wird, das nicht nur eine zusammenhängende Geschichte abbildet, sondern auch zur Identifikation einlädt, zum Mitfiebern, zu einer Reise in Welten, die nie ein Mensch zuvor ... ihr wisst schon.

Dieser Prozess, in dem aus einer zunächst noch vagen Idee ein konkretes Kunstwerk wird – wobei ich den Begriff »Kunst« hier nicht wertend meine, sondern nach seiner ursprünglichen Bedeutung einfach als etwas, das vorher noch nicht da war und *künstlich* geschaffen wurde – ist wirklich ziemlich magisch, sodass dieses Buch seinen Titel zu Recht trägt. Es geht nämlich um nicht mehr und nicht weniger als darum, selbst zum Zauberer zu werden, der kraft seiner Begabung und der ihm innewohnenden Freude am Erzählen aus anfangs noch weitgehend zusammenhanglosen Einfällen eine geschlossene Geschichte erschafft, ein Abenteuer, das von fernen Zeiten und exotischen Welten handelt und – im Idealfall – von Hunderten oder gar Tausenden Menschen gelesen wird.

Über diesen Vorgang zu sprechen, macht immer Freude, aber natürlich kann der Zeitrahmen einer Lesung niemals ausreichen, um genau zu erklären, wie man zum Schreiben kommt, wie man eine Geschichte schmiedet und glaubwürdige Charaktere formt. Oder welche Dinge Nachwuchsautoren beachten sollten, wenn sie sich auf die Suche nach einem Verlag oder Agenten begeben. Denn davon gibt es eine ganze Menge, und nicht alle von ihnen arbeiten seriös und zuverlässig, wie noch zu zeigen sein wird. Und so ist im Lauf der Zeit die Idee zu diesem Buch entstanden.

Natürlich kann kein Autorenhandbuch – auch dieses nicht – eine Garantie dafür liefern, dass man bei Befolgung aller Vorschläge einen Verlag findet und einen Bestseller landet. Aber es kann helfen, in die richtige Richtung zu gehen und häufige Fehler von vornherein zu vermeiden. Und natürlich kann ich auch keinen Anspruch auf Allgemeingültigkeit erheben, sondern nur von meinen Erfahrungen auf dem weiten Feld des Schreibens berichten, das ich nun seit fast zwanzig Jahren beackere.

Bei Licht betrachtet, ähnelt die Rolle des Autors jener des Fantasy-Helden, so wie der kreative Prozess mit all seinen Herausforderungen, seinen Widrigkeiten und Triumphen, auf manche Art der klassischen Queste gleicht, in der ein einsamer Held aus seinem gewohnten Umfeld gerissen wird und sich auf die Suche nach einem magischen Gegenstand begibt, den er nach langer Reise zu finden hofft. Beide, Autor und Fantasy-Held, begeben sich auf neues, ungewohntes Terrain; beide lassen sich auf ein Abenteuer ein, dessen Ende noch gar nicht absehbar ist; beide rüsten sich mit (mehr oder weniger) magischen Waffen, um den Herausforderungen des Weges zu begegnen; beide treffen unterwegs Verbündete, deren Eigenschaften sie sich zunutze machen können, aber auch auf Gegner, die ihre Pläne zu vereiteln suchen; und beide haben deutlich ein Ziel vor Augen, das sie erreichen wollen, auch wenn es bisweilen unendlich weit entfernt scheint.

In diesem Sinne lade ich euch, liebe Leserinnen und Leser, liebe Kollegen in spe (und erlaubt mir, dass ich euch als solche duze) ein, mir auf eine Reise zu folgen, die der eines meiner Romanhelden ähnelt (Granock heißt er, vielleicht kennt ihn der eine oder die andere) und die doch ganz eure eigene ist. Natürlich weiß ich nicht, was ihr daraus machen werdet, aber das wusste der Zauberer Farawyn auch nicht, als er seinen Schüler in die Geheimnisse der Magie einweihte. Welche Entscheidungen ihr trefft, ist ganz und gar euch überlassen. Es ist ein wenig wie in den Mitmach-Büchern, in denen der Leser selbst entscheiden darf, wie die Reise des Helden weitergeht. Das Schreiben ist nun das ultimative Mitmach-Abenteuer, die größte *Pen and Paper*-Queste aller Zeiten, denn niemand legt irgendwelche Vorgaben fest – niemand außer dir selbst. Und so unterschiedlich die Entscheidungen sind, die du triffst, so sehr unterscheiden sich auch deine Geschichten.

Ähnlich wie für die Helden der Fantasy geht es auch für Autoren letztlich stets darum, sich selbst zu erforschen, die eigene Vergangenheit, und aus ihr die Kraft und Inspiration zu beziehen, Neues zu formen.

In diesem Sinne können wir die Taue lösen, ablegen und uns auf die Reise begeben – seid ihr dabei?

Prolog

Granock verharrte in seiner Bewegung.

Es war, als hätte der Rachen eines Untiers den Stollen und alles, was sich darin befand, verschlungen. Schlagartig war es finster geworden, schwärzer als selbst in den dunkelsten Gassen Andarils. Und Granock wusste aus unheilvoller Erfahrung, wie finster es in mondlosen Nächten in Andarils Gassen werden konnte.

Die Hand des Zauberers schloss sich um den flasfyn *in seiner Hand, und er versuchte, dem Elfenkristall am oberen Ende des Stabes ein wenig Licht zu entlocken.*

Vergeblich.

Die Schwärze, in die der Stollen plötzlich gefallen war, war so abgrundtief und endlos, dass sie selbst die Dunkelheit verschluckt zu haben schien. Und sie war von solcher Bosheit und zerstörerischer Macht durchdrungen, dass sie jeden Zauber, jede Art von lichter Magie unterband. Was auch immer Granock am Ende dieses Stollens vorfand, er würde ihm so gegenübertreten müssen, wie er war.

Allein.

Unbewaffnet.

Seiner Fähigkeiten beraubt.

Die Augen zu schmalen Schlitzen verengt, tastete sich der Zauberer vorsichtig weiter, einen Fuß vor den anderen set-

zend wie ein Traumwandler – gleichwohl wie einer, der einen grässlichen Albdruck durchlebte.

Die Schreie seiner beiden Gefährten, die ihn den schmalen Bergpfad herauf und bis zum Eingang des Stollens geführt hatten, klangen ihm noch im Ohr. Es war schnell gegangen, so schnell, dass er nichts dagegen hatte unternehmen können. Selbst seine Fähigkeit, den Fortgang der Zeit für einige Augenblicke aufzuhalten, hatte versagt angesichts der ungeheuren Gewandtheit, mit der die Kreatur zugeschlagen hatte. Woher sie gekommen war, wusste Granock noch immer nicht zu sagen. Ein grauer Schemen, mörderische Fänge, der übel erregende Geruch des Todes – das war alles, was er wahrgenommen hatte. Dazu jenes grässliche Geschrei, das er nicht mehr vergessen konnte und das ihn selbst in der absoluten Stille, die in der Finsternis herrschte, noch verfolgte.

Seine linke Hand, die er tastend ausgestreckt hatte, stieß plötzlich auf ein Hindernis. Es war kalt und von rauer Beschaffenheit, Felsgestein, das jedoch behauen worden war. Granocks Verdacht, es nicht mit einer natürlichen Höhle, sondern einem alten, vor langer Zeit verlassenen Mine zu tun zu haben, erhärtete sich. Es gehörte zur Natur der Zwerge, ihre Bergwerksstollen durch die Felsen und Klüfte des Scharfgebirges zu treiben, stets auf der Suche nach wertvollen Metallen und funkelndem Gestein. Und es wäre nicht das erste Mal gewesen, dass sie zu tief gegraben hatten …

Granock schloss die Augen, versuchte sich ein Bild von dem zu machen, was seine Hand in der Finsternis befühlte.

Leere Augenhöhlen … grässliche Hauer in den Winkeln eines weit aufgerissenen Mauls. Eine steinerne Fratze, fraglos in den Stein gemeißelt, um unvorsichtige Besucher vor dem Betreten dieses Stollens zu warnen.

Ein verwegenes Grinsen huschte über Granocks Gesicht.

Die Warnung kam zu spät.

Vorsichtig schlich er weiter, als er mit dem Fuß gegen ein Hindernis stieß. Ein kaltes, trockenes Klappern erklang und zerriss die Stille im Stollen. Granock stieß eine halblaute Verwünschung aus. Er kannte jenes Geräusch nur zu gut – es war das Klappern von Knochen, die den Stollenboden übersäten.

Offenbar war er nicht der Einzige, der die Warnung der Zwerge in den Wind geschlagen hatte …

Es war derselbe Moment, in dem er das Knurren hörte.

Die Kreatur war hier.

Ganz nah …

Stop.

Die Luft im Zimmer ist stickig geworden, ich muss das Fenster öffnen. Wieder zurück in unsere Welt kommen. Und dann eine Tasse Tee, während ich darüber nachdenke, wie der Kampf zwischen Granock und dem – ja, wem eigentlich? – weitergehen soll.

Worauf wird der aus Shakara verbannte Zauberer in jenem alten Zwergenstollen stoßen? Was treibt er überhaupt dort? Wer waren die Gefährten, von denen die Rede war und die am Eingang des Stollens offenbar ein ziemlich unangenehmes Ende ereilt hat?

Fragen über Fragen, die an dieser Stelle nicht abschließend beantwortet werden können. Jedenfalls nicht von mir. Denn in diesem Buch, diesem Handbuch für kreative Zauberer, geht es nicht in erster Linie um die Weisen von Shakara, auch wenn sie immer wieder auftauchen und sich freundlicherweise (und ohne Honorar) bereit erklärten, als Anschauungsobjekte zur Verfügung zu stehen, sondern um euch; um all jene, die die schöpferische Ader in sich spüren. Die noch davon träumen oder es bereits ganz fest vorhaben, selbst zum Stift bzw. zur Tastatur zu greifen, ihre eigene Fantasy-Story zu ersinnen und so zum Zauberer zu werden, zum Magier der Worte in einem Reich der Phantasie.

Seid ihr bereit, euch der Herausforderung zu stellen?

Ein wenig warnen möchte ich schon. Es erfordert Mut, Durchhaltevermögen und nicht zuletzt eine gute Portion Begabung, aus einem einzelnen Gedanken eine komplexe Welt und aus einer einfachen Idee einen ganzen Roman zu formen – genau jene Eigenschaften also, die auch die Protagonisten der Geschichten auszeichnen, die wir alle so gerne lesen.

Ihr seid noch an Bord? Dann folgen wir ihnen also auf ihren abenteuerlichen Spuren.

Erstes Buch

EIN HELD WIRD GEBOREN

1

Brei mit Holzgehalt

In diesem Buch soll es nicht darum gehen, warum *ich* den armen Granock in diese prekäre, ja beinahe aussichtslose Situation geschickt habe (und nicht nur in diese, er verübelt mir das immer noch) – sondern wie *du* die Geschichte weiterspinnen würdest: Was lauert dort in der Dunkelheit? Wird es unserem Helden gelingen, die Kreatur zu besiegen? Und wenn ja, auf welche Weise? Und was erwartet ihn am Ende des Stollens? Welches Geheimnis hütet der Berg? Gilt es einen Schatz zu entdecken, verborgenes Wissen oder etwas ganz anderes?

In den Antworten auf diese Fragen verbirgt sich nicht nur der Fortgang dieser einen Geschichte, sondern, im übertragenen Sinn, das Gesetz eines ganzen Genres. Denn genau um diese Dinge geht es in der Fantasy: Um mystische Kreaturen, um das Entschlüsseln alter Rätsel, das Erkunden unbekannten Terrains und den Kampf gegen dunkle Mächte – mit anderen Worten genau jene Themen, die die Menschheit seit Anbeginn ihrer Geschichte beschäftigt und gefesselt haben.

Wie alt aber ist das Genre der Fantasy? Wo kommt es eigentlich her, doch nicht aus Hollywood? Oder gar aus Neuseeland? Und wieso ist es wichtig, dies als angehender Autor zu wissen? Die Antwort ist dieselbe, die wohl auch

Farawyn seinem unentwegt Fragen stellenden Schüler Granock gegeben hätte: Weil es hilft, seine Wurzeln zu kennen.

Fantasy-Helden wissen oftmals nicht, wer sie in Wahrheit sind oder woher sie kommen, was nicht selten die Ursache dafür ist, dass sie Hals über Kopf in ein Abenteuer verwickelt werden und in tödliche Gefahr geraten – etwa wie die Elfin Alannah in DIE RÜCKKEHR DER ORKS, deren Gedächtnis durch einen Zauber gelöscht wurde und die erst ganz allmählich hinter das Geheimnis ihrer Herkunft kommt. Als Autoren sind wir glücklicherweise durchaus in der Lage, zumindest unsere literarischen Wurzeln nachzuvollziehen und uns zu vergegenwärtigen, wo unsere kreativen wie inhaltlichen Ursprünge liegen – umso leichter ist es dann, dem Vorausgegangenen Neues hinzuzufügen.

Die Wurzeln der modernen Fantasy liegen, das wird niemanden überraschen, in den Mythen der Vergangenheit. Nicht nur, was das Figurenpersonal betrifft – Elfen, Zwerge, Drachen und sogar Orks begegnen uns in zahlreichen keltischen und nordischen Mythen, welche hauptsächlich als Vorbilder dienen, zumindest solange wir uns im Genre der High Fantasy bewegen; auch die oft vorzufindende Suche des Helden nach einem magischen oder zumindest mächtigen Gegenstand, die Queste, steht im Mittelpunkt vieler bekannter Mythen – denken wir nur an die Gralssuche des Parzival oder die vielen Helden des klassisch griechischen Sagenkreises, die sich auf die Reise begeben, wie etwa Jason, der zusammen mit den Argonauten das Goldene Vlies im Lande Kolchis an sich bringen will, oder Herakles, der sich übermenschlichen Prüfungen stellen muss, um seine Zugehörigkeit zum Olymp unter Beweis zu stellen.

Überall begegnen sie uns, die Helden klassischen Zuschnitts, die aus ihrem herkömmlichen Umfeld treten (oder auch nicht selten getreten werden) und sich einer neuen, größeren Aufgabe stellen müssen, an deren Ende nicht nur die Erfüllung ihrer Mission und der Triumph über den Gegner, sondern auch die eigene Erneuerung steht. Das klingt jetzt etwas überhöht, aber was ich meine, ist: der Held ist nach seinem Abenteuer nicht mehr der gleiche wie zuvor.

Der amerikanische Mythenforscher Joseph Campbell hat diese legendäre »Reise des Helden« zum Gegenstand seiner Forschungen erhoben und anhand struktureller wie inhaltlicher Vergleiche zahlreiche Übereinstimmungen in den Mythen dieser Welt gefunden. Seine Schriften haben nicht nur George Lucas maßgeblich beeinflusst, als dieser in den frühen 70er-Jahren über dem Drehbuch zu einem unbedeutenden kleinen Film brütete, der später den Namen STAR WARS erhalten sollte, sondern sind, nicht zuletzt dank der Arbeit Christopher Voglers, der Campbells Forschungen auf die Praxis des Drehbuchschreibens bezogen und damit ein Standardwerk geschaffen hat, bis heute gängige Arbeitsgrundlage vieler Autoren. Letztendlich waren es aber die Mythen der Menschheit, die diese Regeln klassischen Erzählens hervorgebracht und über Jahrtausende hinweg geformt haben.

Wenn diese Geschichten jedoch offenbar überall auf der Welt, unabhängig von unserem politischen, kulturellen oder religiösen Hintergrund, als ansprechend empfunden werden, muss dies bedeuten, dass es eine Art kollektive Lust aufs Abenteuer gibt, ein gemeinsames Schicksal, an das wir Menschen gebunden sind und das dafür sorgt, dass wir gar nicht anders können, als uns mit jenen zu identifizieren, die den schützenden heimischen Hort verlassen und sich auf die Suche nach dem Feuer, dem Fortschritt zu begeben. Genau diese Mythen sind es, aus denen sich die Fantasy als der moderne Nachfolger jener alten Geschichten, jener Sagen und Märchen nährt, und das ist auch der Grund dafür, warum sie stärker als jedes andere Genre auf diese Archetypen des Erzählens Bezug nimmt.

Wer Fantasy schreibt, begibt sich also an diese Quelle der Inspiration, zum Urgrund all dessen, weswegen Menschen jemals Geschichten erzählt haben. Denn obwohl es oftmals um Magie und übernatürliche Dinge gehen mag, obschon die Abenteuer unserer Helden in fernen Ländern, zauberischen Welten oder in grauer Vorzeit spielen, und obwohl diese Welten von Kreaturen bevölkert sind, die es in der wirklichen Welt nicht gibt, geht es letzten Endes stets um tief greifende menschliche Erfahrungen – um Liebe und Hass, Sünde und Sühne, Tod und Erneuerung. DER HERR DER RINGE ist nicht deshalb ein Meisterwerk, weil er in einer fernen, dem Hier und Jetzt entrückten Welt angesiedelt ist, sondern weil es ihm gelingt, Mittelerde zu einem Ort zeitloser Relevanz zu machen, an dem Dinge geschehen, die für uns alle nachvollziehbar sind. Und HARRY POTTER war nicht deshalb ein solcher Erfolg, weil die Handlung so umwerfend neu gewesen wäre, sondern weil es J. K. Rowling gelang, die grundlegenden Erfahrungen des Erwachsenwerdens mit einer Portion Magie zu versehen und das Ganze auch noch spannend zu erzählen.

Insofern ist auch der Vorwurf des Eskapismus, der der Fantasy vonseiten »seriöser« Kritiker oftmals gemacht wird – also der Wirklichkeitsflucht in fiktive Welten –, nicht so einfach zu halten. Indem sie das Phantastische dazu nutzt, ihre Protagonisten auf eine Reise menschlicher Grunderfahrungen zu schicken, handelt die Fantasy allen Unkenrufen zum Trotz von sehr realen Dingen. Ähnlich wie im verwandten Genre der Science Fiction, wo ein erdachtes Szenario genutzt wird, um bestehende technische, wissenschaftliche oder gesellschaftliche Verhältnisse weiterzudenken und dadurch nicht selten als Irrweg zu entlarven, nutzt die Fantasy das Phantastische, um die menschlichen Eigenschaften ihrer Helden nur umso deutlicher und unverfälschter herauszustellen. Ein Held, der gegen einen Feuer speienden Drachen antritt, führt den alten Überlebenskampf der Menschheit gegen die zerstörerischen Kräfte der Natur; und wenn Luke Skywalker am Ende von DAS IMPERIUM SCHLÄGT ZURÜCK Darth Vader zum Lichtschwert-Duell gegenübertritt, stellt er sich damit letztlich seinen ureigensten Ängsten.

Darüber hinaus bietet gerade das phantastische Element natürlich auch die Möglichkeit, aktuelle Zeitgeschehnisse auf geschickte Weise zu kommentieren – schon der griechische Dichter Aesop hat das getan, indem er in seinen Fabeln Tiere sprechen ließ und auf diese Weise die Mächtigen kritisierte. Während eines Aufenthalts in den Niederlanden, wo ich die holländische Ausgabe von DIE ZAUBERER vorstellte, wurde ich beispielsweise wiederholt gefragt, ob der doch recht bürokratisch und schwerfällig agierende Rat der Zauberer von Shakara eine Anspielung auf die Europäische Union und das Europäische Parlament seien; ich musste dies zwar verneinen, da ich mir tatsächlich mehr das glücklose Parlament der Weimarer Republik zum Vorbild genommen hatte, jedoch wird deutlich, dass die Fantasy durchaus das Potenzial zur zeitgeschichtlichen Anspielung und sogar zum kritischen Kommentar hat. Auch unter diesem Aspekt birgt sie so mehr innere Wahrheit als so manches andere als »realistisch« gerühmte Genre.

Dies wussten – natürlich – auch die Schriftsteller der Romantik mit ihrer Schwäche für alles Mittelalterliche und Mystische. Mehr und mehr bezogen sie das Phantastische in ihre Erzählungen ein und leisteten damit einen wichtigen Beitrag zur Entwicklung der modernen Fantasy. Auch der große J. R. R. Tolkien, der DER HERR DER RINGE schrieb und damit zumindest das Genre der High Fantasy begründet hat, war letztlich auf der Suche nach einer Art mythischem Realismus, wie David Day in seinem Buch TOLKIENS WELT einleuchtend analysiert: Tolkien, der bekanntlich Professor für angelsächsische Literatur in Oxford gewesen ist, ging es darum, eine Art »Urmythos« zu schaffen, also eine Sage, die aus vorgeschichtlicher Zeit stammen und aus der sich alle anderen Mythen des keltischen bzw. nordischen Kulturkreises entwickelt haben könnten. Nicht zuletzt aus diesem Grund hat er viele der verwendeten Motive und Namen (übrigens auch die Orks, die als *orcneas* in der BEOWULF-Sage auftauchen) aus alten Sagen übernommen und sie in einen neuen inhaltlichen Zusammenhang gebracht. Und nicht von ungefähr war er enttäuscht darüber, dass manche Leser Mittelerde in einer anderen Dimension oder gar auf einem anderen Planeten verorteten, ist Tolkiens Welt doch eine deutliche geografische Metapher auf die europäische Kulturgeschichte.

Tolkien konnte natürlich nicht ahnen, dass sein literarisches Werk am Anfang einer im wahrsten Wortsinn sagenhaften Erfolgsgeschichte stehen und nachfolgende (Autoren-)Generationen nicht weniger inspirieren sollte als das Nibelungenlied oder die Artussage. Aber genau das ist geschehen – und wer in Sachen Fantasy tätig ist und behauptet, von Tolkiens Werk in keiner Weise beeinflusst zu sein, der ist wohl nicht ganz aufrichtig. Denn ganz gleich, ob man DER HERR DER RINGE liebt oder hasst, ob man es schon beim ersten Mal geschafft hat, sich durch die gewissen Längen des ersten Bandes zu wühlen oder ob man (wie ich) dafür drei Anläufe gebraucht hat; ob man wie mein geschätzter Autorenkollege Helmut Pesch fließend Elbisch spricht oder lediglich die Filme von Peter Jackson im Kino gesehen hat – wer Mittelerde einmal besucht hat, den lässt der Reiz dieser fiktiven und dennoch so wirklich anmutenden Welt so bald nicht wieder los.

Zahllose Autoren der 70er- und 80er-Jahre wurden maßgeblich davon inspiriert, die wiederum die heutigen Schriftsteller beeinflusst haben. In besonderem Maße gilt dies natürlich für die größtenteils aus unseren Breiten stammende (inoffizielle) Reihe der »Völker«-Romane, die einst mit Markus Heitz' DIE ZWERGE begann und zu der ich mit der ZAUBERER-Trilogie und den ORKS ebenfalls ein paar illustre Gestalten beisteuern durfte.

Doch obwohl es sich hier einmal mehr um das klassische Figurenpersonal der High Fantasy handelt, hat jeder Autor seine eigene Perspektive auf die Charaktere entwickelt und ein eigenständiges Universum vorgelegt, was letztlich auch die Wandlungsfähigkeit und Flexibilität des Genres zeigt. Auf einer Lesung von DIE ZAUBERER musste ich mir von einem Zuhörer, der persönlich weniger mit Fantasy anfangen konnte und seiner Tochter zuliebe gekommen war, den Vorwurf gefallen lassen, in der Fantasy ginge es doch stets um dieselben Dinge und Themen. Ich fragte ihn daraufhin, welches Genre er denn bevorzuge, und er sagte mir, dass er am liebsten Krimis lese – worauf ich fragte, ob es nicht dort so sei, dass jemand ins Jenseits befördert würde und ein mehr oder minder gewitzter Kriminaler dann herauszufinden versuche, wer der Mörder gewesen sei.

Klar ist: Jedes Genre hat seine eigenen Gesetzmäßigkeiten und Regeln, nach denen gespielt wird. Rainer Delfs, der langjährige Cheflektor der Abteilung Spannungsromane bei Bastei Lübbe, pflegte stets zu sagen, dass Menschen, die ein Fußballspiel besuchen, zweiundzwanzig Spieler und einen Ball sehen wollen. Nicht mehr und nicht weniger. Was lernen wir daraus? Man muss das Rad nicht stets neu erfinden, um einen wirklich guten und spannenden Fantasy-Roman zu schreiben – die Kunst liegt darin, die bekannten Zutaten auf eigene Weise und mit neuen Elementen zu verknüpfen und dadurch bislang unbekannte Welten entstehen zu lassen, die den Leser in ihren Bann ziehen.

Gerade die Tatsache, dass die Fantasy sich nicht an realhistorische Ereignisse zu halten braucht und ihren eigenen Kosmos erschaffen kann, öffnet sie für alle möglichen Einflüsse, ob sie nun aus verwandten Genres wie Science Fiction, Horror oder Mystery kommen oder aus ganz anderen. Den Kombinationsmöglichkeiten sind kaum Grenzen gesetzt, gerade die auf den ersten Blick abwegigsten Mischungen erfreuen sich besonderer Beliebtheit. Wer hätte z. B. geglaubt, dass eine Mischung aus eher konventioneller Fantasy und Internatsabenteuer à la Enid Blyton zur erfolgreichsten Romanserie aller Zeiten avancieren könnte? Oder wer hätte vor TWILIGHT etwas auf einen Mix aus Teenager-Romanze und Vampir-Horror gegeben?

Die Idee, verschiedene Einflüsse zu mischen, ist freilich nicht neu. Schon in den frühen Tagen der Fantasy, als Pioniere wie E. R. Burroughs das Genre aus der Taufe hoben, versetzten sie ihre Geschichten mit Elementen nicht nur von Wildwest- und Abenteuergeschichten, sondern auch des im späten 19. Jahrhundert so beliebten Reiseromans – etwa, wenn eine Dschungelexpedition im dunkelsten Afrika auf Tarzan den Affenmenschen stößt oder es den Bürgerkriegsveteranen John Carter auf den fernen Mars verschlägt, wo er auf sechsbeinigen Tieren reiten und gegen weiße Affen kämpfen muss.

Gedruckt wurden diese Geschichten seinerzeit auf billigstem Papier, das aus einer breiigen Masse mit hohem Holzgehalt gewonnen wurde. Diese Masse nannte man in den USA »Pulp«, und sie war es auch, die dieser Art von Literatur ihren Namen gab. Die Pulps – in unseren Breiten gerne auch kaum charmanter Schund- oder Groschenheft genannt – erfreuten sich in den ersten vier Jahrzehnten des vergangenen Jahrhunderts, vor allem aber in den Jahren der Weltwirtschaftskrise größter Beliebtheit. Obwohl die thematische Bandbreite weitgefächert war und es neben Crime- und Wildwestgeschichten auch Detektivstorys, Piraten- und Dschungelabenteuer, Spionagegeschichten, Sporterzählungen und noch vieles andere gab, war es vor allem das phantastische Genre, das durch die Pulp-Magazine zu Ruhm gelangte und ihnen entsprechend viel zu verdanken hat.

Obwohl viele Pulphelden von einst längst vergessen sind, bevölkern einige von ihnen bis heute die Medienlandschaft, an vorderster Stelle natürlich Robert E. Howards CONAN, der zum Urgestein einer weiteren Spielart des Genres wurde, nämlich der *Heroic Fantasy*. Darin kämpfen sich schwertschwingende Barbaren durch archaische Welten und bekommen es mit wüsten Monstren, bösen Zauberern und betörend schönen Frauen zu tun, die ihnen reihenweise zu Füßen liegen – nach der politischen Korrektheit solcher Geschichten fragen wir an dieser

Stelle nicht. Die enorme Popularität seines Helden, der erst unlängst wieder zu Leinwandehren gelangte, diesmal sogar in 3-D, hat Robert E. Howard nicht mehr miterlebt – die wirklich große Zeit seines Barbaren begann erst, als der New Yorker Verlag Lancer die Geschichten in den 60er-Jahren in Buchform auflegte und ein damals noch weitgehend unbekannter Künstler namens Frank Frazetta die Titelbilder beisteuerte. Bis heute ist der Stil, den Frazettas Cover prägten, für viele Fans untrennbar mit CONAN und der heroischen Fantasy verbunden, und man übertreibt sicher nicht, wenn man Lancer das Verdienst zukommen lässt, den modernen Fantasy-Roman aus der Taufe gehoben zu haben. Die Bilder des im Jahr 2010 verstorbenen Frazetta zeigten genau das, wovon Howards Romane handelten – kraftstrotzende Helden, schöne Frauen und miese Monster –, und sie entführten den Leser auch visuell in eine Welt, die so nie existiert hat und dennoch auf einmal greifbar schien. Fortan war die Gestaltung des Covers nicht mehr nur Nebensache, sondern wichtiger Bestandteil eines jeden Fantasy-Romans.

Weitere Pioniere, die dem Genre in seiner Anfangszeit zur Blüte verhalfen, sind Eric R. Eddison, dessen 1922 erschienenes Werk DER WURM OUROBOROS sogar dem großen Meister Tolkien als Vorbild gedient haben soll; Fritz Leiber mit dem Geschichtenkreis FAFHRD UND DER GRAUE MAUSLING, der die beiden ersten Antihelden des Genres präsentierte (Balbok und Rammar verneigen sich), und natürlich C. S. Lewis, der langjährige Weggefährte Tolkiens, dessen CHRONIKEN VON NARNIA ebenfalls erfolgreich verfilmt wurden und werden.

Die Herkunft der Fantasy aus den Niederungen der Unterhaltungsliteratur dürfte allerdings der Grund dafür sein, dass ihr lange Zeit jene Anerkennung verweigert wurde, die ihr aufgrund ihres kulturgeschichtlichen Ursprungs eigentlich zukommt. Offiziell respektiert wurde das Genre erst mit Tolkien, wobei sich die Zeitgenossen zunächst schwer damit taten, DER HERR DER RINGE einzuordnen. War Tolkiens DER HOBBIT noch an ein jüngeres Publikum gerichtet gewesen und konnte deshalb problemlos der Jugendliteratur zugeschlagen werden, war die Trilogie um den Ringkrieg in Komplexität und Erzählstil eindeutig an ein erwachsenes Publikum gerichtet. Die 68er waren die Ersten, die das Buch mehrheitlich für sich entdeckten, vielleicht, weil sie sich wie Tolkiens Hobbits im Kampf gegen eine bedrohliche Großmacht wähnten und sich mit den beherzten Bewohnern des Auenlandes solidarisch erklärten. DER HERR DER RINGE avancierte zum Kultroman – dass er in englischsprachigen Ländern ein ganzes Genre begründet hatte, wurde hierzulande nur sehr eingeschränkt wahrgenommen. Zwar publizierten deutsche Verlage wie Heyne oder Pabel ab den frühen 70er-Jahren Fantasy in Deutschland, jedoch dauerte es noch eine ganze Weile, bis das Genre endgültig eine eigene Szene bekommen und sich aus seinem Nischendasein lösen sollte.

Der Fantasy-Boom der frühen 80er-Jahre, der übrigens auch damals schon durch eine Reihe von Kinofilmen angeheizt wurde, darunter KAMPF DER TITANEN, EXCALIBUR und DER DRACHENTÖTER, vor allem aber durch Dino de Laurentiis' CONAN DER BARBAR, sorgte immerhin dafür, dass die damals führenden Taschenbuchverlage Heyne, Goldmann und Bastei eigene Fantasy-Labels einführten, die über einen langen Zeitraum bestehen blieben – bis zur Fantasy-Begeisterung heutiger Tage war es aber freilich noch ein weiter Weg. Vor allem als deutscher Autor hatte man es schwer, da das Genre fast ausschließlich durch anglo-amerikanische Autoren geprägt war. Dies änderte sich erst spät. Mit dazu beigetragen hat, neben dem eingangs erwähnten Fantasy-Boom der Jahrtausendwende, meiner Ansicht nach auch die deutsche Wiedervereinigung, die den potenziellen Leserkreis um knapp 20 Millionen Menschen erweiterte, deren popkulturelles Verständnis längst nicht in so erheblichem Maße durch englische bzw. amerikanische Vorbilder geprägt war wie im Westen Deutschlands. Innerhalb eines Jahrzehnts erwuchs dem deutschsprachigen Kulturraum auf diese Weise ein Selbstbewusstsein, wie es noch in den 80ern kaum denkbar gewesen war und das nach eigener popkultureller Identität, nach eigenen Inhalten, eigener Musik und eigenen Filmen verlangte – und auch nach eigenen Büchern, wofür man als deutschsprachiger Autor nur dankbar sein kann.

Noch als ich Mitte der 90er-Jahre mit dem Science Fiction- und Fantasy-Lektorat (die SF hatte damals noch einen ungleich größeren Stellenwert als heute) eines großen deutschen Verlags telefonierte, riet man mir einfühlsam, ich solle mein Ansinnen lieber vergessen, da in Deutschland nur ein einziger Autor mit dem Schreiben von Fantasy Geld verdienen könne. Gemeint war natürlich Wolfgang Hohlbein, der es schon in den 80er-Jahren geschafft hatte, sich allen Widerständen zum Trotz eine Stammleserschaft zu erobern. Von seiner Ausnahme abgesehen, wurde deutschsprachigen Autoren nur selten die Chance eingeräumt, in Sachen Phantastik tätig zu werden, geschweige denn von dieser Arbeit ihren Lebensunterhalt zu bestreiten.

Rund fünfzehn Jahre nach diesem Telefonat stellt sich die Sache glücklicherweise anders dar. Ein neues Publikum verlangt nach neuen Stoffen, und eine neue Generation deutschsprachiger Autoren hat gezeigt, dass »einheimische« Fantasy sehr wohl erfolgreich sein kann. Man ist sogar fleißig dabei, diese ins europäische Ausland zu exportieren, wo man auf »Fantasy made in Germany« aufmerksam geworden ist und Autoren wie Bernhard Hennen oder Christoph Hardebusch gerne ins Programm nimmt. Auch mir wurde mit DIE ZAUBERER und den ORKS die Ehre zuteil, in fremde Sprachen übersetzt zu werden, und es macht immer wieder Spaß, in Italien, den Niederlanden oder Tschechien zu weilen und dort die eigenen Bücher mit wundersamen Titeln und in andere Sprachen übersetzt zu entdecken. Herausragenden Kollegen wie Kai Meyer oder Markus Heitz ist es darüber hinaus sogar gelungen, ihre Werke nach England bzw. den USA zu verkaufen, was angesichts des enormen Pools an englischsprachigen Werken, der den dortigen Verlagen zur Verfügung steht und nicht erst kostenaufwendig übersetzt zu werden braucht, als ganz besonderer Erfolg für die deutschsprachige Fantasy zu werten ist.

2

Der Stoff, aus dem die Helden sind

Helden fallen nicht von den Bäumen – sie werden gemacht. Bei Autoren ist es übrigens genauso. Und davon handelt dieses Kapitel.

Die Entstehung des Helden – im amerikanischen Fachjargon gerne auch *Origin* genannt – nimmt in der Fantasy breiten Raum ein, und das aus langer Tradition.

Schon im Nibelungenlied erfahren wir, wie Siegfried beim Zwerg Mime in die Lehre geht, wie er den Drachen Fafnir erschlägt, in dessen Blut badet und dadurch unverwundbar wird; wir erfahren, wie der Junge Artus das Schwert aus dem Stein zieht und dadurch zum König von Britannien wird; und wir werden Zeugen, wie ein unscheinbarer Hobbit namens Bilbo Beutlin seine Heimat verlässt, um zusammen mit einem Zauberer und einer Schar Zwerge ein Abenteuer zu erleben, das nicht nur ihn, sondern auch seine Welt für immer verändern wird. Während sich andere Genres nur sehr bedingt dafür interessieren, wie der Held zu dem wurde, was er ist, stellt diese »Heldengenese« in der Fantasy einen wichtigen Bestandteil der Handlung dar. Viele Fantasy-Romane handeln gar ausschließlich davon, denn die Queste, die abenteuerliche Reise mit all ihren Herausforderungen und Gefahren, ist letztlich nichts anderes als die Entstehungsgeschichte eines Helden.

Wenn der recht nichtsnutzige Granock am Anfang von DIE ZAUBERER in den Straßen Andarils gefunden und vom Zauberer Farawyn in die Festung von Shakara mitgenommen und dort zum Magier ausgebildet wird, so ist dies der Beginn einer Entwicklung, die erst am Ende der Trilogie abgeschlossen sein wird (und in diesem besonderen Fall noch nicht einmal dann) und in deren Verlauf die Figur mehr und mehr zum Helden reift. Jener Frodo, der am Ende von DER HERR DER RINGE das Schiff zu den Grauen Anfurten besteigt, ist nicht mehr jener naive Jüngling, den Gandalf einst nach Bree schickte, und jener Artus, der das Schiff nach Avalon besteigt (kommt mir das jetzt irgendwie bekannt vor?), ist ein anderer als der, der einst das Schwert Excalibur aus dem Stein zog. Das Abenteuer des Helden ist gleichzeitig auch seine Entwicklung, der Prozess der Reifung, der zu Beginn der Geschichte nicht absehbar ist – insofern gleicht seine Reise in vielen Punkten der des Autors. Und wie die klassische Heldenfigur bestimmte Voraussetzungen erfüllen muss, um gegen alle Widerstände zu bestehen und am Ende siegreich zu sein, sollten auch Fantasy-Autoren eine Reihe von Anforderungen erfüllen.

Talent gehört fraglos dazu, so wie das Verfügen über eine magische Gabe Bedingung für die Aufnahme in den Zauberorden von Shakara ist; aber eben auch eine ganze Reihe von Eigenschaften, die durchaus erlernbar sind, sowie eine gute Portion Beharrlichkeit und Fleiß. Wer sich auf das Abenteuer einlässt, einen eigenen Roman zu verfassen, steht am Beginn einer langen Reise, die manche Unwägbarkeit bereithält; ähnlich wie unsere Helden werden wir unterwegs auf Verbündete und Gegner treffen, und auch uns steht dabei ein Arsenal an Waffen zur Verfügung, mit denen wir uns unserer Haut erwehren können – und einige davon sind sogar (fast) magischer Natur.

Die Frage, warum jemand gerne schreiben möchte, erübrigt sich – ebenso gut könnte man Frodo fragen, warum er den Meisterring zum Schicksalsberg bringen musste. Wie der Held dem Zwang zum richtigen Handeln unterliegt, so unterliegt der Autor dem Zwang zum Geschichtenerzählen. Was genau es ist, das einen Autor vom »Normalo« unterscheidet, vermag ich nicht zu sagen. Warum können neunundneunzig von hundert Menschen ein Buch lesen und sich mit der Rolle des bloßen Rezipienten zufriedengeben, während der Hundertste fortwährend darüber nachdenkt, wie er diese Geschichte selbst erzählt hätte: Mit anderem Ausgang? Anderen Figuren? Einem anderen Gegner? Aber genau das ist es, was den Autor ausmacht und ihn vom Leser zum Schreiber werden lässt, vom Empfänger zum Sender – und damit zum Helden seiner ganz eigenen Geschichte.

Die Macht der Erinnerung

Auch der Fantasy-Protagonist verfügt häufig über Eigenschaften, die ihn aus der Masse hervorheben und ihn nicht selten zum Einzelgänger werden lassen. Oft genug wird er gar verspottet und ausgestoßen, ehe er seiner wahren Natur folgen und seine Fähigkeiten zur Entfaltung bringen kann – all jene, die ihrer schriftstellerischen Ambitionen wegen schon einmal mitleidig belächelt wurden, befinden sich also in guter Gesellschaft. Ganz ehrlich, auch ich habe früher eine ganze Menge argwöhnischer und an meiner Zurechnungsfähigkeit zweifelnde Blicke geerntet, wenn ich erklärte, Bücher verfassen und mit dem Erzählen von Geschichten meinen Lebensunterhalt bestreiten zu wollen – für viele Zeitgenossen ist das halt schlechterdings nicht vorstellbar, und sie schließen von sich auf andere. Es passiert mir bis heute, dass Menschen, die ich von früher kenne und lange nicht gesehen habe, mir freimütig gestehen, dass sie mich damals – im Klartext gesprochen – für einen Spinner hielten und nicht gedacht hätten, dass ich meine Ziele verwirklichen würde. Es erfordert also auch ein wenig Mut, dem kreativen Impuls zu folgen und sich dazu zu bekennen, von Natur aus vielleicht mit ein wenig mehr Phantasie ausgestattet worden zu sein als andere, zumal dieses »Mehr« an Vorstellungsgabe nicht immer ein Zugewinn ist, sondern auch zur Bürde werden kann. Aber wer den kreativen Funken in sich verspürt, der kann gar nicht anders, als diesem Ruf zu folgen und wie Granock vor den Toren Shakaras um Einlass zu bitten.

Dabei hat jeder Held bzw. Autor seine ganz eigene Entstehungsgeschichte, die natürlich eng mit dem in Verbindung steht, was er gesehen, gehört, erlebt und natürlich gelesen hat. Unsere fiktiven Figuren statten wir mit Eigenschaften aus, die wir uns entweder ausdenken oder von real existierenden Personen entleihen; bei uns selbst ist es natürlich ein bisschen komplizierter. Gemäß der altbekannten Regel, dass das Ganze mehr ist als die Summe der Teile, sind wir alle das Ergebnis von dem, was uns in unserem Leben widerfahren ist plus dem, was wir selbst daraus gemacht haben – die Lektionen, die wir gelernt, die Schlüsse, die wir gezogen, die Erfahrungen, die wir gemacht haben. Ebenso verhält es sich mit unserer Kreativität: Auch sie ist das Ergebnis all dessen, was wir unserem hungrigen Geist zugeführt haben: Bücher, Bilder, Comics, Musik, Filme, Theaterbesuche und vieles mehr.

Eine besondere Rolle kommt dabei übrigens dem zu, was wir im Alter von ca. acht bis zwölf Jahren konsumiert haben. Eine alte Scherzfrage lautet deshalb auch: *What ist the golden age of science fiction*? Antwort: *Twelve.*

Da steckt viel Wahrheit drin. Wenn sich viele Fans der originalen STAR WARS-Trilogie für die Prequels nicht so erwärmen konnten, dann wohl auch deswegen, weil sie inzwischen zu alt geworden waren, um den *Sense of Wonder* noch im selben Maße zu spüren wie einst im Mai '77. Fans der jüngeren Generation hingegen geben ohne Zögern die neue Trilogie als ihren Favoriten an. Nie mehr wieder sind wir so empfänglich für kreative Impulse wie in der frühen Jugend, manche Dinge, denen wir in diesem Lebensabschnitt begegnen, prägen uns für unser ganzes Leben, nicht nur als menschliche Individuen, sondern, und darum soll es uns in diesem Buch vor allem gehen, als Künstler.

Jeder Schreibwillige hat ein bestimmtes Quantum an Erinnerungen in seinem kreativen Gepäck: an Figuren, die ihn beeindruckt, an Motiven, die ihn geprägt, an Geschichten, die ihn verzaubert haben. Dies ist die Grundlage seiner individuellen Schaffenskraft, jenes Material, aus dem er Ansätze für eigene Geschichten gewinnen kann – zuzüglich dem, was seine Phantasie dann hinzufügt. Je reicher dieser Fundus ist, desto tiefer kann man aus ihm schöpfen, und desto vielfältiger sind die Möglichkeiten, die sich daraus ergeben – wobei es irrig wäre anzunehmen, dass nur phantastische Literatur hier entsprechende Vorlagen liefert. Auch andere belletristische Genres bieten großartige Inspiration, und es gibt nicht wenige Fantasy-Autoren, deren Lieblingsschriftsteller nicht der Phantastik zugehörig sind. Meine Vorliebe z. B. gehört Max Frisch, dem großen Schweizer Literaten –

zum einen vielleicht, weil seine süddeutsch geprägte Sprache mir nahesteht, zum anderen aber auch, weil Texten wie WILHELM TELL FÜR DIE SCHULE oder DER MENSCH ERSCHEINT IM HOLOZÄN eine Tiefe und Doppelbödigkeit innewohnt, die mir ein echtes Vorbild ist. Bei einem historischen Roman, den ich gegenwärtig plane, inspirierte mich hingegen ein berühmter Westernklassiker, dessen Personenkonstellation von genreübergreifender und zeitloser Bedeutung ist; und wer meine ORKS gelesen hat, der weiß, dass die ungleichen Ork-Brüder Balbok und Rammar eine Verneigung vor dem großen Komiker-Duo Stan Laurel und Oliver Hardy sind. So unterschiedlich all diese Einflüsse auch sein mögen – zusammen mit vielen anderen gehören sie zu meinem ganz persönlichen kreativen Hintergrund, so wie ihn auch jeder andere Autor hat. Denn ohne diesen Hintergrund, ohne die Macht der Erinnerung, wäre das Schaffen eines neuen Werks nicht möglich.

Was können wir daraus also lernen?

Es ist im Grunde ganz einfach: Lebe bewusst, halte die Augen offen und sei stets hungrig auf Neues! Wer den ganzen Tag in abgedunkelten Räumen sitzt und Filme sieht oder Spiele daddelt, kriegt nichts mit von all den Dingen, die für einen Schriftsteller zum notwendigen Rüstzeug gehören. Inspiration, auch für die Fantasy, ist buchstäblich überall zu finden, je mehr unterschiedliche Quellen sie nähren, desto besser. Entdeckt ganz bewusst eure Vorlieben und Abneigungen und formt daraus euren ganz eigenen, persönlichen Hintergrund, vor dem ihr arbeiten und neue Geschichten entwickeln könnt.

Sprühende Funken

All das, was uns von außen zugeführt wurde, was wir wahrgenommen und auf unsere eigene Weise verarbeitet haben, kann aber freilich nur das »Brennmaterial« des schriftstellerischen Feuerwerks sein, das wir abzubrennen gedenken, wenn wir uns an die Entwicklung eines neuen Romans machen – entzünden muss es der berühmte »kreative Funke«, dessen Entstehung nicht ohne Weiteres zu erklären ist.

Sicher gibt es Mittel und Wege, das Überspringen des Funkens zu fördern und auch ein wenig zu beschleunigen, dazu an späterer Stelle mehr; aber die Entstehung dieses allerersten Impulses von Schaffenskraft, der am Beginn eines jeden (nicht nur) schriftstellerischen Werkes steht, ist eine wahrhaft mysteriöse Angelegenheit, für die es eigentlich nur ein adäquates Wort gibt. Ihr wisst schon, ich wiederhole mich, aber es fühlt sich wirklich an wie – Magie.

Man kann es kaum beschreiben: Man hat eine Idee. Und dann noch eine. Und wieder eine. Wie Teile eines Puzzles liegen sie da, und man überlegt, wie sie zusammenpassen könnten – und dabei kommt nun jener ganz persönliche Erfahrungsschatz ins Spiel, denn die Art, wie wir eine Handlung entwickeln und ihre einzelnen Elemente miteinander kombinieren, hat natürlich viel mit unseren ganz persönlichen Vorlieben zu tun. Dieser Prozess kann eine ganze Weile dauern und mitunter sehr viel Energie in Anspruch nehmen. Bisweilen überlegt man Tag und Nacht, ein anderes Mal lässt man die Sache ruhen und kehrt erst zurück, wenn sie gereift ist. Nach und nach kommen dann weitere Ideen hinzu und fügen sich dort ein, wo zuvor noch Lücken klafften – und ganz plötzlich ergeben die Puzzleteile ein sinnvolles Muster, ist im Wirrwarr loser Ideen eine Struktur zu erkennen. Und schließlich ergibt sich ein stimmiges Gesamtbild.

Für mich ist es der faszinierendste Prozess meiner Arbeit, wenn aus einer abstrakten Idee eine konkrete Geschichte wird, und ich vermag nicht wirklich zu erklären, wie es letztlich dazu kommt – vielleicht ist dies ja wirklich jene Magie von der ich sprach und die jeden kreativ arbeitenden Menschen, ganz gleich, ob er nun Bücher schreibt oder Bilder malt, Musik komponiert oder Formen gestaltet, und völlig unabhängig davon, ob er dies aus reiner Freude tut oder um seinen Lebensunterhalt damit zu verdienen, ein klein wenig zum Zauberer macht. Magische Begabung, *reghas* genannt, ist es, was in meinen ZAUBERER-Romanen die Weisen von Shakara von gewöhnlichen Elfen (und später auch Menschen) unterscheidet. Und so unterschiedlich die Gaben sind, mit denen die Helden Granock, Aldur und Alannah bedacht wurden, so unterschiedlich ist auch das, was sie daraus machen.

Auch in dieser Hinsicht hat der Fantasy-Autor etwas mit dem Helden seiner Geschichte gemein, denn auch das, was der kreative Funke hervorbringt, ist von Autor zu Autor ja ganz unterschiedlich. Mir als Verfasser dieses Buches müsste das nun eigentlich die Rolle eines Merlin oder gar Gandalf zuschieben, oder, um beim Beispiel von DIE ZAUBERER zu bleiben, des weisen Farawyn, aber dafür bin ich weder alt noch weise genug, und einen Rauschebart habe ich auch nicht. Dennoch möchte ich an dieser Stelle ebenso warnend den Zeigefinger erheben, wie es die vorgenannten Herren wohl täten – denn wie so ziemlich jede Gabe hat auch die Kreativität ihre Schattenseiten. Ist der Funke nämlich erst einmal übergesprungen, nehmen die Dinge fast unaufhaltsam ihren Lauf. Ein Autor, der von seinem Stoff Feuer gefangen hat (ist es nicht seltsam, dass es so viele »feurige« Metaphern zum Thema gibt?) kann den Brand so schnell nicht wieder löschen, gemeinhin erst dadurch, dass er die entsprechende Geschichte zu Ende erzählt und den Flammen so nach und nach ihre Nahrung entzieht. Was harmlos klingt, kann im Alltagstest ganz schön anstrengend sein, vor allem auch dann, wenn man noch nicht den Luxus für sich in Anspruch nehmen kann, vom Schreiben allein zu leben.

Ein Schriftsteller in einer »heißen« Phase seines Werkes ist oft kein ganz umgänglicher Mensch, und mitunter wird dem familiären Umfeld einiges an Toleranz und Nachsicht abverlangt. Dies zu wissen und wahrzunehmen gehört meines Erachtens ebenfalls zum Rüstzeug eines Autors, denn es befähigt einen dazu, nach getaner Arbeit wieder auf den Boden der Realität zurückzukehren und seine soziale Umgebung, die während der Schreibphasen manchmal leidet, wieder zu pflegen – denn auch wenn wir uns nichts Schöneres vorstellen können, als gerade mit unseren Helden in der Geschichte weiterzureisen, in der Realität möchte schließlich keiner von uns gerne als einsamer, an die Schreibmaschine geketteter Eremit enden.

Die magische Gabe verpflichtet also zu einem verantwortungsvollen Umgang, wie Farawyn es wohl ausdrücken würde – oder, um mit Comic-Legende Stan Lee zu sprechen: »Aus großer Kraft folgt große Verantwortung«.

Die griesgrämige Kassiererin

Dies zu erkennen und entsprechend zu handeln, erfordert natürlich ein gewisses Maß an Sensibilität – und hiermit wären wir schon bei der nächsten Eigenschaft, die der Held unseres Autoren-Epos unbedingt mitbringen muss.

Empathie lautet hier das Schlagwort – die Fähigkeit, sich in andere Menschen hineinzudenken und deren Weltsicht und Handlungsweise zwar nicht zwangsweise zu befürworten, aber doch zumindest nachzuvollziehen. Für einen Schriftsteller ist diese Fähigkeit natürlich wichtig, weil sie ihn dazu befähigt, sich in die von ihm geschaffenen Figuren hineinzuversetzen und sie auf für den Leser nachvollziehbare Weise denken, sprechen und handeln zu lassen. Anders als die Sache mit dem magischen Funken ist Empathie aber weniger eine Gabe, sondern eine Fähigkeit, die durchaus auch eingeübt werden kann – nicht nur beim Schreiben, sondern auch im täglichen Leben. Warum macht die Verkäuferin an der Supermarkt-Kasse ein so griesgrämiges Gesicht? Gab es vielleicht einen Grund dafür, dass die gute Freundin den Geburtstag vergessen hat? Warum ist der Kollege am Arbeitsplatz so ein fürchterlicher Rechthaber?

Derlei Dinge nicht nur einfach zur Kenntnis zu nehmen, sondern über mögliche Ursachen nachzudenken (die nicht immer spektakulär ausfallen müssen), hilft nicht nur, die eigene soziale Intelligenz zu schärfen, sondern üben auch das Hineindenken in andere Personen, und zwar durchaus auch solche, die einem zunächst fremd sind – und dies ist für einen Schriftsteller eine wichtige Fähigkeit.

Denken wir zum Beispiel an einen Schauspieler: Soll er einen Serienkiller verkörpern, so wird er dabei (hoffentlich) nicht auf eigene Erfahrungen zurückgreifen, sondern auf die anderer Menschen und versuchen, sie so gut als irgend möglich zu denen der dargestellten Figur zu machen. Und natürlich wird er auch versuchen, sich in die Denkweise der betreffenden Figur hineinzuversetzen, bisweilen, beim sehr extremen *Method Acting*, bis hin zur kompletten Selbstverleugnung. Ähnlich – wenn auch nicht ganz so krass – verhält es sich bei einem Autor, nur dass dieser der alleinige Darsteller seines Stückes ist: Ganz gleich, ob es sich um die Hauptfigur handelt oder um den Schurken, um dessen üblen Handlanger oder den weisen Mentor des Helden – um die Denk- und Handlungsweise dieser Charaktere glaubhaft zu beschreiben und damit für den Leser nachvollziehbar zu machen, muss der Autor die Fähigkeit haben, in ihre Rollen zu schlüpfen. Natürlich ist es nicht ganz einfach, sich in die Rolle eines verfressenen Orks, eines baumgroßen Trolls oder eines untoten Drachen zu versetzen. Gerade hier jedoch ist es wichtig, all diesen phantastischen Kreaturen »echte«, also für den Leser plausible Empfindungen zu geben. Noch deutlicher gesagt: Je abenteuerlicher und abgefahrener die Protagonisten eines Romans sind, desto erdgebundener und vertrauter sollten ihre Empfindungen sein, denn nur so erreichen wir es, dass sich der Leser trotz aller Andersartigkeit mit diesen Wesen identifiziert und sie auf einer intuitiven Ebene versteht.

Natürlich muss das Handeln einer Person den Regeln der Logik folgen und dem Handlungsmuster des Romans entsprechen – mindestens ebenso wichtig jedoch scheint mir, dass sie emotional richtig verortet ist und ihre Aktionen nicht nur durch kühle Logik, sondern auch von der

Gefühlsseite her plausibel begründet sind. Nur so erhalten wir Charaktere, mit denen die Leser mitfiebern, und nichts anderes wollen wir schließlich – Empathie ist also der Schlüssel zum Erfolg.

Eine Warnung muss allerdings noch angefügt werden – denn dieselbe Sensibilität, die dazu befähigt, sich in fremde Personen und Figuren hineinzudenken, schlägt einem ins Gesicht wie der *saparak* eines Orks, wenn man nicht lernt, damit umzugehen und sich abzuschotten, wenn es nötig ist – zum Beispiel dann, wenn die eigene Arbeit nicht mehr auf objektive, sondern auf persönliche, gar verletzende Weise kritisiert wird. Aber dazu später mehr.

Richtich schreibn

Darüber hinaus gibt es einige Eigenschaften, die nicht unmittelbar mit dem Ausdenken einer Geschichte oder ihrer inhaltlichen Entwicklung zu tun haben, wohl aber mit ihrer Ausformulierung zum Roman – sie alle haben mit dem Grundwerkzeug des Autors zu tun, der Sprache. Das wird niemanden besonders überraschen, dennoch lehrt die Erfahrung, dass es gut ist, sich diese einfache, aber harte Regel noch einmal zu vergegenwärtigen: Die Beherrschung der deutschen Sprache sowie die Sicherheit in der dazugehörigen Grammatik und Orthografie sind unablässige Voraussetzungen dafür, als Schriftsteller Fuß zu fassen. Kein Verlag wird, unabhängig von der womöglich großartigen inhaltlichen Qualität eines eingereichten Manuskripts, mehr als die übliche Sorgfalt darauf verwenden, im Text vorhandene Fehler ausfindig zu machen und zu verbessern. Mit anderen Worten: Manuskripte, die mit orthografischen und/oder grammatikalischen Fehlern gespickt sind, haben keine Chance, vollständig gelesen geschweige denn veröffentlicht zu werden.

Durch die enormen Fortschritte in der Textverarbeitung stehen inzwischen glücklicherweise sehr gute und zuverlässige Rechtschreibprogramme zur Verfügung, die einen Text wenn schon nicht auf Herz, so doch auf Nieren überprüfen – grammatikalische Fehler jedoch (wie den berühmten Dativ, der dem Genitiv sein Tod ist) machen auch sie nicht ausfindig, sodass hier nichts anderes bleibt als eiserne Selbstkontrolle und Disziplin, und notfalls auch der Griff zum Bücherregal. Wörterbücher wie Duden oder Wahrig schaffen Klarheit in vielen Zweifelsfällen und gehören sowohl zur Grundausrüstung des Autors sowie seines Lektors.

Wohlgemerkt gilt dies vor allem für die professionelle Verwertbarkeit von Texten. Wer hobbymäßig schreibt oder seine Texte kostenfrei im Internet veröffentlicht, der hat es mit einem Medium zu tun, in dem oft ein guter Inhalt allemal wichtiger ist als eine korrekte Form – ein zahlender Kunde jedoch, der für ein Taschenbuch rund zehn und für ein Paperback rund fünfzehn Euro hinblättert, verlangt zu Recht ein handwerklich ordentlich gemachtes Buch – und die Sprache ist nun einmal das Handwerk des Autors. Wir werden in sie hineingeboren, wachsen mit ihr auf und nehmen sie bis zu unserer Schulzeit eigentlich gar nicht bewusst wahr. Erst, wenn unsere Lehrer uns darauf aufmerksam machen, dass unsere Ausdrucksfähigkeit zu wünschen übrig lässt oder unsere Rechtschreibung zwar phantasievoll ist, aber nicht den (jeweils gerade) gültigen Regeln folgt, wird uns klar, dass wir da etwas haben, das gleichzeitig Segen ist und Fluch.

Klar ist: Sprache bedeutet Kommunikation und ermöglicht überhaupt erst eine hoch entwickelte Kultur, insbesondere durch ihre fixierte Erscheinungsform, die Schrift. Die praktische Anwendung einer verbindlich geregelten Allgemeinsprache ist schon ein bisschen komplizierter und beinhaltet so manche Fallstricke, über die auch gestandene Autoren hin und wieder stolpern. Wohlgemerkt geht es auch nicht darum, die deutsche Grammatik in all ihren Einzelheiten bis ins Detail zu beherrschen, wohl aber darum, einen Text in weitgehend fehlerfreier Form abzuliefern. Genitiv vs. Dativ, Adjektiv vs. Adverb, Aktiv vs. Passiv – die meisten Menschen hören auf, sich über derlei Dinge Gedanken zu machen, wenn sie die Schule verlassen. Autoren können sich diesen Luxus nicht leisten, denn Sprache ist das Material, mit dem sie täglich arbeiten, entsprechend ratsam ist es, sie zu pflegen und sich fortwährend darin zu schulen.

Ein Krug vom besten Met

Dies kann einerseits natürlich durch das geschehen, was wir alle ohnehin häufig und gerne tun – nämlich das Lesen von Büchern. Zum Autorenberuf gehört es aber auch, ein offenes Ohr für Sprache zu entwickeln, für all die feinen Nuancen, die Sprache »zwischen den Zeilen« transportieren kann und die so viel über den Sprecher aussagen können – von sozialer Herkunft über regionale Zuordnung bis hin zu all den emotionalen Zuständen, die verbale Kommunikation nicht nur inhaltlich, sondern vor allem auch durch Klang und Stimmführung vermittelt. Wozu, so wird mancher jetzt fragen, braucht ein Fantasy-Autor so etwas? Schließlich wollen wir weder tief gehende Milieustudien betreiben noch unsere Orks in bayerischer Mundart reden lassen. Obwohl, eigentlich …

Es geht ganz einfach darum, ein Gefühl für Sprache und ihre Stimmungen zu entwickeln, denn genau wie jeder Mensch eine ganz eigene Sprechweise hat, »klingen« auch Romane ganz unterschiedlich: Wer ein Sachbuch über garantiert krisensichere Formen der Geldanlage verfasst, wählt sicher eine andere Sprache, als ich es in DIE RÜCKKEHR DER ORKS getan habe, und ein Roman der BLACK DAGGER-Serie wählt andere Worte als Stephenie Meyer in ihren TWILIGHT-Romanen.

Was aber ist es, das diese unterschiedliche Sprache ausmacht? Warum klingen manche Bücher anders als andere? Im Grunde sind es dieselben Dinge, die auch die individuelle Ausdrucksweise von uns Menschen voneinander unterscheiden: Wortwahl, Sprachfluss, Betonung – all diese Parameter bestimmen den individuellen Sprachduktus eines Menschen. Nicht anders verhält es sich bei einem Buch: Ein Politthriller muss eine gewisse Sachlichkeit vermitteln, ein Liebesroman darf sich in ausufernden Beschreibungen ergehen.

Wie aber steht es nun um die Fantasy?

Eine eindeutige Antwort auf diese Frage gibt es natürlich nicht. Im Lauf seiner Entwicklung hat das Genre die verschiedensten Subgenres und Mischformen hervorgebracht, die sich jeweils ihrer ganz eigenen Sprache bedienen. Epische High Fantasy à la DER HERR DER RINGE klingt sicher anders als Heroic Fantasy à la CONAN, so wie sich die klassisch anmutende Eloquenz eines J.R.R. Tolkien grundlegend vom ungestümen Schwulst eines Robert E. Howard unterscheidet. Entscheidend ist hier aber nicht das individuelle Sprachvermögen des Autors. Ähnlich, wie sich Schauspieler in den Dienst der Rolle stellen, die sie spielen, sollte sich auch ein Autor in den Dienst seines jeweiligen Buches stellen und einen Stil wählen, der Inhalt und Gegenstand angepasst ist. Alles andere wäre eitler Selbstzweck, wie man ihn hin und wieder bei Feuilletonisten mit Amok laufendem Intellekt antrifft: Plötzlich scheint es im betreffenden Zeitungsartikel gar nicht mehr um das besprochene Werk zu gehen, sondern nur noch darum, der vermeintlichen Sprachgewalt des Redakteurs ein Podium zu verschaffen – mit dem Ergebnis, dass der Leser gar nicht mehr versteht, worum es geht.

In der Fantasy ist es ganz besonders wichtig, dass wir als Autoren hinter die Geschichte treten, die wir erzählen wollen, denn schließlich erwarten wir von unseren Lesern ja, dass sie uns in bisweilen unwahrscheinliche Welten folgen. Dies wird jedoch erschwert, wenn wir durch unpassende Sprachwahl selbst in Erscheinung treten und dadurch die Vorstellungskraft des Lesers stören.

In meinem Fantasy-Zweiteiler LAND DER MYTHEN, der auf Sagenmotiven meiner Allgäuer Heimat beruht, habe ich mich beispielsweise für eine etwas schnörkelhafte und antiquiert wirkende, dem märchenhaften Charakter der Geschichte jedoch sehr angemessene Sprache entschieden, während ich mich in der ORKS-Trilogie eher am Stil der Pulp-Klassiker orientiert habe, der mir für unsere Freunde Balbok und Rammar passend erschien. Bei historischen Romanen wähle ich meist eine zwar weitgehend zeitgemäße Sprache, achte jedoch darauf, dass sich keine Anachronismen einschleichen, die die Atmosphäre zerstören und den Leser aus der Handlung reißen würden wie die berühmte Armbanduhr am Handgelenk des Shakespeare-Mimen. In seinem Roman MEIN NAME SEI GANTENBEIN lässt der vorhin schon erwähnte Max

Frisch seinen Ich-Erzähler sagen, dass jemand, der einen Blinden spielt, dies nicht fortwährend zu tun braucht, um die Illusion aufrechtzuerhalten, sondern dass es völlig ausreichend ist, wenn er sich in einigen entscheidenden, prägenden Momenten blind stellt. Mit der Sprache verhält es sich ganz ähnlich: Um dem Leser einen Eindruck von einer z. B. mittelalterlich wirkenden Sprache zu vermitteln, müssen wir unsere Charaktere nicht in jenem eigenartigen Kauderwelsch radebrechen lassen, der manchmal auf Mittelaltermärkten anzutreffen ist: »Fremder, was begehret Ihr? Einen Krug vom besten Met? So wisset, dass Ihr einen Gulden zu entrichten habet ...« Meiner Erfahrung nach genügt es vollkommen, an einigen prägnanten Stellen altertümelnde Begriffe oder Formulierungen zu verwenden – das wirkt nicht überzogen und macht dem Leser dennoch klar, dass er sich in einer anderen, dem Hier und Jetzt entrückten Zeit (oder vielleicht sogar Welt) befindet. Wenn der Schenkwirt also fragt: »Was wollt Ihr, Fremder? Einen Krug Met? Das macht einen Gulden ...«, so ist das völlig ausreichend.

Natürlich haben wir als Autoren auch die Möglichkeit, unseren Protagonisten fremde Sprachen in den Mund zu legen oder – ein Vorrecht, das wohl nur die Schreibenden der Fantasy-Zunft genießen – uns ganz eigene, neue Sprachen auszudenken. Da ich ein bekennender Fan neu kreierter Sprachen bin – die Leser meiner ORKS- und ZAUBERER-Trilogie erinnern sich vielleicht – habe ich dieser ganz speziellen Technik, mit der sich eine fiktive Welt auch sprachlich greifbar machen lässt, ein eigenes Kapitel gewidmet.

Wenn ich hingegen für Jugendliche oder Kinder schreibe, kommt wieder eine »andere« Sprache zum Einsatz – dann lege ich Wert auf gut nachvollziehbare Satzkonstruktionen und verständliche Formulierung. Dies ist übrigens auch der Grund, weshalb ich niemals an mehreren Projekten gleichzeitig arbeite, was ich nur als dringenden Rat weitergeben kann. Natürlich kommt es vor, dass man einen Roman vorbereitet, während man noch dabei ist, die Korrekturen an einem anderen durchzugehen. Die eigentliche Schreibarbeit konzentriere ich jedoch immer nur auf ein Buch – schon deshalb, weil es mir wenn überhaupt nur unter großen Schwierigkeiten möglich wäre, Sprache und Duktus des einen Romans vom anderen zu trennen. Wer will schon, dass die Mitglieder des TEAM X-TREME plötzlich Orkisch reden?

In den heiklen Phasen eines Romans, also wann immer ich dabei bin, mich in ein neues Projekt einzufinden oder eine Schlüsselszene zu schreiben, geht das sogar so weit, dass ich kein anderes Buch lesen oder mir auch nur einen Film ansehen darf, da mich die andere, meinem Projekt fremde Sprache bereits zu sehr stören und beeinflussen würde. Andererseits können in der Vorbereitungsphase eines neuen Projekts solche Bücher oder Filme helfen, die stilistisch vergleichbar gelagert sind oder in ähnlichen Epochen spielen. Mit ihnen kann man sich in die Materie einfühlen und den rechten Ton finden. Ein routinierter Autor sollte ohne Weiteres in der Lage sein, nach dem Filmbesuch oder dem Lesen eines Romans eine entsprechend gelagerte Textpassage zu verfassen – für werdende Autoren ist das auch eine gute Übung.

Seht euch Texte ganz verschiedener Art an: Wie sind sie geschrieben? Wodurch zeichnen sie sich aus? Was lässt sich im Hinblick auf Wortwahl, Satzlänge, Grammatik etc. sagen? Was unterscheidet eine Sportreportage von einem Kriminalroman und diesen wiederum von HARRY POTTER? Oder gibt es auch Gemeinsamkeiten? Fragestellungen wie diese können helfen, das eigene Empfinden für Sprache zu schärfen. Der nächste Schritt wäre dann, versuchsweise Texte zu verfassen, die in ähnlichem Sprachduktus gehalten sind – auf diese Weise kommt noch sehr viel deutlicher zu Bewusstsein, was Sprache ausmacht und wie sie auf Menschen wirkt. Nur wer um diese Wirkung weiß, wird in der Lage sein, seine Texte so zu gestalten, dass sie beim Leser die beabsichtigte Wirkung erzielen: Spannung, Trauer, Heiterkeit – all dies wird nicht durch den Inhalt allein erreicht, sondern auch durch die Art und Weise, wie wir es vermitteln. Eine ganze Reihe von Lesern hat mir berichtet, dass sie am Ende von LAND DER MYTHEN Tränen der Rührung in den Augen hatten. Das wäre sicher anders gewesen, hätte ich mich entschieden, diese Passagen im sachlichen Stil einer Reportage zu schildern. Die Art und Weise, wie eine Szene geschrieben ist, kann deren Wirkung dutzendfach verstärken oder mindern – wie die Musik in einem Film. Sprache und ihre stilistischen Möglichkeiten wirkungsvoll einzusetzen, gehört daher zu den wichtigsten Dingen, die ein Autor überhaupt erlernen bzw. beherrschen kann.

Glückseliges Dauergrinsen

Den einen oder anderen wird es vielleicht verwundern, diesen Punkt hier aufgeführt zu finden – aber wer schon einmal ein Romanprojekt in Angriff genommen oder es gar zu Ende geführt hat, wird wissen, was ich meine.

Man kann eine solche Leistung eigentlich nicht vollbringen, wenn man keinen Spaß daran hat. Freude am Ausdenken von Geschichten gehört ebenso dazu wie jene am eigentlichen Handwerk, am Erzählen und am Schreiben, am Hineindenken in Charaktere und Szenen und an der Suche nach dem optimalen Ausdruck. Wer für sein Leben gern kreativ ist und vor Phantasie sprüht, den Schreibprozess jedoch als unerträgliche Knochenarbeit empfindet, wird in diesem Beruf auf Dauer sicher ebenso wenig glücklich werden wie jemand, der zwar flüssig und routiniert schreiben kann, dem es jedoch an der nötigen Vorstellungskraft fehlt. Beides ist notwendig, und wenn der Autor Freude daran hat, dann wird sich diese Freude auch in seinem Text niederschlagen und sich dem Leser vermitteln. Ist das nicht selbstverständlich?, werde ich immer wieder gefragt.

Ja und nein.

Einerseits sollte tatsächlich selbstverständlich sein, dass der Autor seine Arbeit mit Freude und Hingabe ausführt, wenn sie auch längst nicht so leicht ist, wie es auf den ersten Blick aussehen mag (und häufig auch nicht besonders gut bezahlt). Andererseits gibt es doch viele Beispiele, in denen Autoren um des bloßen Honorars willen in die Tasten gehauen haben – etwa, wenn es um rasch zusammengeschusterte Romane zu gerade Erfolg versprechenden Themen ging oder um den x-ten Band einer erfolgreich laufenden Reihe, den der Verlag noch rasch vor Weihnachten in den Läden haben wollte. Auch das phantastische Genre ist nicht frei von solchen Büchern, die sicher mit einer guten Portion Routine, jedoch ohne erkennbaren Spaß an der Sache geschrieben wurden. Das soll nun nicht heißen, dass der Autor bei seiner Arbeit zu jeder Zeit ein glückseliges Dauergrinsen im Gesicht haben muss. Mal ganz abgesehen davon, dass dies bei Familienmitgliedern und Freunden einen seltsamen Eindruck machen und zu unangenehmen Fragen führen könnte, ist es völlig in Ordnung, im Lauf eines Projekts auch mal durchzuhängen. Jeder Autor kennt die Phasen, in denen es nicht so recht aus der Feder fließen mag; Zeiten, in denen es Probleme inhaltlicher oder dramaturgischer Natur gibt oder die Handlung sich anders entwickelt, als man es ursprünglich beabsichtigt hatte. Das ist durchaus normal, selbst sehr erfolgreiche Autoren sind dagegen nicht gefeit – sobald sie die Schwierigkeiten jedoch überwunden haben, überwiegt bei ihnen wieder die Freude am Erzählen, und so sollte es sein.

Eine Frage des Portos

Wer einen Roman verfassen oder sich sogar seinen Lebensunterhalt im Autorenberuf verdingen will, dem sei zunächst entgegen allen Miesmachern gesagt – ja, es ist möglich. Dass ihr diese Zeilen lest, ist der Beweis. Und dort draußen in den Buchhandlungen gibt es noch unzählige weitere. Aber wer dieses Ziel hat, der braucht neben den vorgenannten Eigenschaften vor allem eines – Durchhaltevermögen.

Zum einen ist Ausdauer vonnöten, um überhaupt einen Roman verfassen zu können – in der Fantasy haben wir es ja nicht selten mit Werken von achthundert oder gar noch mehr Manuskriptseiten zu tun, die freilich erst einmal geschrieben sein wollen und die in vielen Fällen bloß den Auftakt zu einer noch größeren, häufig als Trilogie angelegten Geschichte bilden. Die Schreibzeiten für solche großen Epen sind irgendwo zwischen drei Monaten und drei Jahren anzusetzen – je nachdem, wie groß die Produktivität des Autors ist, wobei ein schneller Schreiber nicht gleichzeitig auch ein guter sein muss, ebenso wie nicht gesagt ist, dass ein Werk, dessen Fertigstellung fünf Jahre dauerte, zwangsläufig zum großen Wurf wird.

Die individuelle Produktivität – der *Output* eines Autors – ist von vielen Faktoren abhängig: Zunächst natürlich davon, wie viel Zeit jemand in die Arbeit an seinem Projekt stecken kann – ein Autor, der hauptberuflich schreibt, wird ein größeres Tagespensum haben als jemand, der dies nur nach Feierabend tun kann. Natürlich spielt auch die persönliche Verfassung eine Rolle, sowie die unterschiedliche Beschaffenheit der Szenen, die es zu schreiben gilt. Während die einen förmlich lebendig werden, scheinen andere sich mit aller Kraft dagegen zu wehren, in Worte gefasst und auf Papier gebannt zu werden. Wer sich schon einmal an einem Schreibprojekt versucht hat, ganz gleich, ob es sich um einen ganzen Roman oder um eine Kurzgeschichte gehandelt hat, der weiß, wovon ich spreche, denn solche Täler hat man als Autor immer wieder zu durchschreiten – nicht die berühmte Schreibblockade, vor der sich jeder Autor bekanntlich fürchtet, sondern eine gewöhnliche Schreibflaute, die dafür sorgt, dass alles doppelt so sehr anstrengt wie sonst. Alles, was den Autor dann am Schreiben hält und das halb fertige Manuskript davor bewahrt, unter der Rubrik »unvollendet« abgelegt zu werden, ist eiserner Durchhaltewille, die beharrliche Suche nach einer Lösung.

Das soll nicht heißen, dass es nicht mitunter hilfreich sein kann, die Arbeit liegen zu lassen und darauf zu hoffen, bei einer anderen Tätigkeit auf den oder die rettenden Gedanken zu kommen; wichtig ist, dass man irgendwann zur Arbeit zurückkehrt. Das verstehe ich unter kreativer Ausdauer – und sie verlangt einen gewissen Preis.

Von meinen Lesungen weiß ich, dass viele Leute, und zwar durchaus auch solche, die sich selbst mit dem Gedanken tragen, Autoren zu werden, recht verklärte Vorstellungen vom Schreiben haben. Zugegeben, es hört sich ja auch wirklich gut an: Den ganzen Tag im warmen Kämmerchen sitzen, sich Geschichten ausdenken und sie aufschreiben. Und wenn man mich danach fragt, so erkläre ich ohne Zögern und aus vollster Überzeugung, im Beruf des Autors meinen Traumberuf gefunden zu haben. All dies soll jedoch nicht darüber hinwegtäuschen, dass der Beruf des Schriftstellers anstrengend und der Schreibprozess ein mühevolles Unterfangen sein kann. Denn selbst, wenn es gut läuft, wenn sich die Figuren wie von selbst in ihre Rollen und Szenen fügen, stellt das Schreiben noch immer einen kreativen Kraftakt dar, der nicht selten eine innere Erschöpfung zur Folge hat. Vor allem dann, wenn die zu beschreibenden Szenen emotionaler Natur sind.

Wer schon einmal eine Szene verfasst hat, in der ein Hauptcharakter sein Leben lässt, oder ein Finale, in dem sich ein düsteres Schicksal erfüllt, weiß, wovon ich hier spreche: So befriedigend eine solche Szene für den Leser sein kann, so kräftezehrend ist es auch, diese zu schreiben. Denn um all die Motivationen und Gefühle, die sich im Lauf der Handlung bei den Figuren aufgestaut haben, zielgerichtet abzubauen, ist es notwendig, sich auf die Charaktere einzulassen und die Geschichte aus ihrer Sicht zu erzählen – und auch das kann sehr viel anstrengender sein, als es auf den ersten Blick erscheinen mag. Im Zuge der Arbeit an DAS DUNKLE FEUER, dem dritten und letzten Teil der ZAUBERER-Trilogie, war jene Szene am schwierigsten zu schreiben, in der es zum endgültigen Bruch und zum Kampf zwischen den Helden Granock, Aldur und Alannah kommt. Natürlich stand für mich von Anfang an fest, dass dieser Konflikt unvermeidlich war – da die ZAUBERER-Trilogie zeitlich vor der damals bereits bestehenden ORKS-Trilogie angesiedelt ist, waren sowohl der Kampf als auch sein Ausgang klar vorbestimmt. Im

Lauf der Arbeit an dem Roman habe ich mich jedoch dabei ertappt, dass mir die Figur des Aldur so ans Herz gewachsen war, dass ich ihre Geschichte am liebsten umgeschrieben hätte. Da ich diese Möglichkeit nicht hatte, blieb mir nichts anderes, als mich den Zwängen der Handlung zu unterwerfen – die Arbeit an den besagten Passagen ist mir aber bis heute in Erinnerung und hat mich eine ganze Menge von genau jener Ausdauer gekostet, von denen ich hier spreche.

Schon jenes Kapitel, in dem die einstigen Freunde nach langer Zeit wieder aufeinandertreffen, war nicht einfach zu schreiben, weil die Figuren mir im Lauf der Trilogie derart vertraut geworden waren, dass ich das Gefühl hatte, sie zu verraten – das finale Duell wurde dann aber ein echter Kraftakt. Nun gab es kein Verstecken mehr, der letzte Kampf musste ausgetragen werden, Freund stand gegen Freund – dramaturgisch reizvoll, aber auch ziemlich deprimierend. Am anstrengendsten war jedoch die Schlussszene Aldurs, die in gewisser Weise den Bogen schlägt vom Anfang der ZAUBERER-Trilogie bis zum Ende der ORKS-Trilogie und in der das über Erdwelt waltende Schicksal so richtig greifbar werden sollte. Im fertigen Roman waren es schließlich nur wenige Seiten, die ich jedoch unzählige Male verworfen, neu geschrieben und umformuliert habe, bis ich endlich das Gefühl hatte, dass sie dem Anspruch sowohl der Figur als auch der Geschichte gerecht werden. Die Erschöpfung, die ich danach verspürte, war so beträchtlich, dass ich einige Tage pausieren musste, ehe es mit der Arbeit am Roman weitergehen konnte.

Jeder Roman kennt solche Phasen – Zeiten, in denen das Schreiben beinahe so leichtfällt, als würde man einen bereits bestehenden Text lesen, und andere, in denen man um jede Zeile ringen muss. Bei solchen Gelegenheiten trennt sich die Spreu vom Weizen – Autoren, die durchaus begabt sind, letztlich jedoch vor der Herausforderung kapitulieren, von solchen, die den erforderlichen Biss haben, um ihr Ziel weiterzuverfolgen. Sich immer wieder neu zu motivieren, ist eine notwendige Voraussetzung, um einen Roman von fünfhundert, achthundert oder gar tausend Seiten jemals zum Abschluss zu bringen, und natürlich ist hier die Unterstützung durch Menschen, die an dich glauben und dir zutrauen, die Arbeit erfolgreich zu beenden, von unschätzbarem Wert.

Durchhaltevermögen ist aber auch dann gefragt, wenn das Werk fertiggestellt ist und die Suche nach einem Verlag beginnt. Zwar ist durch die erfreulichen Entwicklungen auf dem Markt der Agenturen das Anbieten von Manuskripten ein wenig einfacher bzw. organisierter geworden (dazu an späterer Stelle mehr), jedoch ist es noch immer schwer genug, einen Verlag zu finden. Michael Ende hat einst den schönen Ausspruch getätigt, dass Erfolg in erster Linie eine Portofrage sei. Er musste es wissen, denn sein Kinderbuchklassiker JIM KNOPF UND LUKAS DER LOKOMOTIVFÜHRER wurde zigmal abgelehnt, ehe er schließlich in Stuttgart bei Thienemann eine verlegerische Heimat fand – ein weiterer Beleg dafür, wie wichtig Durchhaltevermögen im Autorenberuf ist – und ein großer Satz Briefmarken.

Vertrau dir selbst

Wieder einmal befinden wir Autoren uns in guter Gesellschaft: Wenn Siegfried zum Kampf gegen den Drachen antritt, wenn Luke Skywalker auf Dagobah die Macht dazu benutzt, Steine schweben zu lassen oder wenn Granock und die anderen Novizen von Shakara von ihrem *reghas* Gebrauch machen, dann befähigt sie neben ihren besonderen Fähigkeiten vor allem eines dazu: eine gesunde Portion Selbstvertrauen. Oder auch gerade nicht, wie das Beispiel des X-Flüglers zeigt, den Luke zur Enttäuschung seines weisen Lehrmeisters Yoda im gurgelnden Sumpf von Dagobah versenkt.

Der Glaube an sich selbst und die eigenen Fähigkeiten, gepaart mit einer ordentlichen Portion Beharrlichkeit, um nicht zu sagen Sturheit, ist auch für den Autor eine wichtige Grundlage seiner Arbeit. Wer unsicher ist und an seinen Fähigkeiten, seien sie nun sprachlicher oder dramaturgischer Natur, zweifelt, der wird es schwer haben, einen Verlag zu finden, der seine Geschichten veröffentlicht – denn wie soll ein Verlag an das Potenzial eines Autors glauben und in dieses investieren, wenn es der Autor nicht einmal selber tut? Für sich selbst zu schreiben, kann ganz wunderbar sein – wer jedoch davon träumt, eines Tages sein Geld mit dem Schreiben von Büchern zu verdienen, der darf den Schritt in die Öffentlichkeit nicht scheuen. Es muss ja nicht gleich das große Autorenforum im Internet sein – anfangs genügt es völlig, Texte von Familienmitgliedern oder guten Freunden lesen zu lassen. Selbstvertrauen kommt schließlich weder über Nacht noch von ganz allein, sondern muss langsam aufgebaut werden. Allerdings nützt es nichts, wenn Familie oder Freunde aus reiner Sympathie voll des Lobes sind – wenn sie etwas zu kritisieren haben, sollten sie das auch offen sagen. Der Vorteil ist, dass enge Bekannte ihre Kritik sicher sehr viel sanfter und diplomatischer anbringen werden als Fremde, was gerade am Anfang hilfreich ist. Wer sein Erstlingswerk umgehend ins Netz stellt, muss damit rechnen, neben viel fundierter und engagierter Kritik von Gleichgesinnten auch unfaire Kritik von Leuten zu bekommen, denen es nur darum geht, andere bloßzustellen und deren einzige Triebfeder womöglich blanker Neid ist – um solche Zeitgenossen sollte man vor allem am Anfang einen Bogen machen.

Wenn du jetzt den Kopf schüttelst und dir denkst: »Wovon, zum Henker, redet der da? Warum sollte jemand meinen Text kritisieren?«, dann gehörst du vielleicht zu jenen angehenden Autoren, die vor Selbstbewusstsein strotzen und es gar nicht erwarten können, sich und ihr Werk der Welt zu präsentieren. Wie gesagt, Selbstbewusstsein ist wichtig und gehört zum Geschäft – die Grenze zur Selbstüberschätzung ist jedoch fließend. Ich höre immer wieder von Verlagen oder Agenturen, die Erstlingswerke vielversprechender Nachwuchsautoren eingeschickt bekommen, die sie eigentlich gerne veröffentlichen bzw. anbieten würden. Sobald es jedoch darum geht, Kritik anzunehmen und den bestehenden Text noch zu verbessern, verweigern die Urheber jegliche Zusammenarbeit mit dem Hinweis auf ihre künstlerische Unabhängigkeit. Schneidig, wie es in Süddeutschland heißt – aber wenig clever. Denn ein Autor, der sich schon vor der Veröffentlichung seines Erstlingswerkes unkooperativ zeigt, ist verständlicherweise nicht gerne gesehen.

Natürlich ist jeder von uns dadurch, dass er kreativ arbeitet und aus dem Nichts heraus etwas schafft, per Definition ein Künstler – jedoch nicht im Sinne eines freien künstlerischen Ausdrucks. Denn ein Verlag, der ein Buch veröffentlicht und also auch Geld in dessen Herstellung und Vertrieb steckt, wird vor allem bei noch unbekannten Autoren ein gewisses Mitspracherecht an Inhalt und Gestaltung fordern, schließlich trägt er auch das alleinige finanzielle Risiko. Selbst wenn wir also diejenigen sind, die sich die Geschichte ausgedacht und sie in einem kräftezehrenden schöpferischen Akt überhaupt erst ins Leben gerufen haben – nicht alles, was wir schreiben, ist pures Gold, und sofern wir nicht unter Ausschluss der Öffentlichkeit lediglich unserem eigenen Kunsteifer zuliebe schreiben wollen, sollten wir uns offen zeigen für konstruktive Kritik.

Zwischen grundloser Selbstzerfleischung auf der einen und abgehobener Selbstüberschätzung auf der anderen Seite liegt ein weites Spektrum, in dem sich ein angehender Autor möglichst in der Mitte einordnen sollte – mit einer gesunden Portion Glauben an die eigenen Fähigkeiten, aber auch Einsicht in die eigenen Grenzen. Beides ist notwendig, um a) einen Einstieg ins Autorendasein zu finden und sich b) beständig verbessern zu können, und genau darauf kommt es an.

Viele Autoren, auch ich selbst, mögen bereits nach einigen Jahren ihre alten Bücher nicht mehr lesen, weil sie sich zwischenzeitlich weiterentwickelt haben (oder dies zumindest glauben). Ihr eigener Text kommt ihnen qualitativ unzureichend vor und sie würden ihn am liebsten überarbeiten, was letztlich nur Ausdruck eines Reifeprozesses ist, von dem alle Beteiligten – Autoren und Verlage, vor allem aber die Leser, profitieren.

3
Heldenschmiede

Blick über den Tellerrand

Gibt es eine Möglichkeit, das Wissen, über das ein Autor verfügen sollte, in schulischer Form vermittelt zu bekommen, am besten gepaart mit praktischen Übungen, die das Einmaleins kreativen Schreibens vermitteln?

Ja und nein.

Anders als etwa in den USA, wo die sogenannten *Writing Schools* eine lange Tradition haben und es nicht nur an den Universitäten und Fachhochschulen, sondern mitunter auch an der High School entsprechende Studiengänge und Kurse gibt, hat man das kreative Schreiben in unseren Breiten lange Zeit vernachlässigt bzw. als etwas betrachtet, wozu vor allem Talent nötig ist und das folglich nicht »gelehrt« werden kann. Es steht jedoch außer Frage, dass Talent nicht alles ist und es, wie im vorangegangenen Kapitel erklärt, eine ganze Reihe von Eigenschaften gibt, die man eigentlich sehr gut einüben und erlernen kann, gerade wenn es um die praktische Seite des Schreibens geht. Entsprechend werden seit einiger Zeit auch bei uns immer wieder Kurse angeboten, die die »Ausbildung zum Schriftsteller« zum Ziel haben.

Das ist natürlich etwas zu viel versprochen, denn weder

ist »Autor« ein anerkannter Ausbildungsberuf noch gibt es ein fest umrissenes Berufsbild, geschweige denn eine Bezahlung nach Tarifvertrag. Wer darf sich als Autor bezeichnen? Jemand, der hauptberuflich als Buchhalter arbeitet und nur nebenbei schreibt, jedoch das Glück hatte, schon mit dem ersten Roman veröffentlicht zu werden? Oder jemand, der sich seit zehn Jahren redlich müht und jede freie Sekunde in seine Schreibprojekte steckt, jedoch noch nie von einem Verlag publiziert wurde? Und es gibt eben auch keine festen Anstellungen für Autoren, jedenfalls nicht mehr. In den 60er- und 70er-Jahren, als der Heftroman auf dem Höhepunkt seiner Popularität war, haben Verlage wie Bastei durchaus fest angestellte Autoren beschäftigt, es war jedoch eher die Ausnahme denn die Regel. Wer heute als Fantasy-Autor arbeiten will, der wählt ein Leben als Freiberufler, mit allen Vor- und Nachteilen – und darauf kann keine Ausbildung vorbereiten.

Wenn jemand also verspricht, zum Autor oder Schriftsteller auszubilden, dann ist das wohl ein wenig zu viel versprochen. Allerdings kann man durchaus gewisse Einblicke in die Branche vermitteln, so wie es ja auch in diesem Buch geschieht, und ein paar Tricks vermitteln. Ob jemand dadurch zum Autor wird oder nicht, entscheidet er aber ganz allein. Wer die Hallen Shakaras betritt, um seine Ausbildung zum Zauberer zu beginnen, hat *rhegas* im Gepäck – jene magische Gabe, die nur ihm allein zuteilwurde. Was er jedoch aus dieser Habe macht, ist seinem Fleiß, seiner Geduld und seiner Beharrlichkeit überlassen. Bei Autoren ist es ähnlich – nur dass ihre besondere Gabe ihre Kreativität ist.

Da es also kaum einen »direkten« Ausbildungsweg für das Autorendasein gibt, gelangen die meisten als Quereinsteiger dorthin. Der klassische Weg, sich dem Beruf des

Schriftstellers von akademischer Seite zu nähern, besteht nach wie vor im Studium der Germanistik, oft auch der Anglistik oder Romanistik. Ich selbst habe diesen Weg beschritten und kann ihn durchaus empfehlen. Nicht so sehr, weil ich durch das Studium gelernt hätte, wie man ein Buch schreibt, sondern weil es mir Gelegenheit gab, über den Tellerrand hinauszublicken und neue Perspektiven zu entdecken. Und weil eine sprach- oder literaturwissenschaftliche Ausbildung natürlich eine ganze Menge von Kenntnissen vermittelt, die man als Autor gut gebrauchen kann. Zum einen lernt man natürlich, mit Texten umzugehen und ist allein durch die immer wieder anstehenden Seminararbeiten gezwungen, regelmäßig zu schreiben. Zum anderen bekommt man im Zuge des wissenschaftlichen Arbeitens exemplarisch vermittelt, wie man für ein Thema recherchiert, mit Quellentexten umgeht usw. – gerade für Autoren historischer Romane sind solche Kenntnisse von großem Wert, und bisweilen spielen realhistorische Hintergründe ja durchaus auch in der Fantasy eine Rolle, man denke nur an Naomi Noviks TEMERAIRE-Zyklus, der während der napoleonischen Kriege spielt, oder an Markus Heitz' DRACHENKAISER, der in den 20er-Jahren angesiedelt ist. Solche Themen kann man nicht bearbeiten, ohne die betreffende Ära fundiert recherchiert zu haben.

Auch verwandte Fächer wie Theater- oder Medienwissenschaften können hilfreich sein, manche Autoren haben auch Geschichte oder Philosophie studiert, und natürlich sind es bei Weitem nicht nur die Geisteswissenschaften, die auf ein späteres Autorendasein vorbereiten – auch Mathematiker und Juristen sind schon beim erfolgreichen Schreiben ertappt worden. Der Nutzen für das Autorendasein besteht häufig nicht so sehr in der eigentlichen

Ausbildung, sondern in den Möglichkeiten, die ein Studium einräumt – sich selbst zu entdecken und seine ganz eigenen Fragen an die Welt zu formulieren, denn genau darum geht es ja auch in der Fantasy.

Aber natürlich ist ein Studium, ob abgeschlossen oder nicht, keine notwendige Voraussetzung, um als Autor arbeiten zu können. Viele Kollegen haben auch abgeschlossene Berufsausbildungen, nicht zuletzt deshalb, weil ihre Eltern darauf bestanden haben, dass sie zunächst einen reellen »Brotberuf« erlernen, ehe sie ihrer Neigung zum Schreiben nachgehen – ein zwar etwas konservatives, bei Licht betrachtet aber gar nicht so übles Konzept, dem schon viele (auch sehr bekannte) Kollegen gefolgt sind.

Bei vielen stand der Berufswunsch Schriftsteller auch gar nicht von vornherein fest, sondern hat sich nach und nach ergeben, sodass viele Autoren aus Berufen kommen, die sie viele Jahre lang ausgeübt haben. Der Berufsgruppe der Lehrer scheint hier eine besondere Bedeutung zuzukommen – ich kenne eine ganze Reihe sehr erfolgreicher Autoren, die ursprünglich den Lehrberuf ergriffen hatten, dann aber zum Schreiben gekommen und auch dort geblieben sind. Und auch unter Journalisten gibt es viele, die zumindest nebenbei auch fiktive Texte verfassen und irgendwann ganz ins schriftstellerische Lager wechseln.

Auch ich selbst habe nach dem Studienabschluss lange Jahre als freiberuflicher Journalist gearbeitet. Als Phantastik-Fan bin ich dabei meinem Metier treu geblieben und habe zwölf Jahre lang für die Zeitschrift »Moviestar« und ihre Ableger »TV Highlights« (heute »TV-Serienhighlights«) und »DVD Special« gearbeitet – die Leidenschaft für den Film ist mir bis heute erhalten geblieben, wie ihr an den von mir gewählten Beispielen wahrscheinlich schon gemerkt habt. Nebenbei habe ich damit angefangen, Heftromane für den Bastei-Verlag zu schreiben, Wildwest-Geschichten zunächst, später dann Kriminalromane und schließlich auch Science Fiction und Fantasy. Man mag über diese deutschen »Pulps« die Nase rümpfen – fest steht aber, dass ich im Lauf der rund hundertachtzig Romane, die ich auf diese Weise verfasst habe, das Handwerk des Schreibens von der Pike auf erlernt habe und über die Jahre verfeinern konnte. Viele namhafte Autoren wie Wolfgang Hohlbein, Kai Meyer und Jörg Kastner, um nur einige zu nennen, haben ihre ersten schriftstellerischen Gehversuche im Heftroman unternommen und dabei all jene Tugenden erlernt, die für einen Berufsautor wichtig sind, vom Arbeiten in einem Team über einen soliden Spannungsaufbau und ökonomisches Erzählen bis hin zum Einhalten von Abgabeterminen, die im Heftroman sehr viel enger gesetzt sind als bei Büchern.

Dass die Heftromanlandschaft in den vergangenen Jahren deutlich geschrumpft ist, ist äußerst bedauerlich, denn als Autorenschmiede waren und sind die Heftromanredaktionen einfach unübertroffen. Gerade die Lektoren der phantastischen Serien – an vorderster Stelle Klaus N. Frick von PERRY RHODAN (Pabel) und Michael »Mad Mike« Schönenbröcher von MADDRAX (Bastei) – sind bis auf den heutigen Tag bemüht, das Beste aus ihren Autoren herauszuholen und neue Talente zu fördern, sodass hier zumindest etwas von der alten Blüte des Heftromans geblieben ist. Zudem gibt es auf dem Gebiet des eNovel und des ePublishing einige interessante Entwicklungen, die eine Rückkehr des »guten alten« Heftromans in neuem Gewand bedeuten und jungen Autoren somit neue Chancen eröffnen könnten.

Da ich selbst großen Spaß daran hatte, bin ich eine

ganze Weile beim Heftroman geblieben und durfte sogar Basteis Aushängeschild JERRY COTTON mit einem roten Handlungsfaden versehen, der über einige Dutzend Bände hinweg das Geschehen der Serie bestimmt hat – unter Fans der Serie genießt dieser »Domäne«-Zyklus heute offenbar einen fast legendären Ruf, was ich als große Ehre empfinde. Gleichwohl hatte ich irgendwann das Gefühl, dass es an der Zeit wäre, mich weiterzuentwickeln, und so erschien 2004 mit DIE BRUDERSCHAFT DER RUNEN mein erster »eigener« Roman bei Lübbe, ein historischer Thriller, der sich auf Anhieb großer Beliebtheit erfreute. Im Jahr darauf folgte mit DIE RÜCKKEHR DER ORKS mein erster Fantasy-Roman bei Piper, und obwohl der eine oder andere Leser zunächst Schwierigkeiten damit hatte, sich mit meiner etwas humorvollen Sicht der Dinge anzufreunden, avancierten die Abenteuer von Balbok und Rammar zum Bestseller. Das wiederum hatte zur Folge, dass ich seit jener Zeit hauptberuflich vom Schreiben leben kann, wofür ich meinen Leserinnen und Lesern und allen, die mich auf diesem Weg unterstützt haben, wirklich sehr dankbar bin.

Die meisten meiner Kollegen haben ähnliche Viten. Erfolge, die sich quasi über Nacht einstellen und dafür sorgen, dass man dem verhassten Chef anderntags die Kündigung um die Ohren hauen kann, sind erstrebenswert, aber leider seltener als die Sichtung eines fünfarmigen tibetanischen Quallenbibers (und der kommt schon nicht gerade häufig vor). Meist ist der sich einstellende Erfolg das Ergebnis kontinuierlicher und oft jahrelanger Bemühungen. Allen Erfahrungen nach, die ich in dieser Branche sammeln durfte, steht und fällt der Erfolg letztlich mit recht konservativen, dafür aber zeitlosen Tugenden: Geduld und die im vorigen Kapitel bereits erwähnte

Beharrlichkeit sind ebenso wichtig wie Zuverlässigkeit, Fleiß und Talent. Und man muss bereit sein, sich fortwährend zu verbessern und seine dramaturgischen wie sprachlichen Fähigkeiten zu verfeinern.

Bleib hungrig!

Dazu gehört auch, dass man niemals gesättigt ist an Einfällen und Ideen und stets wachen Auges durch die Welt geht. Wer den Eindruck hat, schon alles im Leben gesehen, gehört und erlebt zu haben, der ist im Autorenberuf falsch, denn hier dreht sich letztlich alles darum, Eindrücke verschiedenster Art aufzunehmen, sie zu verarbeiten und in einem kreativen Schaffensprozess zu etwas Neuem zu machen.

Sicher wäre es auch zu kurz gesprungen, wollte man den Input auf die Phantastik allein begrenzen. Zu glauben, dass einen die Lektüre der hundert größten Werke der Fantasy dazu befähigt, selbst ein Meisterwerk abzuliefern, ist sicher ein Trugschluss. Ein guter Fantasy-Autor zu sein, bedeutet nicht nur, sich im Genre ein wenig auszukennen, sondern auch in der Lage zu sein, über den Tellerrand hinauszublicken, in andere Genres, andere Medien und, nicht zuletzt, auch ins wirkliche Leben, das oft die spannendsten Vorlagen liefert. Dabei kann es sich sowohl um die vergangene Wirklichkeit handeln als auch um die Gegenwart, der Blick in das eine oder andere Geschichtsbuch ist meines Erachtens daher ebenso unerlässlich wie jener in die Tageszeitung. Fantasy kann und darf ruhig auch politisch sein und auf metaphorische Weise aktuelle Geschehnisse aufgreifen, und natürlich wird sie zumeist auch individuelle Erfahrungen, Erlebnisse, Begegnungen des Autors verarbeiten. In vielen Fällen wird das jedoch nicht genügen.

Auch wenn ein Roman zu einer anderen Zeit und in einer anderen Welt spielt, womöglich in einem Kosmos, in dem noch nicht einmal Menschen existieren, so wird es dennoch um menschliche Grunderfahrungen gehen, die der Autor nicht immer aus seinem eigenen Erfahrungsschatz beschreiben kann. Umso wichtiger ist es, seinen Mitmenschen mit offenen Augen und Ohren zu begegnen und ein aufmerksamer Zuhörer zu werden, denn nur so lässt sich jener Grad an Glaubwürdigkeit erreichen, die unseren Figuren innewohnen sollte. Oft sind es gerade die kleinen, alltäglichen Geschichten, die die Vorlage für große Stoffe liefern oder zumindest helfen, sie glaubwürdig zu gestalten. Als Granock z. B. in DIE ZAUBERER nach Shakara kommt, um seine Ausbildung zu beginnen, fühlt er sich dort zurückgesetzt und ausgestoßen. Er ist der »Neue« – das neu zugezogene Kind, mit dem niemand spielen will, der neue Schüler in der Klasse, der misstrauisch beäugt wird, der neue Kollege am Arbeitsplatz. Jeder von uns hat dieses Gefühl wahrscheinlich schon in der einen oder anderen Situation gehabt, weswegen es einfach ist, sich hier mit Granock zu identifizieren. Oder nehmen wir die Wirtshausszenen in Teil III der Saga, die einem tatsächlichen Lokal nachempfunden waren, in dem ich im Zuge einer Lesereise einmal zu Gast gewesen bin. Und der Zwerg Kibli, der in DER SCHWUR DER ORKS auftaucht, war ein augenzwinkernder Verweis an einen (inzwischen im Ruhestand befindlichen) Verlagsmitarbeiter aus der Schweiz. Was auch immer wir (be-)schreiben – es wirkt um vieles glaubwürdiger, wenn seine Wurzeln in unserer realen Welt liegen.

Auch Reisen können helfen, den Horizont zu erweitern – viele Autoren, die ich kenne, unternehmen ausgiebige Reisen, nicht nur aus Erholungsgründen, sondern auch, um neue Eindrücke zu gewinnen und aus diesen wiederum Inspiration zu schöpfen. Reiseziele wie Irland, Schottland oder die Bretagne mit ihren großartigen, fast mystischen Landschaften sind natürlich besonders beliebt, aber auch Südostasien ist mit grünen Dschungeln und versunkenen Tempeln ein gern gewähltes Reiseziel. Wichtig ist gar nicht so sehr, wohin die Reise geht, sondern in welcher Haltung man reist und wie offen man dem, was es dort zu sehen und zu erleben gibt, gegenübertritt. Mit der richtigen Einstellung kann ein Abendessen beim Inder um die Ecke ebenso inspirierend sein wie ein Gang über einen orientalischen Basar. Ein Besuch im Museum kann helfen, gedanklich in eine andere Ära zu finden, eine alte Burgruine oder ein dunkler Wald erzählen von Zeiten, die längst vergangen sind. Es kommt darauf an, ein waches Gespür für all die kleinen Dinge zu entwickeln, die flüchtigen Eindrücke, die Geräusche und Gerüche, an denen wir sonst oft achtlos vorbeigehen. Überall dort kann sich Inspiration verbergen – und davon können Autoren bekanntlich nie genug haben.

Persönlich habe ich die USA zum »Fluchtort« meiner Wahl gemacht, wohin ich mich gerne zurückziehe, um den Kopf freizubekommen und neue kreative Kraft zu tanken. Doch wie gesagt ist es gar nicht so erheblich, wo man weilt, es kommt vor allem darauf an, dass man dem, was einen umgibt, mit offenen Sinnen begegnet. Achtet nicht nur auf das Offensichtliche. In einem Roman kommt es darauf an, dem Leser auch das zu vermitteln, was nicht auf den ersten Blick erkennbar ist, und hinter die Fassade des Offenkundigen zu blicken. Die bereits zuvor erwähnte Empathie ist ein wichtiger Schlüssel dazu, aber eben auch eine scharfe Beobachtungsgabe sowie eine gesunde Portion Neugier. Wer an seine Umgebung keine Fragen stellt, der wird auch keine Antworten bekommen – und ohne Antworten gibt es keine Inspiration.

Stich niemandem ein Auge aus!

Wie der Held selbst befindet sich auch der Autor fortwährend auf der Suche – nach Inspiration, nach einem neuen Stoff, nach passenden Figuren.

Diese Suche ist zunächst ziemlich abstrakt und nicht selten unbewusster Natur. Sobald man jedoch eine Thematik gefunden hat, die einen fesselt, konkretisiert sich die Suche immer mehr und wird schließlich zu gezielter Recherche. Diese bewusste Suche nach Informationen, die für das Erzählen der Geschichte notwendig sind, gehört zum Einmaleins nicht nur des Schriftstellers, sondern eines jeden Berufsstandes, der mit dem Verfassen von Texten zu tun hat, weshalb z. B. eine journalistische oder wissenschaftliche Ausbildung hier von Vorteil sein kann, aber nicht unbedingt erforderlich ist. Sehr oft werde ich gefragt, ob Recherche überhaupt sein muss, wenn man einen Fantasy-Roman schreibt – schließlich gehe es hier doch, wie der Name schon sagt, um Phantasiewelten. Die Antwort ist klar: Recherche ist trotzdem vonnöten, und je sorgfältiger sie ausfällt, desto mehr kommt das dem Roman zugute.

Am augenfälligsten wird dies natürlich bei historischer Fantasy, die ihren Plot eingebettet in reale Geschichte erzählt und so eine alternative Lesart historischer Ereignisse liefert. So phantastisch die Kreaturen und Begebenheiten sein mögen, von denen der Roman handelt – das historische Umfeld und das Ambiente müssen genau stimmen, denn es ist die Mischung aus Magie und Zeitkolorit, die dieses Subgenre der Fantasy so beliebt und auch erfolgreich macht. Und dieses Wissen muss der Autor sich zunächst beschaffen, muss versuchen, in die reale Vergangenheit einzutauchen, um auf ihr seine phantastische Welt aufzubauen. Aber auch wer klassische *Sword and Sorcery* schreiben will, kommt nicht ohne Recherche aus, denn nicht selten spielen die Geschichten ja in archaisch anmutenden Welten, die ihre Inspiration dem alten Ägypten, der römischen Antike oder dem europäischen Mittelalter verdanken. Und natürlich ist es von Nutzen, sich in jenen Epochen auszukennen, wenn die fiktive Welt glaubhaft wirken soll. Was wurde damals gegessen? Wie wurde gekämpft? Wie lange brauchte man, um mit einem Pferd eine bestimmte Entfernung zurückzulegen? Wie wurde die Zeit gemessen? Wie orientierten sich Seefahrer vor der Erfindung des Kompasses? Woraus wurden Alltagsgegenstände gefertigt?

Die Antworten auf solche Fragen sind es, die eine zunächst noch oberflächliche Beschreibung griffig und packend machen und dem Leser das Gefühl vermitteln, dass sich hinter dem Text mehr verbirgt als das, was tatsächlich dort geschrieben steht, nämlich eine ganze Welt mit ihren eigenen Gesetzmäßigkeiten. Die alte Regel, dass jedes magische Element in der Realität verwurzelt sein sollte, kommt auch hier zum Tragen – nur so wird es dem Leser möglich, eine Verbindung zu dieser fiktiven und zu Beginn ja noch ganz fremden Welt aufzubauen.

Ein aktuelles, noch dazu sehr erfolgreiches Beispiel für eine phantastische Fiktion, die dennoch fest auf dem Boden einer uns bekannten Realität ruht, ist George R. R. Martins DAS LIED VON EIS UND FEUER, dessen vielschichtige Personenkonstellation an ein Shakespeare-Drama erinnert und dessen Inhalt von großer Politik und persönlichen Intrigen bestimmt wird. Fußte Tolkiens »Mittelerde« auf einer romantisierten Sicht des Mittelalters, hat Martins »Winterfell« das echte Mittelalter zum Vorbild und wirkt mitunter fast beklemmend realistisch – und vor allem wahnsinnig gut unterhaltend.

Es ist also notwendig, sich in den Zeiten und Epochen, auf die sich unsere Fiktion beziehen soll, gut auszukennen, und dazu verhilft nur fundierte Recherche. Nun gibt es verschiedene Methoden, wie man an Informationen über ein bestimmtes Thema gelangen kann, sei es nun im Internet oder auf ganz altmodische Weise im Buchladen um die Ecke oder in einer Bibliothek. Ich persönlich bevorzuge, weil es rasche Ergebnisse zeitigt und auch auf die digitale Welt anwendbar ist, das sogenannte Schneeballsystem (nicht zu verwechseln mit dem gleichlautenden illegalen Geschäftsmodell): Man greift sich ein beliebiges Buch zum Thema, das noch vergleichsweise allgemeiner Natur sein kann, und geht die Literaturhinweise am Ende durch; häufig findet man dort Hinweise auf Werke, die sich schon sehr viel genauer mit dem betreffenden Thema beschäftigen. In diesen wiederum schlägt man weiter nach und gewinnt so einen sich beständig erweiternden und zunehmend spezialisierenden Pool an Literatur, die sich mit dem gewünschten Thema befasst.

Auch kann man zur Erstrecherche ein Thema einfach mal googeln und sehen, was passiert; meist wird man auf einige Seiten stoßen, die dem Thema allgemein gewidmet sind; weiterführende Links führen dann zu spezialisierteren Seiten, und die enorme Vielfalt im Netz sorgt dafür, dass es auch hier Informationen zu unzähligen Themen gibt, vor allem dann, wenn man der englischen Sprache mächtig ist. Aber Vorsicht: Eine der meistgelobten Eigenschaften des Internets, nämlich seine nicht vorhandene Hierarchie, kann hier schnell zum Nachteil werden. Ein Sachbuch oder eine wissenschaftliche Abhandlung hat vor der Veröffentlichung mehrere prüfende Instanzen durchlaufen und wäre sicher nicht gedruckt worden, hätte der Autor nicht etwas zum Thema zu sagen. Im Internet kann jedermann von sich behaupten, ein Experte zu sein und eine Homepage publizieren – dass die dort bereitgestellten Informationen der Wahrheit entsprechen, ist deshalb noch lange nicht gesagt. Es empfiehlt sich deshalb durchaus, im Internet gewonnene Informationen mehrfach zu prüfen.

Durch fundierte Recherche wurden manche Autoren schon zu richtigen Kapazitäten auf ihren Gebieten, ob es sich nun um Handwerk, Kriegstechnik oder um alte Musik handelt. Frank Schätzing beispielsweise hat nach dem weltweiten Erfolg von DER SCHWARM das Sachbuch NACHRICHTEN AUS EINEM UNBEKANNTEN UNIVERSUM folgen lassen, das im Grunde nichts anderes war als eine Zusammenfassung des Wissens, das er sich im Zuge seiner Recherche angeeignet hatte.

Generell muss man bei der Vermittlung von Hintergrundwissen im Roman aber Vorsicht walten lassen: So lehrreich und informativ dies auch sein kann, die Grenze zum Korinthenkackertum ist fließend und sollte nicht überschritten werden. Das Wissen, das sich der Autor aneignet, ist schließlich nicht Selbstzweck, sondern dazu da, die Figuren und die Dramaturgie seines Werkes zu unterstützen und seiner fiktiven Welt Substanz zu geben. Ein Autor, der sich auf seinem Feld auskennt, wird stets überzeugender schreiben als jemand, der sich ein Thema nur flüchtig angelesen hat und zwangsläufig an der Oberfläche bleiben muss, um seine Wissenslücken nicht zu offenbaren. Vergleichbar ist das mit den Spezialeffekten in einem Film: Sie können die Handlung ganz wunderbar unterstützen und dabei helfen, den Zuschauer visuell in ferne Welten zu entführen; häufen sie sich jedoch zu sehr oder verkommen zum Selbstzweck, verpufft ihre Wirkung und das genaue Gegenteil tritt ein – die Illusion wird zerstört. Das Publikum – in unserem Fall der Leser – hat ein sehr feines Gespür dafür, wann etwas aufgesetzt wirkt oder sich natürlich entwickelt hat.

Für Fantasy-Autoren nur bedingt geeignet ist eine besondere Form der Recherche, die jedoch oftmals mit dem Schriftstellerdasein assoziiert wird, nämlich die Recherche vor Ort. Natürlich kann man besser und leichter über Plätze schreiben, an denen man gewesen ist, deren Atmosphäre man geschnuppert und deren Aussichten man genossen hat. In der Fantasy tun wir uns da freilich ein bisschen schwer, weil wir letzten Endes immer auf unsere eigene Vorstellungskraft angewiesen sind – nicht einmal J.K. Rowling kann von sich behaupten, schon einmal in Hogwarts gewesen zu sein (zumindest kannte sie dort keiner, als ich mal da war). Aber natürlich wird es in vielen Fällen Orte geben, die denen, die wir in unseren Romanen beschreiben wollen, auf gewisse Weise ähneln – urwüchsige, monumentale Landschaften beispielsweise gibt es in Skandinavien zuhauf, Burgen und alte Klöster in Irland und Schottland, weshalb diese Länder auf der Favoritenliste von Fantasy-Autoren ganz oben stehen.

Natürlich hat nicht jeder das Geld, um mal eben in den Flieger zu steigen und zu verreisen, aber in vielen Fällen ist das auch gar nicht notwendig, denn eine gute Vorstellungskraft kann manches ersetzen. Denken wir nur an Karl May, der die berühmtesten seiner Wildwest-Erzählungen geschrieben und unsterbliche Heldenfiguren geschaffen hat, ohne bis dahin je in den USA gewesen zu sein. Natürlich, wird mancher jetzt einwenden, hatte es der geschätzte Kollege May leichter, denn in Good Old Germany wusste damals noch kaum jemand, wie es jenseits des Atlantiks aussah, also konnte May im Grunde schreiben, was er wollte, solange er sich dabei an bestimmte Rahmenbedingungen hielt. Das stimmt absolut – aber genießen wir nicht genau diesen Vorteil auch in der Fantasy?

Welcher Leser ist vor Tolkien in Mittelerde gewesen? Oder wer hat den Palast von Ethera und die Eiswüste von Jordråk besucht, ehe ich die SPLITTERWELTEN geschrieben habe? (Ja, wer von euch war das? Wenn ich den erwische, der das Palasttor hat offen stehen lassen ...) Als Fantasy-Autoren genießen wir den immensen Vorteil, die Erbauer unserer eigenen Welten zu sein, und das nicht nur im übertragenen Sinn wie die Kollegen anderer Genres, sondern ganz konkret. Geografie, Klima, Tier- und Pflanzenwelt – all diese Dinge erfinden wir und schaffen uns damit unsere eigenen Gesetzmäßigkeiten. Der entscheidende Nachteil an der Sache freilich ist, dass wir diese Gesetzmäßigkeiten, sobald sie einmal festgelegt sind, nicht mehr ändern können. Ganz wichtig speziell für Fantasy-Autoren ist deshalb noch eine dritte Art der Recherche – nämlich die bei sich selbst.

Gerade weil wir es in unserem Genre häufig mit Welten und Kreaturen zu tun haben, die unserer eigenen Phantasie entspringen, sowie mit Handlungen, die oft über mehrere Bände greifen, ist es wichtig, dass wir zu jedem Zeitpunkt den Überblick über unsere Schöpfung behalten. Eines nämlich ist ganz sicher: Fantasy-Leser sind nicht nur die kreativsten weit und breit, sie sind auch sehr sensibel und aufmerksam, was Fehler oder Ungenauigkeiten in der Handlungskontinuität betrifft. Nicht selten wird man bei Lesungen darauf hingewiesen, dass dieses oder jenes nicht funktionieren könne oder in Widerspruch zu etwas stünde, was man in Band eins der Trilogie geschrieben habe – man tut also gut daran, über alle Charaktere und auch über die fiktiven Welten, die man ersinnt, genauestens Buch zu führen.

Ob dies ganz herkömmlich in handschriftlicher Form erfolgt, ob man ein eigenes Notizbuch oder einen Ordner anlegt oder ob man, wie ich es beispielsweise bei der bei Lübbe erschienenen SARAH KINCAID-Reihe getan habe, mit Karteikarten arbeitet – wichtig ist, dass alle Charaktere, alle Ereignisse und natürlich die Eckdaten der Schauplätze zuverlässig verwaltet werden, damit man zu jeder Zeit wieder darauf zurückgreifen kann. Natürlich kann man all diese Notizen auch in digitaler Form anlegen, was den Vorteil hat, dass man entsprechende Begriffe sehr viel schneller findet. Welche Form der Archivierung jemand benutzt, ist ganz ihm selbst überlassen – wichtig ist nur, dass sie zuverlässig erfolgt und so strukturiert ist, dass sie auch mit einem oder zwei Jahren Abstand funktioniert, denn man weiß ja nie, wann man in jenen Kosmos zurückkehren wird.

Wie man bei der Erstellung einer solchen »neuen Welt« vorgehen kann, damit werden wir uns im zweiten Teil dieses Handbuchs beschäftigen. Vorerst soll es nur darum gehen, die Voraussetzungen dafür zu schaffen, dass uns unsere eigene Schöpfung nicht entgleitet – Stolperfallen gibt es nämlich viele, und keiner von uns ist dagegen gefeit. Mit Grausen erinnere ich mich beispielsweise an einen Schnitzer, der mir in DIE RÜCKKEHR DER ORKS unterlaufen ist: Dem Kopfgeldjäger Corwyn, einem der

Helden der Geschichte, wird in einer dramatischen Szene von dem verräterischen Ork Graishak das linke Auge ausgestochen, was ihn aber nicht daran hindert, später beide Augen aufzureißen. Und auch die Augenklappe wechselte schon mal die Seiten – ein Beispiel dafür, dass man im großen Ganzen nie den Überblick über die kleinen Dinge verlieren sollte. Und möglichst keinem seiner Helden ein Auge aussticht.

4
Die Heldenrüstung

Bevor sich der klassische Fantasy-Protagonist auf den Weg macht, wird er gemeinhin mit einer Ausrüstung versehen, nicht selten auch mit zauberischen Gegenständen oder magischen Waffen: verwunschene Schwerter, zauberkundige Bücher, unfehlbare Pfeile, heilende Kräuter, wundertätige Steine – die Liste ist endlos. Natürlich tut auch der Autor gut daran, sich ordentlich auszurüsten, ehe er sich auf die große kreative Reise begibt. Dazu gehört ganz simples Handwerkszeug ebenso wie manche Geheimwaffe, deren Eigenschaften mitunter wiederum ans Magische grenzen.

Glücklicherweise gehört das Autordasein zu jenen Berufen, die mit einer recht bescheidenen Grundausstattung auskommen, von daher hält sich zumindest unter diesem Aspekt der Aufwand für den Start ins Schriftstellerdasein in Grenzen. Hier die »Minimalausstattung«:

Das Buch schlechthin

Zugegeben, es ist ein Klischee, dennoch ist es meiner Erfahrung nach das wichtigste Accessoire des Autors, sozusagen sein Heldenschwert, ohne das er weder wilden Orks trotzen noch einen Drachen erschlagen kann: das Notizbuch.

Wer sich ernsthaft mit dem Schreiben beschäftigt, nutzt es in so ziemlich allen Lebenslagen: Frühmorgens, um einen Traum aufzuschreiben, den man in der Nacht hatte; vormittags, um einige Ideen zu notieren, die beiläufig durch den Kopf gehen; beim Mittagessen beim Italiener um die Ecke, wo einem der Pizzabäcker auffällt, der einen idealen Tavernenwirt im neuen Roman abgeben würde; nachmittags beim Schreiben, wenn man dabei ist, seine Charaktere zu verfeinern; und schließlich abends beim Betrachten einer DVD, die einen zu einer eigenen Geschichte inspiriert.

Macht das »kleine Schwarze« zu eurem besten Freund, der euch auf Schritt und Tritt begleitet, vertraut ihm alle Gedanken an, und seien sie auch noch so abwegig – schon manche vermeintliche Schnapsidee hat sich bei näherer Betrachtung als genialer Einfall erwiesen. Während eines Urlaubs am Meer beispielsweise fiel mir die Dekoration vor einem Souvenirladen auf – zwei kleine Fässer waren dort aufeinandergestapelt, obendrauf stand eine Laterne. Irgendwie kam mir der Gedanke, dass so ein Leuchtturm aussehen müsste, der von sehr kleinen Leuten gebaut und benutzt würde … oder von Ratten. Ob ihr's glaubt oder nicht, dies war die Geburtsstunde meiner Kinderbuchreihe PIRATTEN! Eine Skizze wanderte in mein kleines schwarzes Buch, zusammen mit ein paar Anmerkungen – aus denen sich nach und nach die Geschichte von Marty Flynn entwickelte. Die beiden Fässer und die Laterne haben es übrigens sogar in die Endfassung geschafft, dienten sie Zeichner Daniel Ernle doch als Vorbild für den Leuchtturm, auf dem Marty zu Beginn der Geschichte seinen Dienst versieht.

Natürlich kann man Gedanken auch anders festhalten – man kann sie diktieren, ins Smartphone tippen oder gleich in den Rechner. Aber ein Notizbuch hat wie alle Bücher den Vorteil, dass man darin blättern und seine Gedanken und Ideen somit auch »anfassen« kann – der Mensch besteht schließlich nicht nur aus Intellekt, und gerade für einen Autor ist es wichtig, dass er zu seinen Inhalten auch auf anderen Ebenen Kontakt hält, sei es nun emotional oder eben haptisch, was bei Smartphones oder anderen Datenträgern nur sehr eingeschränkt der Fall ist. Nennt mich altmodisch und ewig gestrig, aber gerade in diesem Zusammenhang hält die moderne Technik dem Vergleich mit der traditionellen Arbeitsweise einfach nicht stand.

Welche Sorte Notizbuch ihr verwendet, ist dabei natürlich ganz euch überlassen. Ob es einen geblümten Einband hat, ob Drachen drauf sind oder Klonkrieger oder ob es sich um eines jener schicken Büchlein handelt, die angeblich schon Ernest Hemingway benutzte – erlaubt ist, was gefällt. Sucht euch etwas aus, das zu euch passt und von dem ihr das Gefühl habt, dass es eure Kreativität unterstützt.

Noch mehr Bücher?

Dass Bücher zum täglichen Instrumentarium von jemandem gehören, der Bücher schreibt, klingt einleuchtend: Dinge müssen nachgeschlagen, Themen vertieft, Beschreibungen abgeglichen werden. Selbst dann, wenn man ein ganz eigenes Universum entwirft, sind Bücher vonnöten, denn zumindest ein paar Gesetze der realen Wirklichkeit sollten auch in unserem erdachten Universum noch gelten, damit sich der Leser nicht zu schwertut, uns in jene Welt zu folgen. Welche Gesetze dies sind, wo wir uns an Irdisches halten und wo wir die Phantasie fliegen lassen, ist dabei ganz uns überlassen – für jene Teile jedoch, die in der Realität verhaftet bleiben sollen, ist es immer gut, ein paar passende Bücher (oder ggf. auch Internetseiten, mit den genannten Einschränkungen) parat zu haben. Ein paar der wichtigsten Bücher aus meinem Regal möchte ich kurz vorstellen.

Was die Fantasy selbst betrifft, so greife ich immer noch gerne auf ein Standardwerk von John Clute und John Grant zurück: THE ENCYCLOPEDIA OF FANTASY bildet das Pendant zur ebenfalls von Clute mitverfassten ENCYCLOPEDIA OF SCIENCE FICTION, ein dicker Wälzer, der auf rund tausendeinhundert Seiten Auskunft über die wichtigsten Autoren, Werke, Themengebiete etc. gibt. Keine Pflichtlektüre und nicht mehr auf dem allerneuesten Stand, aber nach wie vor ein nützliches Nachschlagewerk, das viel Spaß macht.

Ein weiteres Basiswerk, das ich jedem Fantasy-Schaffenden nur empfehlen kann, ist das bereits erwähnte THE HERO WITH A THOUSAND FACES (dt. DER HEROS IN TAUSEND GESTALTEN) von Joseph Campbell, ein zwar wissenschaftliches, jedoch keineswegs trockenes, sondern in vieler Hinsicht sehr erhellendes Werk, das sich mit den Sagen und Mythen dieser Welt beschäftigt. Die Regeln, die sich daraus ableiten lassen, betreffen die Fantasy, lassen sich aber auch auf andere Genres anwenden, da die Grundregeln der Dramaturgie, die sich aus Campbells Forschungen ableiten, allgemeine Gültigkeit besitzen und sogar in Sachliteratur Anwendung finden können. Wer genau hinsieht, wird erkennen, dass auch dieses Handbuch wie ein klassisches Heldenepos aufgebaut ist.

Da Sprache unser Medium ist und wir angehalten sind, sie möglichst fehlerfrei zu benutzen, sollte (genau wie bei unseren Kollegen der journalistischen Zunft) ein gutes Wörterbuch nicht auf dem Schreibtisch fehlen. Die bekanntesten sind natürlich Duden und Wahrig, die beide in Zweifelsfällen eindeutige Auskunft erteilen, vor allem auch dann, wenn die Rechtschreibkorrektur der Textverarbeitung versagt. Sehr nützlich, speziell wenn man mit in der Vergangenheit spielenden Stoffen zu tun hat, ist auch ein etymologisches Wörterbuch, das Auskunft über die Entstehungsgeschichte und Herleitung einzelner Wörter gibt. Anhand dieser Informationen kann man leicht entscheiden, ob ein Wort in die Zeit passend oder eher anachronistisch ist, worauf man letztlich aber immer auch auf das eigene Sprachgefühl verwiesen bleibt. Bei der Arbeit an meinem historischen Roman DAS BUCH VON ASCALON, der zur Zeit des Ersten Kreuzzugs spielt, kam ich z. B. in die Verlegenheit, ein in die Epoche passendes Wort für »Spion« zu finden. Da ich bei »Spion« reflexhaft an den Geheimagenten mit der Doppelnullnummer denken musste, wählte ich zunächst das in meinen Ohren sehr viel altmodischer klingende »Spitzel« – dessen etymologische Ursprünge jedoch gerade mal dreihundert Jahre in der Vergangenheit liegen, also rund sieben Jahrhunderte zu spät für DAS BUCH VON ASCALON. Nach Rücksprache mit dem zuständigen Lektor habe ich mich am Ende doch für den Begriff »Spion« entschieden – die »bondige« Assoziation hatte sich bei ihm erst gar nicht eingestellt. Wahrscheinlich hatte mir mein filmischer Hintergrund da einfach einen Streich gespielt.

Landkarten sind ebenfalls ein fast unentbehrliches Utensil für alle, die sich auf die schriftstellerische Reise begeben, gerade dann, wenn man nicht die Gelegenheit hatte, die beschriebenen Schauplätze selbst zu besuchen. Auch hier gibt natürlich Karl May das Paradebeispiel. Ein wenig Sorgfalt muss man allerdings schon walten lassen und der Kartenlegende entsprechende Aufmerksamkeit widmen. Zwei Orte, die nur einen Katzensprung voneinander entfernt scheinen, können durch steile Berghänge voneinander getrennt sein, weswegen topografische Karten besonders nützlich sind. Bisweilen kann sich die Suche nach entsprechendem (oder gar historischem) Kartenmaterial auch ziemlich schwierig gestalten: Beim Verfassen des vierten Bands der SARAH KINCAID-Reihe war ich auf der Suche nach einer Detaildarstellung einer bestimmten Gebirgsregion in Tibet – die Jagd nach der entsprechenden Karte gestaltete sich beinahe so schwierig wie die meiner wackeren Archäologin nach dem sagenumwobenen Shambala.

In der Fantasy haben wir es natürlich meist mit Landkarten zu tun, die man ohnehin nirgendwo kaufen kann, da sie unserer eigenen Phantasie entsprungen sind – benötigt werden sie im Zuge der Arbeit natürlich trotzdem, weshalb man durchaus die Mühe aufwenden sollte, welche anzufertigen. Es muss ja nicht gleich in Übergröße sein, um sie im Klassenzimmer aufzuhängen (falls es solche Karten überhaupt noch gibt). In welcher Form und in welchem Umfang dies geschehen kann, darüber an späterer Stelle mehr.

Wenn man wie einst der große Karl May nicht in der Lage ist, die Schauplätze seiner Geschichten zu bereisen (oder, auf die Fantasy bezogen, an Schauplätze, die denen unserer Geschichten ähneln), gibt es ein einfaches Hilfsmittel, von dem ich mittlerweile mehrere Dutzend in meinem Regal stehen habe: Bildbände! Auf meist großformatigen Seiten geben opulente Bilder darüber Auskunft, wie es auf karibischen Inseln, im tropischen Regenwald, im ewigen Eis der Antarktis oder im glühenden Sand der Sahara aussieht und liefern so einen ersten Anhaltspunkt für unsere Inspiration – den Rest, all das, was man hören, riechen und fühlen kann, muss unsere Phantasie dazugeben.

Dasselbe gilt für die Ausflüge in andere Zeiten, die wir in der Fantasy immer, aber nicht zwangsläufig unternehmen – HARRY POTTER liefert ja ein sehr erfolgreiches Beispiel für einen phantastischen Stoff, der in unserer Gegenwart angesiedelt ist. Mehr noch, J. K. Rowling hat es verstanden, unserer Wirklichkeit einen magischen Twist zu geben und sie auf reizvolle Weise zu verdrehen. Viele Fantasy-Stoffe spielen jedoch nach wie vor in archaisch anmutenden Welten à la Mittelerde, zu deren lebendiger und glaubwürdiger Schilderung man in unserer eigenen Vergangenheit einigermaßen beschlagen sein sollte. Dabei geht es wie erwähnt nicht so sehr um die »große« Geschichte und ihre Eckdaten, die uns in der Schule eingetrichtert wurden, sondern vor allem um die Belange des täglichen Lebens, also das, was man gemeinhin als Alltagsgeschichte bezeichnet. Gerade die griechisch-römische Antike und das europäische Mittelalter wurden auf diesem Gebiet eingehend erforscht, sodass zahlreiche, auch populärwissenschaftliche Bücher zum Thema vorliegen, die sich teils sehr spannend und unterhaltsam lesen. Will man nur Anleihen bei einer vergangenen Kultur nehmen oder Grundrecherche betreiben, eignen sich dazu auch sehr gut Sachbücher, die eigentlich für Kinder konzipiert sind wie die WAS IST WAS?-Reihe von Tessloff. Militärgeschichte zuhauf findet man hingegen in den Büchern des britischen Osprey-Verlags, von denen mittlerweile auch einige in deutscher Übersetzung vorliegen.

Zusammengenommen sorgen all diese Bücher dafür, dass sich unsere Kenntnisse über eine bestimmte Ära oder Themengebiet verdichten und wir dadurch eine Grundlage gewinnen, auf der wir unser »phantastisches« Reich errichten können.

Vernetzt euch!

Auch das Internet eignet sich grundsätzlich zur Erstinformation oder um sich in ein Thema einzulesen, bei Detailinformationen sollte man aus den genannten Gründen immer ein gesundes Maß an Vorsicht walten lassen. Einfach unübertrefflich ist das Netz jedoch, wenn es darum geht, Kontakte zu knüpfen: sei es zu anderen Autoren, zu Gleichgesinnten, zu Agenturen oder zu Verlagen.

Als ich mit dem professionellen Schreiben anfing, existierte das *World Wide Web* zwar schon, war jedoch noch wenigen Technik-Cracks vorbehalten. Dass es in weniger als zwanzig Jahren selbstverständliches Mittel der täglichen Verständigung werden würde, haben damals wohl nur wenige geahnt – entsprechend war das Knüpfen und Halten von Kontakten noch um einiges mühsamer als heute. Hatte ich einen neuen Heftroman verfasst, musste ich diesen in einem kompletten Ausdruck sowie (nicht lachen jetzt!) als Datei auf 3,5″-Diskette in ein Kuvert geben und an den Verlag schicken, wo er dann handschriftlich lektoriert und schließlich zur Korrektur und in Satz gegeben wurde.

Seither hat sich freilich viel geändert. Manuskripte – auch solche für Tausend-Seiten-Romane – werden per Mailanhang verschickt, selbiges gilt für Exposés, Leseproben und vieles mehr. Der langen Rede kurzer Sinn: Internet und E-Mail sind zum unentbehrlichen, täglichen Arbeitswerkzeug geworden, dem sich niemand verschließen sollte. Klar hört man immer wieder von Autoren, die ihre Manuskripte nach wie vor von Hand schreiben oder auf einer alten Schreibmaschine tippen, aber man darf davon ausgehen, dass dies absolute Ausnahmen sind, die von Verlagen auch nur dann akzeptiert werden, wenn es sich um arrivierte Bestsellerautoren handelt, denen man halt die eine oder andere Eigenheit zugesteht. Für alle anderen gilt: Macht es den Verlagen und denen, die mit euch in Kontakt treten wollen, nicht unnötig schwer und nutzt die Kommunikationsmöglichkeiten, die die moderne Technik bietet.

Gleiches gilt auch für soziale Netzwerke. Natürlich sollte man dem Datenhunger von *Facebook* & Co. mit gesundem Misstrauen begegnen und dafür sorgen, dass keine intimen Geheimnisse übers Netz wandern und womöglich an Orte, wo sie nicht hingehören. Für den Austausch unter Gleichgesinnten sind die *Social Networks* jedoch bestens geeignet, und natürlich kann man auf diese Weise auch an Kontakte gelangen, die man andernfalls nicht oder nur sehr viel schwerer bekommen würde, sei es nun zu Verlagen, zu Lektoren oder zu Agenturen. Mit meiner eigenen *Facebook*-Seite habe ich bislang jedenfalls nur gute Erfahrungen gesammelt und Kontakt zu vielen Lesern knüpfen können – ihr seid herzlich eingeladen.

Unter den zahllosen Foren, die es im Internet gibt, existieren natürlich auch solche, die speziell für angehende Autoren konzipiert sind. Dort gibt es nicht nur Gelegenheit, sich auszutauschen, sondern auch selbstverfasste Passagen oder ganze Geschichten ins Netz und zur Diskussion zu stellen. Aber wie gesagt, seid gerade am Anfang vorsichtig. Wenn man ehrliches Feedback bekommen will, sollte man das Forum sehr gewissenhaft auswählen. Autorenforen gibt es im deutschsprachigen Raum mehrere, eines der bekanntesten und erfolgreichsten ist sicher das von Andreas Wilhelm ins Leben gerufene *Montségur*, dem auch geschätzte Fantasy-Kollegen wie Daniela Knor, Christoph Hardebusch oder Thomas Finn angehören. Unter den zahlreichen Diskussionsforen gibt es hier auch solche, in denen spezielle Aspekte des Schreibens behandelt werden, außerdem werden regelmäßig Treffen und Workshops abgehalten. Die Voraussetzung für die Aufnahme ins Forum ist allerdings, dass man bereits einmal etwas veröffentlicht hat.

Schreiben nach Programm

Obwohl es wie erwähnt auch Kollegen gibt, die ihre Werke noch handschriftlich zu Papier bringen oder eine alte Triumph-Adler bearbeiten, gibt die überwältigende Autorenmehrheit ihre Manuskripte heute in digitaler Form ab – zumindest rudimentäre Kenntnisse in Textverarbeitung sind also unerlässlich. Anders sieht es beim Tippen aus – ich kenne eigentlich kaum einen Autor, der ein vollwertiges Zehnfingersystem beherrscht. Vom klassischen Zweifinger-Suchsystem bis hin zur (in meinem Fall) wackeren Achtfinger-Improvisation ist alles möglich und erlaubt, schon deshalb, weil jemand, der einen frisch erdachten Text zu Papier bringt, ja immer nur so schnell tippen kann, wie er denkt. Und am Ende sieht man es dem Roman oder der Kurzgeschichte nicht mehr an, wie elegant er oder sie den Weg über die Tastatur gefunden hat. Es gibt einen sehr erfolgreichen deutschen Fantasy-Autor, der seine Texte diktiert und sie via Spracherkennung direkt auf den Bildschirm übertragen lässt – auch das geht. Was allein zählt, sind Inhalt und Qualität.

Die digitale Revolution hat natürlich nicht nur das Erstellen und den Austausch von Texten erheblich erleichtert, sondern auch deren Korrektur. Wenn ich an die Kollegen denke, die noch vor dreißig Jahren mühsam in die Tasten hauen und jede einzelne Verbesserung mit Tipp-Ex oder Korrekturband vornehmen mussten, kann ich nur ganz tief den Hut ziehen vor dieser Leistung. Sicher war es aber auch ein anderes Arbeiten. Wer damals geschrieben hat, musste ziemlich genau wissen, was er wollte, jeder einzelne Buchstabe wurde mit mechanischer Wucht aufs Papier gehämmert. Die heutige Arbeitsweise erlaubt es uns, »unsichtbare« Korrekturen am Text vorzunehmen und ihn auf diese Weise beständig zu überarbeiten. So kommt es nicht selten vor, dass im Nachhinein noch einmal ganze Handlungsstränge komplett bearbeitet oder gar neu geschrieben werden. Was noch vor einigen Jahrzehnten ein kleiner Autorenalbtraum war, ist heute ohne große technische Probleme machbar. Unsere ganze Arbeitsweise hat sich dadurch verändert, das Schreiben, einst ein vergleichsweise statischer, linearer Prozess, ist intuitiver geworden. Freilich birgt dieser stete Fluss, in dem sich die Arbeit befindet, auch die Gefahr, dass man nie zum Ende findet und dem Reflex erliegt, das Geschriebene wieder und wieder zu verbessern. Wenn man es selbst nicht beurteilen kann, sollte man sich hier dem Urteil von Vertrauenspersonen beugen, die die Reife eines Textes zu beurteilen vermögen – zu häufiges Bearbeiten kann nämlich auch von Nachteil sein, etwa wenn die Inspiration verloren geht und die Sprache letztlich zu gewollt und gekünstelt wirkt.

Ein gängiges Textverarbeitungsprogramm wie Word

(wenn möglich in einer einigermaßen aktuellen Version) ist völlig ausreichend, gängige Dateiformate sind das Word-Format .doc sowie das noch universellere *Rich Text Format* .rtf.

Natürlich gibt es – ähnlich etwa wie bei Theater- oder Drehbuchautoren – auch Textverarbeitungsprogramme, die speziell auf die Bedürfnisse von Schriftstellern zugeschnitten sind. Das bekannteste ist wohl »Papyrus«, an dessen Entwicklung mit Bestsellerautor Andreas Eschbach ein prominenter Vertreter unserer Zunft mitgearbeitet hat. Das Programm, das entweder als eigenständiges Textverarbeitungsprogramm oder als Add-on zu Word erhältlich ist, erlaubt es, all die Dinge, die man gewöhnlich außerhalb des Desktop oder in separaten Dateien ablegen muss, in die Textarbeit einzubeziehen: von Auflistungen der handelnden Figuren bis hin zu Hintergrundinformationen und Randnotizen, die natürlich alle komfortabel und per Stichwort abgefragt werden können. Welcher Version oder welchem Programm man den Vorzug gibt, muss jeder Autor für sich entscheiden, ich bevorzuge nach wie vor die altmodische Methode und organisiere die Schreibarbeit ganz traditionell mit einer Menge Papier, wohl auch deshalb, weil es sich so bewährt hat und gut in meine Arbeitsabläufe einfügt. Und weil ein Papierzettel gegenüber einer digitalen Notiz einen entscheidenden Vorteil hat: Man kann ihn an die Wand pinnen. Und im Zweifel auch mit Pfeilen draufwerfen.

Storyboarding

Die Wand bringt mich zum nächsten Ausrüstungsgegenstand, den ich angehenden Kollegen nahelegen möchte, ganz einfach deshalb, weil ich selbst durchweg gute Erfahrungen damit gemacht habe – die Organisation von Figuren und Handlungsabläufen an einer Pinnwand, sowie für Fortgeschrittene, die Festlegung ganzer Handlungsabläufe.

Die Idee ist natürlich nicht neu und stammt auch nicht von mir. Die Kollegen vom Film verwenden sie gerne und seit vielen Jahren, dort wird sie schlicht »Storyboard« genannt. Ursprünglich aus dem Trickfilm stammend, wo Walt Disney & Co. die Handlung vorab in einzelnen Zeichnungen festlegten, entdeckte bald auch der Realfilm, dass das vorzeitige Planen und Festlegen von Handlungselementen und Kameraeinstellungen viel Stress und Geld sparen kann. Alfred Hitchcock beispielsweise war bekannt dafür, seine Filme vorab am Storyboard zu planen – die berühmte Duschenmord-Szene aus PSYCHO ist so entstanden.

Natürlich ist ein Roman anders als ein Film kein Medium, das mit fertigen Bildern arbeitet, und wir brauchen uns auch nicht als Zeichner zu betätigen. Die grundsätzliche Technik jedoch ist auch auf das Romanschreiben anwendbar – vor allem dann, wenn die Erzähltechnik keinem rein linearen Prinzip folgt.

Nehmen wir ein einfaches Beispiel: Die Elfenprinzessin wird von Orks entführt. Da kommt ein tapferer Elfenkrieger des Wegs, erschlägt die Orks und befreit die Prinzessin, von der er am Ende erfährt, dass sie seine Schwester ist.

Übermäßig spannend ist das aber nicht, werdet ihr nun mit Recht einwenden. Natürlich nicht, denn alles war linear erzählt und daher recht vorhersehbar, innere Spannung so gut wie nicht vorhanden. Ändern wir nun einmal die Perspektive und drehen wir den Ablauf der Ereignisse um:

Ein Elfenkrieger, der sich nicht an seine Herkunft erinnern kann, befreit eine Prinzessin aus den Klauen von Orks. In Rückblende wird erzählt, wie die Prinzessin von den Unholden entführt wurde, und der Held erkennt nach und nach, dass ihn etwas mit ihr verbindet. Tatsächlich ist er ihr lange verschollener Bruder.

Klingt schon etwas interessanter, oder? Und wir können es noch spannender und interessanter machen, indem wir die Perspektive aufspalten:

Ein Ork-Häuptling lässt die Tochter seines erklärten Erzfeindes, des Königs der Elfen entführen. Da der Elfenkönig vor vielen Jahren schon seinen Sohn durch die Orks verloren hat, verspricht er demjenigen, der seine Tochter aus den Klauen der Scheusale befreit, seine Krone zur Belohnung. Ein namenloser Elfenkrieger taucht daraufhin auf, der die Prinzessin rettet und die Orks erschlägt. Nur der Häuptling der grausamen Rotte kann fliehen. Er sinnt auf Rache und erinnert sich, wie es zur Feindschaft mit den Elfen kam – und wir erfahren, dass der geheimnisvolle Krieger in Wirklichkeit der verloren geglaubte Sohn des Königs ist …

Wechselnde Perspektiven, effektvolle Informationsvergabe und eine von der Chronologie abweichende Erzählweise können selbst einen vergleichsweise simplen Plot zu einer fesselnden und durchaus komplexen Geschichte machen – es kommt nicht nur darauf an, was für eine Handlung wir erzählen, sondern auch, *wie* wir sie erzählen.

Vergleichsweise unaufwendig simulieren lässt sich so etwas mit dem Storyboard: Ich notiere die wichtigsten Figuren und Handlungen auf kleine Kärtchen und hefte diese in der zunächst vorgesehenen Reihenfolge an die Wand (wobei ich die Figur, aus deren Perspektive der Roman oder auch nur das betreffende Kapitel geschrieben ist, immer ein wenig höher platziere, um die Hierarchie zu verdeutlichen). Bin ich mit dem Ergebnis zufrieden, kann es so ins Exposé übernommen werden. Wenn nicht, habe ich alle Möglichkeiten, es ohne großen Aufwand zu verändern und verschiedene Versionen durchzuprobieren. Bei unserem Beispiel mag das noch nicht zwingend notwendig erscheinen, weil die Geschichte und die Anzahl der handelnden Figuren überschaubar ist – bei einem ausgewachsenen Roman jedoch, der ein Dutzend Figuren und mehrere Handlungsebenen hat, die sich noch dazu gegenseitig bedingen, wird es ziemlich schnell ziemlich komplex. Wer da mal rasch ausprobieren will, wie die Geschichte funktionieren würde, wenn man den Mittelteil entfernt und als Prolog an den Anfang stellt, kommt rasch ins Schwitzen.

Auch Storyboards können natürlich digital erstellt und organisiert werden – die Kollegen vom Film haben es einmal mehr vorgemacht. Die Technik bleibt jedoch dieselbe, und sie ermöglicht uns, Handlungsabläufe zu finden, die für den Leser interessant und gleichzeitig flüssig sind.

Die Macht der Bilder

Zugegeben, ein Roman ist kein Film, bisweilen haben wir es jedoch, mal abgesehen von den eher abstrakten Bildern, die wir in den Köpfen unserer Leser heraufbeschwören, auch mit konkretem Bildmaterial zu tun.

Da spätestens seit Frazettas CONAN-Bildern die Covergestaltung in der Fantasy eine wesentliche Rolle spielt, werden im Allgemeinen auch die Autoren in den Entstehungsprozess einbezogen. Natürlich ist die Covergestaltung in erster Linie eine Aufgabe des Lektorats mit dem Ziel, beim potenziellen Leser bzw. Käufer Interessen zu wecken und ihn (im Idealfall) zum Kauf zu animieren. Jedoch bemühen sich die meisten Verlage durchaus, Coverbild und Inhalt abzugleichen und suchen deshalb die Zustimmung des Autors. Dabei kommt es bisweilen vor, dass man abweichende Vorstellungen hat und seinerseits Vorschläge machen möchte – in solchen Fällen ist es hilfreich, wenn man ein Programm zur Grafikbearbeitung hat und damit auch ein bisschen umgehen kann. Photoshop ist sicher das am weitesten verbreitete, für unsere Zwecke eignet sich aber durchaus die abgespeckte (und weniger kostspielige) Elements-Version. Farbwerte ändern, Objekte freistellen, Hintergrund- oder Schriftfarben ändern – solche Dinge sollte man beherrschen, um bei evtl. Korrekturen nicht lange beschreiben zu müssen und stattdessen einfach zeigen zu können. Das vom Verlag vorgeschlagene Cover zu DIE ZAUBERER zum Beispiel gefiel mir von Anfang an, lediglich der Hintergrund – da waren futuristische Bauten zu sehen, die eher an Dark Future denken ließen – passte meiner Ansicht nach noch nicht so ganz. Nach ein paar Mausklicks hatte ich im Hintergrund Eisberge eingesetzt (in Anspielung auf die Eisfestung von Shakara) und konnte dem Verlag damit ganz unkompliziert verdeutlichen, was ich meinte.

Ganz ähnlich verhält es sich mit Illustrationen. In der Fantasy genießen wir ja häufig das Privileg, dass unsere Romane mit Kartenzeichnungen versehen werden, so wie die, die Daniel Ernle für meine »Erdwelt«-Romane angefertigt hat. Meine Vorlage für ihn war eine Skizze, die ich im Zuge meiner Arbeit am Roman erstellt und ein wenig am Computer bearbeitet hatte. Für eine Veröffentlichung wäre sie nicht zu gebrauchen gewesen, aber sie war ausreichend, um klarzumachen, was alles in der fertigen Karte enthalten und wie die Proportionen sein sollten – das hat genügt, damit der Zeichner loslegen konnte.

Einen Illustrator zu finden, dessen visuelle Vorstellungen den eigenen entsprechen, ist zugegebenermaßen nicht ganz einfach. Mit Daniel Ernle arbeite ich inzwischen schon seit vielen Jahren zusammen, sodass wir beide ziemlich genau wissen, was wir voneinander zu erwarten haben – bei der Arbeit an meiner Kinderbuchserie PIRATTEN! beispielsweise brauchte ich nur grobe Beschreibungen der Szenen liefern, die Ernle dann kongenial im Bild umgesetzt hat. Bei der Arbeit an der Hörspielserie TEAM X-TREME hingegen, zu der er die CD-Cover beigesteuert hat (und später auch die Illustrationen zu den Büchern) habe ich häufig Skizzen geliefert, die zeigten, was auf den Coverzeichnungen alles enthalten sein sollte.

Ein bisschen komplizierter war es beim ersten Band der SPLITTERWELTEN-Saga, wo ich erstmals mit Iris Compiet zusammenarbeitete, einer jungen Künstlerin aus den Niederlanden, die all die exotischen Schauplätze, die fliegenden Schiffe, die Sturmhaie und natürlich auch die wichtigsten Charaktere des Romans gestaltet hat. Um den richtigen Look zu finden, hat sie mir unzählige Skizzen geschickt, die ich bearbeitet und kommentiert und dann wieder an sie zurückgeschickt habe. Auch hier erwies sich Photoshop als nützliches Werkzeug, wenn es darum ging, Änderungsvorschläge zu machen oder Proportionen oder Hintergründe zu korrigieren.

Es gibt auch (höchst beneidenswerte) Kollegen, die in

der Lage sind, ihre Werke selbst zu illustrieren oder brauchbares Kartenmaterial zu erstellen. Andere haben sich mit Computeranimation beschäftigt und sind darüber zu richtigen CGI-Spezialisten geworden. Grundsätzlich gilt: zusätzliches Wissen, das man irgendwann erworben hat, kann nie schaden, und je mehr wir davon in unsere Arbeit einbringen können, desto besser.

Ruf mich nicht an, okay?

Ebenso wie das Internet benötigen wir natürlich auch das Telefon und seinen etwas in die Jahre gekommenen, für Korrekturen jedoch noch immer ganz praktischen Vetter, das Fax. Ganz gleich, ob es sich nun um einen herkömmlichen Festnetzanschluss handelt oder ein Smartphone neuester Generation – um Kontakt zum Lektorat, zum Agenten, zu Zeichnern oder auch zu Kollegen zu halten, ist das Telefon unerlässlich. Mindestens ebenso wichtig ist allerdings der Knopf, mit dem sich das Ding abschalten lässt.

Den Grund dafür braucht man nicht erst in Studien zu suchen, die schwarz auf weiß belegen, dass offene Facebook-Seiten, »Sie haben Post« quäkende E-Mail-Accounts und klingelnde Telefone die Konzentration stören und sich negativ auf die Arbeitsleistung auswirken; wer einen fiktiven Text verfasst – und das gilt ganz besonders für die Fantasy – muss dazu tief in die eigene Vorstellungskraft eintauchen, muss die Perspektive seiner Figuren einnehmen und mit ihnen fühlen. Und wie soll das funktionieren, wenn ständig das Handy trillert?

Da beides, moderne Kommunikation und originäres Schreiben, nach meiner Erfahrung nicht zusammengeht, habe ich für mich eine einfache Regelung getroffen, die ich so oder ähnlich zur Nachahmung empfehle: Während die frühen Morgenstunden und der Vormittag dem Schreiben vorbehalten sind, dient der Nachmittag der Kommunikation, der Recherche, der Aktualisierung der Homepage etc. So schön und faszinierend all die Möglichkeiten auch sein mögen, die uns das Internet an die Hand gibt, und so großen Spaß es auch bereiten mag, sich dort zu tummeln – es sind gefräßige Zeitvernichter, mit denen man ganz bewusst umgehen sollte, um zu vermeiden, dass man am Ende des Tages fünf Stunden getwittert, aber nur eine halbe geschrieben hat. All jene, die (noch) in einem Brotberuf stecken und nicht den Luxus genießen, über ganze Tage zum Schreiben zu verfügen, kann ich nur empfehlen, die Abende oder Wochenenden »kommunikationsfrei« zu gestalten und sich ganz auf das Schreiben zu konzentrieren. Wenn man am Text arbeitet, muss weder der Webbrowser noch *Facebook* offen sein, und auch das Telefon sollte einfach mal die Klappe halten – andernfalls wird man beim Schreiben niemals jenen Grad von Tiefe erreichen, zu der man eigentlich in der Lage wäre.

Wenn nun jemand die Befürchtung hegt, im Zuge seiner Arbeit zu vereinsamen, so ist das nicht ganz unbegründet. Die Autorentätigkeit ist in der Tat eine einsame, denn die meiste Zeit über sitzt man ja tatsächlich in seiner Stube und arbeitet an Texten, die andere unterhalten sollen. Für viele Autoren, die ich kenne, ist dieses Quäntchen Einsamkeit aber unabdingbare Voraussetzung und hält nicht davon ab, trotzdem ein soziales Leben zu führen, sich mit Freunden zu treffen, auf Partys zu gehen und ins Kino. Es sollte nur alles seinen Platz im Tagesablauf haben, und in einer Zeit, in der immer weniger linear abläuft, sondern alles irgendwie gleichzeitig passiert, scheint mir das ein notwendiger Hinweis zu sein.

Das heißt aber nicht, dass wir uns sämtlichen Einflüssen verschließen und unsere Ohren mit Wachs versiegeln sollen wie weiland die Gefährten des Odysseus bei den Sirenen – denn es gibt durchaus auch äußere Einflüsse, die unserer Arbeit zuträglich sein können …

Schreiben im Takt

Für den Schreibenden geht es im Grunde immer darum, etwas aus seinem Innersten nach außen zu kehren. Was auch immer er sich ausdenkt, welche Szenarien er auch immer ersinnt und welchen Figuren er auch immer Leben einzuhauchen versucht – letztlich schöpft er dabei immer aus sich selbst und bringt all dies in einem nicht immer einfachen kreativen Prozess zu Papier bzw. Bildschirm. Was also auch immer diesen Prozess begünstigt, ist gut und wichtig, und die alte Binsenweisheit, dass mit Musik alles besser geht, scheint auch und ganz besonders hier zuzutreffen.

Die meisten Autoren, die ich kenne, geben sich beim Schreiben Musik aufs Ohr, ich selbst mache da keine Ausnahme. Schon zu alten Heftroman-Zeiten habe ich festgestellt, dass es einfach besser läuft, wenn man zusätzliche Motivation erhält, und Musik vermag auf denkbar starke Weise zu motivieren!

Musik bewirkt beim Hörer vor allem eines, nämlich Emotionen, und genau darum ist sie so gut geeignet, den Schreibprozess zu unterstützen. Nicht nur einfach deshalb, weil sich einzelne Stücke eben fröhlich oder traurig, temperamentvoll oder verhalten, kriegerisch oder friedlich anhören, sondern auch, weil wir mit Musik, die wir einmal in bestimmten Zusammenhängen gehört haben, stets Assoziationen verbinden. Dies können wir uns zunutze machen, indem wir die Spannung, die Trauer, die Freude oder was auch immer wir beim Hören des betreffenden Liedes oder Musikstückes empfanden, zu einem Teil des kreativen Entstehungsprozesses machen.

Besonders geeignet ist natürlich Filmmusik, da sie virtuos auf der Klaviatur unserer Gefühle spielt und (gute) Filme sehr häufig auch einen tiefen emotionalen Eindruck hinterlassen. Viele Autoren sind auf diese Weise zu wahren Soundtrack-Spezialisten geworden, ich selbst sammle seit dreißig Jahren und habe auf diese Weise ein recht ordentliches Klangarchiv zusammenbekommen, das beinahe für jede schriftstellerische Gelegenheit etwas Passendes bereithält. Meist greife ich dabei auf orchestrale Scores zurück, weil sie viel Stimmung vermitteln, ohne sich dabei zu sehr in den Vordergrund zu drängen – bei Gesang, besonders bei deutschsprachigem, verhält es sich ganz anders. Die Palette meiner Lieblingskomponisten reicht dabei von James Horner über Miklós Rózs und Basil Poledouris bis hin zum großen Erich Wolfgang Korngold, und natürlich darf auch der vielleicht größte Filmkomponist aller Zeiten, nämlich John Williams, nicht fehlen – wobei ich beim Gespräch mit Kollegen festgestellt habe, dass keiner von uns den STAR WARS-Soundtrack zum Schreiben benutzt, da dieser einfach zu sehr mit den Bildern und Welten von George Lucas verbunden ist. Meist begleiten zwei oder drei Scores, in die ich mich »eingehört« habe, die Entstehung eines Romans und helfen mir so, die richtige Stimmung zu finden und dem Leser das Gefühl einer geschlossenen Atmosphäre zu vermitteln. Mitunter hat das auch schon dazu geführt, dass ich die

Komponisten, die mich derart inspiriert haben, am Ende des Romans in meiner Danksagung erwähnte.

Auch Klassik liefert wunderbare Klänge, vor denen sich phantastische Szenarien entwerfen lassen, ob sich nun zu den Klängen von Elgars »Pomp and Circumstance« Luftschiffe in den Steampunk-Himmel schwingen oder sich Orks und Trolle zu Holsts »Mars«-Thema aus »Die Planeten« eine wilde Schlacht liefern. Auch Mittelalter- oder Gothic-Musik rangiert unter den Favoriten der Fantasy-Autoren ganz vorn. Was auch immer die Phantasie anregt und uns dabei hilft, sich in die Wirklichkeit unseres Werkes hineinzuversetzen, ist willkommen. Kann man in digitaler Form auf seine Musiktitel zugreifen, bietet sich natürlich zudem noch die Möglichkeit, inhaltsbezogene Playlists zu erstellen, z.B. für besonders dramatische, traurige oder gefühlvolle Szenen, sodass man nicht von Orchesterbombast niedergeprügelt wird, wenn man gerade eine Sterbeszene zu Papier bringen will.

Gerade bei solchen sensiblen Passagen kann es übrigens manchmal auch nützlich sein, den Stecker zu ziehen und nur noch auf jene Melodie zu lauschen, die man in seinem Inneren hört. Schreiben *unplugged*, sozusagen.

Chaos vs. Disziplin

Ich habe Leute erzählen hören, dass sie ein Buchprojekt damit begonnen haben, erst einmal ihren Schreibtisch aufzuräumen – »Schmarren!«, würde Rammar ihnen zurufen, und er hätte recht damit.

Natürlich ist der Schreibtisch der hauptsächliche Arbeitsplatz eines Schriftstellers, zugleich ist er aber noch sehr viel mehr – nämlich Ausgangspunkt sämtlicher Reisen, die der Autor kraft seiner Phantasie unternimmt. Folglich wird sich dort all das finden, was der Autor auf seiner Reise benötigt – angefangen von Notizbüchern mit Ideenskizzen über Sekundärliteratur zum Recherchieren und Bildbänden mit Referenzfotos bis hin zu Landkarten, die nicht selten selbst gezeichnet sind. Sogar Requisiten wie Schwerter, Rüstungselemente oder Teile von Gewandungen wurden schon auf Schreibtischen (oder zumindest in dessen unmittelbarer Nähe) gesichtet, und auch Modelle oder Actionfiguren können eine ergiebige Inspirationsquelle sein. Als ich die drei Bände der ORKS-Trilogie schrieb, hat mir ein grünhäutiger, ziemlich grimmig aussehender, allerdings nur knapp zwölf Zentimeter großer Unhold dabei zugesehen, den ich während eines Frankreich-Aufenthalts in einem Spielzeugladen gesehen und spontan gekauft hatte. An manchen Tagen, wenn der Schreibzwang mich nicht losließ und ich bis spät in die Nacht über Balboks und Rammars Abenteuern saß, hatte ich das Gefühl, er würde zum Leben erwachen und auf dem Tisch auf und ab gehen – das war dann das unübersehbare Zeichen, für diesmal Schluss zu machen und zu schlafen.

Natürlich sollte der Schreibtisch so viel Platz bieten, wie man eben braucht, um seine Arbeit zu tun – darüber hinaus jedoch ist, zumindest nach meiner Erfahrung, grundsätzlich alles erlaubt, was den Schreibfluss anspornt. Wichtig ist, dass man die eigenen Bedürfnisse erkennt und sich einen Arbeitsplatz schafft, an dem sich die Kreativität voll entfalten kann. Dass dabei ein gewisses Chaos entsteht, ist unvermeidlich – ich kenne eigentlich keinen Autor, dessen Schreibtisch blitzblank aufgeräumt wäre, selbst auf den Schreibtischen vieler Lektoren herrscht ein herrlich buntes Durcheinander aus Büchern, Manuskripten, Coverentwürfen und noch vielem mehr, was ich stets als Zeichen einer engagierten und kreativen Arbeitsweise werte. Das gilt für alle kreativen Berufe und natürlich auch für Verlage – wenn ich das Büro eines Lektors betrete und sehe dort sich stapelnde Bücher und Manuskripte und am besten noch ein, zwei Poster an der Wand, nehme ich das als einen Hinweis darauf, dass sich hier jemand mit dem, was er tut, intensiv auseinandersetzt und sich an seinem Arbeitsplatz wohlfühlt – eine buchhalterische *Tabula rasa* spräche da eine ganz andere Sprache.

Auch ich selbst pflege beim Schreiben einen gewissen Schutzwall an Material rings um mich zu errichten, um die reale Außenwelt besser abzuschirmen und das Eintauchen in fremde Welten zu erleichtern. Dass der Autorenberuf keine Kleidungsvorschriften kennt, ist ebenfalls ein großer Vorteil – ob jemand am liebsten in Jeans oder im Maßanzug, in ausgebeulten Jogginghosen oder in mittelalterlicher Gewandung am Schreibtisch sitzt, ist jedem selbst überlassen. Von Bedeutung ist letztlich nur die Qualität der Arbeit, die im Zuge des kreativen Schaffungsprozesses entsteht – nach allem anderen wird niemand fragen.

Nur in einer Hinsicht sollten wir weder Chaos noch Kompromisse dulden – nämlich dann, wenn es um die Form dessen geht, was unseren Schreibtisch verlässt, sei es nun in digitaler oder in gedruckter Version. Denn von diesem Augenblick an befinden wir uns nicht mehr in der Geborgenheit unserer Schreibstube, sondern treten an die Öffentlichkeit, und was wir an den Verlag schicken, muss der Form nach mit den Texten anderer Autoren vergleichbar und konkurrenzfähig sein. Da gerade Ersteinreichungen an Verlage oder Agenturen häufig noch in physischer Form erfolgen, also ganz altmodisch ausgedruckt, sei deshalb nochmal gewarnt: Knicke, Ränder von Kaffeetassen oder dem Papier innewohnender Nikotingeruch werden vom Verlag im Allgemeinen nicht als Ausdruck von kreativem Individualismus empfunden, sondern führen wahrscheinlich dazu, dass ein Manuskript ungelesen zurück ins Kuvert wandert – oder gleich in den Papierkorb.

Wenn es aber doch einmal geklappt hat und wir unsere Unterschrift unter einen Verlagsvertrag gesetzt haben, dann sollten wir alles daransetzen, diesen Vertrag ganz unchaotisch und zuverlässig zu erfüllen. Das Nichteinhalten von Abgabeterminen ist kein Kavaliersdelikt, sondern erzeugt beim Verlag unnötige Mehrarbeit und Kosten und wird natürlich den Eindruck eines Autors erzeugen, der vielleicht ganz talentiert ist, dem es jedoch an der nötigen Disziplin fehlt, um sich in diesem Job zu behaupten. Chaos also immer dort, wo es uns fördert und inspiriert – Disziplin, wo sie angebracht und notwendig ist.

Magische Waffen

Den Helden der Fantasy stehen nicht selten magische Waffen zu Gebote, wenn es darum geht, die ihnen auferlegten Prüfungen zu bestehen – gibt es auch dazu ein schriftstellerisches Pendant? Ich denke ja, und es hat ursächlich mit jenem »magischen« Moment zu tun, von dem ich schon mehrfach berichtet habe und in dem sich bloße, pure Inspiration zu einer konkreten Idee verfestigt. Das Problem dabei ist, dass jeder Autor für sich selbst herausfinden muss, auf welche Art »Magie« er anspricht, denn so wie sich Menschen voneinander unterscheiden, unterscheiden sich auch deren Arbeitsweisen. Rituale können allerdings durchaus hilfreich sein, wenn es darum geht, vom Alltag in die Phantasiewelt unseres Textes zu wechseln und eine Atmosphäre zu schaffen, die der Kreativität förderlich ist.

Kerzenlicht ist nicht nur romantischer Zweisamkeit dienlich, sondern kann auch in diesem Fall eine ganz eigene Wirkung entfalten, ähnlich wie die bereits erwähnte Musik. Ob man auch Räucherstäbchen abfackeln muss, ist eine andere Frage, aber wem es hilft, der kann auch das ruhig tun. Auch bestimmte Genussmittel können helfen, die ganz spezielle Atmosphäre aufzubauen, die für das Schreiben erforderlich ist – und ich spreche hier nicht von Alkohol.

Markus Heitz beispielsweise schwört nach eigenem Bekunden beim Schreiben auf Assam-Tee, ich selbst greife ab und zu in eine Tüte mit Lakritzbonbons. Man kann sich erstaunlicherweise tatsächlich an einen Punkt hin konditionieren, an dem man einen bestimmten Geschmack reflexhaft mit kreativer Arbeit verbindet und die Imagination so ein wenig ankurbeln. Umgekehrt geht das übrigens auch – von Bestsellerautor Heinz Konsalik wird kolportiert, er habe, um nach Phasen intensiven Schreibens wieder in die Wirklichkeit zurückzufinden, ein Glas Milch ganz langsam und in kleinen Schlucken ausgetrunken.

Wie ihr sicher feststellen werdet oder vermutlich bereits festgestellt habt, ist das Schreiben bzw. der kreative Fluss durchaus auch tageszeitenabhängig. Nicht zu jeder Stunde fließt es flüssig aus der Feder, fällt es einem leicht, sich zu konzentrieren. Wo die »goldene« Zeit für das Schreiben liegt, muss natürlich jeder für sich selbst herausfinden – ich für meinen Teil habe festgestellt, dass die frühen Vormittags- sowie späten Abendstunden meiner Arbeit am zuträglichsten sind. Gerade die Nacht, wenn es still wird und keine Telefone mehr klingeln, hat für mich ihren ganz eigenen Reiz, und ich genieße es, dann, wenn andere längst schlafen, am Schreibtisch zu sitzen und meine Protagonisten in aberwitzige Abenteuer zu stürzen.

Und weil es schon angesprochen wurde, sei auch noch ein Wort zum Thema Alkohol gesagt. Natürlich hat Alkohol die bekannte Wirkung, uns zu enthemmen und unseren Redefluss anzukurbeln, und natürlich wirkt sich das auch auf kreative Arbeit aus – nach einigen Feldversuchen auf dem Gebiet kann ich allerdings berichten, dass es der Qualität des Geschriebenen in keiner Weise zuträglich ist. Zwar vermag der Einfluss von Alkohol den Schreibfluss durchaus freizusetzen und der sprachlichen Kreativität Flügel zu verleihen, allerdings sind die Sicherheit und das Ziel dieses Fluges höchst ungewiss und ich war immer wieder erstaunt, wenn ich das Ergebnis meiner Bemühungen am nächsten Tag begutachtet habe – als abstrakte Lyrik wäre manches davon durchaus zu gebrauchen gewesen, als erzählende Prosa allerdings nicht. Seither unterscheide ich lieber zwischen Arbeit und Privatem und lasse während des Schreibens die Finger von Reben- und Gerstensaft.

Und natürlich auch vom Blutbier, auch wenn Balbok und Rammar mich dafür sicher für einen *lus-dok* halten.

Zweites Buch

DIE REISE BEGINNT

1
Wo alles anfängt

Im Leben eines jeden Fantasy-Helden gibt es den Punkt, da er aufhört, ein »normales« Wesen zu sein und durch Einflüsse, die meist außerhalb seines Wirkens liegen, dazu gezwungen wird, sich auf das Abenteuer einzulassen: den Orks Balbok und Rammar ist es so ergangen, als sie von ihrem Stamm verstoßen wurden und sich auf die Suche nach dem Kopf ihres Anführers machen mussten; Granock, als er in den Straßen Andarils von Farawyn aufgegriffen wurde, der ihm anbot, als erster Mensch ein Zauberer von Shakara zu werden. Für Marty Flynn, den Helden meiner PIRATTEN!-Bücher, ändert sich alles in dem Augenblick, da er sich entschließt, den Rat seines Freundes Aristoteles zu missachten und sich an Bord der furchterregenden »Rattengift« zu schleichen. Die Reihe ließe sich endlos fortsetzen, mit unzähligen Beispielen aus Literatur und Film. Stets ist es ein unvorhergesehenes Ereignis, das das Leben der Figuren beeinträchtigt und sie dazu veranlasst, sich einer großen, oft übermenschlichen Herausforderung zu stellen.

Auf das Autorendasein bezogen, ist dieses Ereignis jener bereits wiederholt erwähnte kreative Funke, der ungefragt, aber sehr willkommen in unser Leben tritt und nach Realisierung verlangt – und meist ist er ebenso wenig vorhersehbar wie das, was unseren Helden widerfährt. Genau wie in ihrem Fall ist er aber eine unumgängliche Voraussetzung dafür, dass wir überhaupt kreativ werden und uns auf das große Abenteuer, das das Schreiben eines Romans bedeutet, einlassen können.

Kein Frodo ohne Meisterring.

Kein Artus ohne Excalibur.

Kein Harry Potter ohne blitzförmige Narbe.

Kein Autor ohne Inspiration.

Der kreative Funke ist die Initialzündung jedes schriftstellerischen Werkes. Indem wir ihn annehmen und uns darauf einlassen, werden wir überhaupt erst in die Lage versetzt, schöpferisch tätig zu werden und eine Kurzgeschichte, eine Erzählung oder gar einen ganzen Roman zu verfassen, und bisweilen erinnern wir uns auch noch ganz genau an diesen einen magischen Augenblick, in dem unsere schriftstellerische Reise begann.

Die allererste Idee zum historischen Thriller DIE BRUDERSCHAFT DER RUNEN kam mir beispielsweise während einer Schottlandreise. An einem schönen Frühsommertag – ein Sonntag, um genau zu sein – besuchte ich Abbotsford, den langjährigen Landsitz von Sir Walter Scott, dem großen schottischen Romancier und Begründer des modernen historischen Romans. Das auf einer Anhöhe oberhalb des Flusses Tweed gelegene Anwesen mit all seinen Hallen und Gängen und seiner mittelalterlich anmutenden Atmosphäre hatte etwas unglaublich Inspirierendes – und als ich im alten Arbeitszimmer Sir Walters stand, genau dort, wo er gesessen und Klassiker wie IVANHOE oder QUENTIN DURWARD geschrieben hatte, da traf es mich wie ein Blitz aus heiterem Himmel: Ein historischer Roman … mit Walter Scott als Hauptfigur! Als ich dann einige Tage später im Zuge einer Führung durch

Edinburgh Castle erfuhr, dass Scott auch die schottischen Kronjuwelen wiederentdeckt hat, die bis dahin spurlos verschwunden gewesen waren, da hatte ich meinen Aufhänger für die Handlung – und dann kam eins zum anderen.

Inspiration kann überall sein.

Natürlich begegnen wir ihr leichter an Orten, an denen wir nicht mit Alltagsdingen befasst und in der Lage sind, unseren Geist für neue Eindrücke zu öffnen – das ist auch der Grund dafür, weshalb die meisten Autoren mit vielen neuen Ideen im Gepäck aus dem Urlaub zurückkehren. Aber auch der Alltag kann voller kreativer Eingebungen stecken: Dinge, die wir erleben, Gespräche, die wir führen, Bücher, die wir lesen, Filme, die wir sehen. Es soll auch Autoren geben, die von einem Restaurantbesuch inspiriert wurden – in meinem Fall war es der Genuss eines Gumbos, eines scharfen und ziemlich deftigen Gerichts aus der Cajun-Küche, der mich auf die Idee für Balboks und Rammars *bru-mill* brachte, den legendären Ork-Eintopf, dessen Rezept denn auch in DIE RÜCKKEHR DER ORKS verraten wird.

Da man nie genau weiß, wann einen die Inspiration überkommt, empfiehlt es sich, stets das besagte Notizbuch bei sich zu tragen, um nicht nur konkrete Ideen, sondern auch all jene abstrakten Gedanken und Assoziationen festhalten zu können. Manche Autoren weigern sich auch, Ideen aufzuschreiben, weil sie sie nicht fixieren wollen, ehe sie ganz zu Ende gedacht sind, und bevorzugen es, sie in ihren Gedanken herumzutragen, bis sie eine gewisse Reife erlangt haben – vom großen Friedrich Schiller ist ein ganz ähnliches Vorgehen überliefert. Bitteschön, jeder nach seinen Vorlieben. Nur in einem Fall sollte man unbedingt zum Notizblock greifen, nämlich bei den bereits erwähnten Träumen. Da unser Unterbewusstsein im Schlaf von all den Beschränkungen befreit ist, die wir ihm im wachen Zustand auferlegen, liefert es bisweilen die phantastischsten Szenerien und somit Steilvorlagen gerade für die Fantasy. Doch so eindrucksvoll, ja beängstigend uns unsere Träume im Schlaf erscheinen mögen – kurz nach dem Erwachen sind sie häufig schon wieder vergessen. Wer also am Morgen aufwacht und davon überzeugt ist, die Idee für einen Millionenseller geträumt zu haben, sollte sie rasch niederschreiben, denn schon wenig später kann alles verschwunden sein.

Was aber tun wir, wenn uns die Inspiration überkommen hat, der kreative Funke übergesprungen ist und wir die zündende Idee haben, aus der wir eine Geschichte formen wollen? Natürlich genau dasselbe, das auch die Helden unserer Bücher an dieser Stelle tun würden – wir nehmen die Herausforderung an. Wir wissen inzwischen, dass das Autorendasein nicht immer den gängigen Klischees entspricht, dass nicht nur Talent, sondern auch eine gute Portion Disziplin nötig ist, um in diesem Metier Fuß zu fassen – so wie Frodo wusste, dass eine große Wegstrecke zwischen ihm und dem Schicksalsberg liegt und er unterwegs von Saurons Schergen gnadenlos gejagt wird.

Der Weg, der vor uns liegt, ist nicht leicht. Einen eigenen Roman aus der Taufe zu heben, ist anstrengender, als man zunächst vermuten sollte. Wer es bereits einmal versucht oder getan hat, wird wissen, wovon ich spreche. Nichtsdestotrotz kann uns keine Warnung von unserem Ziel abbringen. Wir spüren den kreativen Funken in uns und können nicht anders, als die uns übertragene Mission zu erfüllen, die da heißt: Wir schreiben einen Fantasy-Roman! Gerüstet sind wir inzwischen und haben zumindest eine Ahnung von dem bekommen, was uns unterwegs erwartet – machen wir uns also auf den Weg!

2
Von der Idee zur Geschichte

Nehmen wir einmal an, wir hätten zum wiederholten Mal DER HERR DER RINGE gelesen und dabei hätten wir den Eindruck gewonnen, dass die Orks in Tolkiens Büchern doch eigentlich recht stiefmütterlich behandelt werden. Anfangs noch als wenn auch grausame und höchst verschrobene, aber immerhin individuelle Charaktere beschrieben, verschmelzen sie später zur willenlosen Heeresmasse, die von ihren dunklen Befehlshabern nach Belieben gelenkt wird. Die Frage, ob das nicht eigentlich ein Widerspruch ist, drängt sich uns förmlich auf, und noch ehe wir den Gedanken ganz zu Ende geführt haben, haben wir plötzlich eine Idee: Den Orks eine eigene Geschichte zu widmen und diese ganz konsequent aus ihrem Blickwinkel zu erzählen.

So ungefähr müsst ihr euch den Augenblick vorstellen, in dem mir die Grundidee zu DIE RÜCKKEHR DER ORKS durch den Kopf schoss. Ganz plötzlich war da der Gedanke, etwas aus diesem Stoff zu machen, und ich stand vor der Aufgabe, aus dieser Idee Figuren und eine Handlung zu entwickeln.

Aber wie?

Ich werde im Folgenden versuchen zu schildern, wie aus einer Idee eine Geschichte und aus dieser wiederum ein Roman wird. Natürlich kann ich dabei keinen Anspruch auf Allgemeingültigkeit erheben und nur meine Erfahrungen schildern, aber ich hoffe doch, dass der eine oder andere nützliche Tipp dabei sein wird.

Wie also soll man vorgehen, wenn man ein Buch schreiben will? Die Antwort ist einfach – in kleinen Schritten.

Helden gesucht!

Wenn die Idee, die wir hatten, nicht wie in unserem Beispiel schon von Beginn an mit bestimmten Figuren verknüpft ist (denn natürlich sollte in einem Roman über Orks auch der eine oder andere Ork vorkommen), ist es spätestens jetzt an der Zeit, sich Gedanken über die Hauptfiguren der Geschichte zu machen. Gerade in der Phantastik ist es häufig so, dass wir mit Vorstellungen von bestimmten Begebenheiten, Szenarien oder Welten starten oder, wie Wolfgang Hohlbein einmal so schön erklärte, mit ganz konkreten Bildern, die man plötzlich vor Augen hat – in seinem Fall den in einem Dimensionstunnel verschwindenden Schnellzug, der ihn zu seinem Roman DAS DRUIDENTOR inspirierte.

Nun ist es aber Zeit, uns zu fragen, von welchem Konflikt unsere Geschichte handeln soll – denn ein solcher zeichnet dramatische Handlungen aus. Selbst wenn wir entschlossen sind, einen Roman zu verfassen, in dem Schwarz und Weiß nicht eindeutig voneinander getrennt sind, müssen wir uns fragen, wo unsere Helden sind und unsere Gegenspieler – und aus den Antworten, die wir auf diese Fragen bekommen, werden sich ganz zwangsläufig Handlungselemente ergeben. Denn jede Figur, die wir konzipieren, bringt ihre eigenen Gesetzmäßigkeiten in die

Handlung ein, sodass sich sehr rasch eine gewisse Eigendynamik entwickelt, der wir in diesem Stadium der Planung ruhig freien Lauf lassen dürfen.

Im Fall der ORKS war es so, dass ich schon nach sehr kurzer Zeit etwas Unangenehmes bemerkte: die Handlung lief in eine Richtung, die mir nicht gefiel – denn wer Schurken zu Helden macht, läuft damit zwangsläufig Gefahr, sie auch zu Identifikationsfiguren zu machen, und ich wollte dann doch nicht erreichen, dass sich die Leser mit zwei tumben grünen Schlagetots identifizieren. Also kam das Element Humor ins Spiel, das sehr gut geeignet ist, um Distanz zwischen Leser und Protagonist zu schaffen und dafür zu sorgen, dass dessen Handlungen reflektierter betrachtet werden. Zu diesem Zeitpunkt hatte ich bereits mit dem Gedanken gespielt, ein ungleiches Brüderpaar in den Mittelpunkt der Handlung zu rücken, und als nun auch noch das augenzwinkernde Element hinzukam, sah ich die beiden plötzlich vor mir: der eine groß und schlank und von einer gewissen Einfalt, jedoch durchaus lebenspraktisch veranlagt; der andere klein und untersetzt, um nicht zu sagen fett, mit einem fatalen Hang zur Rechthaberei.

Robert E. Howard, der Erfinder von CONAN, hat einmal gesagt, dass diese Figur des cimmerischen Barbaren eines Tages geradewegs in seine Vorstellung spaziert sei, fix und fertig mit allen dazugehörigen Eigenschaften. Bis dahin hatte ich so etwas nie erlebt und ehrlich gesagt auch bezweifelt, dass es tatsächlich möglich wäre. Bis ich »meinen« Orks begegnete, denn die beiden standen sozusagen tatsächlich schlagartig vor mir, wohlgemerkt nicht als Einzelfiguren, sondern als Duo, als das sie perfekt harmonierten. Erst einige Tage später wurde mir klar, dass sich wohl aus ferner Vergangenheit meine einstige Vorliebe für

Slapstick und insbesondere für die Filme von Stan Laurel und Oliver Hardy zu Wort gemeldet hatte. Anfangs war das ein unbewusster Prozess, aber je mehr ich darüber nachdachte, desto besser fügte es sich in die Geschichte ein, die ich erzählen wollte, und so beschloss ich, meine beiden Orks zur Hommage an das wohl größte Komiker-Duo aller Zeiten zu machen, was sich letztlich auch in ihren Namen widerspiegelt. In Anspielung an die wenig schmeichelhafte Eindeutschung, die man Laurel & Hardy in den frühen 30er-Jahren zukommen ließ, nannte ich sie Balbok (vom orkischen *balbh*, was dumm oder eben doof bedeutet) und Rammar (vom orkischen *rammash* = dick, fett).

In dem Augenblick, da ich mich entschied, meine Geschichte humorig zu gestalten, war mir aber auch klar, dass ich weitere Hauptfiguren brauchen würde, die den Leser bei der Hand nehmen und ihm jene Identifikationsmöglichkeit bieten würde, die ich ihm bei den beiden Orks genommen hatte. So entstand die Figur des Kopfgeldjägers Corwyn, der auf der Suche nach Beute mit Balbok und Rammar aneinandergerät und in ein wildes Abenteuer verstrickt wird, an dessen Ende die Krone des Elfenreichs auf seinem Haupt landet (und das im wörtlichen Sinn). Sehr früh tauchte auch die Figur der Elfenpriesterin Alannah auf, die von den Orks aus Shakara entführt wird, jedoch so ganz anders ist, als die beiden es sich vorgestellt haben. Als Gegenspieler wählte ich den Zauberer Rurak, der all die Eigenschaften der Fantasy-Schurken vereint, die ich in meiner Jugend besonders geliebt habe. Vor allem jene finsteren Magier, die Robert E. Howard bevorzugt auf seine Helden losgelassen hat, haben hier deutlich ihre Spuren hinterlassen.

Da hatte ich nun meine Figuren. Aber noch standen sie

einfach stumm da, kratzten sich am Kinn und langweilten sich ein wenig, darauf wartend, dass ich ihnen etwas zu tun gab. Ausgehend von diesen Figuren begann ich also meine Handlung zu stricken: Wer sind diese Typen? Was wollen sie eigentlich hier? Und vor allem: Was werden sie tun, um ihre Ziele zu erreichen?

Jede Geschichte, die wir erzählen, berichtet letztlich vom Ende eines Konflikts, der schon sehr viel früher begonnen hat, von seiner finalen Zuspitzung und Auflösung. Insofern ist es ganz folgerichtig, dass wir in dieser Phase der Geschichtenplanung sehr viel über die Vergangenheit unserer Helden und ihrer Gegner erfahren: Es gibt natürlich Gründe dafür, dass Rurak an die Karte von Shakara gelangen will, ebenso wie es Gründe dafür gibt, dass Corwyn Orks hasst und Alannah sich nach Freiheit sehnt. Diese Vergangenheit unserer Helden festzulegen und aufzuschreiben, ist sehr wichtig, denn aus ihr heraus erklärt sich ihre Motivation, erst sie macht die Handlungen unserer Protagonisten nachvollziehbar und verständlich. Gerade bei Rurak und Alannah war es so, dass dieses Erforschen der Vergangenheit immer mehr und noch dramatischere Einfälle hervorbrachte, wie die Geschichten der beiden Figuren verknüpft waren, sodass ich schließlich nicht nur die ORKS-Trilogie, sondern auch noch die ZAUBERER-Trilogie brauchte, um ihre Vergangenheit ganz zu entschlüsseln.

Dieser Effekt tritt häufig ein, wenn wir uns eine Handlung ausdenken und unsere Figuren innerhalb ihrer Logik agieren lassen – wir bekommen dadurch so viel Stoff, dass sich schon früh abzeichnet, dass ein Band allein gar nicht ausreichen wird, um die ganze Entwicklung wiederzugeben. In diesem Fall gilt es, genau abzuwägen, was wir brauchen, um die Geschichte zu erzählen – der Rest wandert in das berühmte Notizbuch zur weiteren Verwendung. Denn nicht selten haben wir es in der Fantasy ja mit Mehrteilern oder Trilogien zu tun, und wir bekommen tatsächlich Gelegenheit, die *ganze* Geschichte zu erzählen, so wie ich es bei den ORKS und in der ZAUBERER-Trilogie tun durfte.

Eine Frage, die bisweilen eng mit der Auswahl der Figuren zusammenhängt, ist die nach der Perspektive, aus der der Roman erzählt werden soll. Wir werden darauf erst an späterer Stelle zu sprechen kommen, aber man kann durchaus schon beim Festlegen der Figuren und der Handlung Überlegungen anstellen, welchen Erzählstil man verfolgen und wessen Perspektive man beim Erzählen einnehmen will.

Ein Herz für Plotter

Es gibt, grob gesprochen, zwei Arten von Autoren: Die einen gehen ihre Arbeit eher handwerklich an und entwerfen zunächst einen sehr genauen Plan von dem, was sie später in Romanform zu Papier bringen wollen – fast ein wenig so, als würden sie dem langfristigen Lodern des kreativen Funkens, der sie überkommen und zu ihrer Idee geführt hat, ein wenig misstrauen. Die anderen Autoren wiederum verlassen sich auf ihre Kreativität so sehr, dass sie ihr auch weiterhin die Arbeit überlassen und sich einfach von dem leiten lassen, was ihre Intuition ihnen vorgibt: Sie beginnen mit einer Szene, führen diese aus und sehen, wohin die Entwicklung dieser Szene sie führt und so weiter. Ebenso verfahren sie mit den Charakteren, deren genaue Entwicklung sie zu Beginn des Schreibprozesses noch gar nicht in vollem Umfang absehen können.

Diese sehr intuitive Art des Schreibens ist sicherlich die künstlerischere – und ich gestehe freimütig ein, dass ich damit nichts anfangen kann.

In meinen Anfangstagen als Autor wollte mich mein damaliger Redakteur dazu bringen, einfach draufloszuschreiben und mich an dem entlangzuhangeln, was meine Figuren mir vorgeben – ich habe es nie geschafft. Ganz einfach deshalb, weil ich aus tiefster Überzeugung der ersten Gruppe von Autoren angehöre und mich jederzeit eher als kreativen Handwerker denn als Künstler bezeichnen würde.

Ich bin damit in guter Gesellschaft, denn einige sehr erfolgreiche Autoren der deutschen Fantasy-Szene sind ebenfalls überzeugte »Plotter« – so nennt man die Autoren, die zunächst ein genaues Handlungsgerüst ihres Romans, also den Plot, ausarbeiten, ehe sie sich ans Ausformulieren ihres Romans machen. Vielleicht ist es tatsächlich so, dass wir unserer Inspiration ein wenig misstrauen, vielleicht wollen wir am Beginn der Reise aber auch nur einfach wissen, wo sie endet. Vor Schreibblockaden und ähnlichen Hemmnissen gewährt ein sorgsam ausgearbeiteter Plot jedenfalls einigen Schutz. Und in Gesprächen mit Agenten oder Verlagen ist es auch leichter, von einem Projekt zu berichten, in dem es um die Helden A und B gehen soll, denen dieses und jenes widerfährt, als einräumen zu müssen, dass man noch keine rechte Ahnung hat, wohin es A und B im Zuge ihres Abenteuers verschlagen wird.

Das soll nun nicht heißen, dass beim Plotten für Inspiration und spontane Einfälle kein Platz wäre – gerade in der Frühphase der Entstehung, wenn wir nach den passenden Figuren suchen und die Handlung entwickeln, lassen wir den Dingen durchaus ihren Lauf. Nur mit dem

Unterschied, dass wir uns noch in einem Stadium unserer Arbeit befinden, in dem alles noch im Fluss ist und zu jeder Zeit geändert werden kann. In dieser Phase können auch schon die erwähnten Storyboardkärtchen hilfreich sein, auf denen wir die Protagonisten und die Handlungselemente festhalten und die wir an der Pinnwand immer wieder neu anordnen können. Auf diese Weise simulieren wir die möglichen Entwicklungen, die die Handlung nehmen kann, und finden diejenige heraus, die unseren Anforderungen am besten entspricht; je genauer wir in dieser Phase arbeiten, desto weniger Probleme gibt es nachher beim Ausarbeiten des Romans.

Sollen die Figuren A und B beispielsweise durch eine List aus der Gefangenschaft von C entkommen, dann empfiehlt es sich, schon beizeiten darüber nachzudenken, worin diese List bestehen soll. Ebenso verhält es sich mit den Handlungen der Figuren – sind sie hinreichend motiviert? Oder muss hier und dort noch nachgebessert werden, weil ihre Handlungsweise sonst nicht mehr logisch und damit für den Leser nicht nachvollziehbar ist?

Der Grund, warum wir dies so sorgfältig tun müssen, ist der, dass man geplotteten Geschichten ihre »simulierte« Herkunft bisweilen anmerkt – nämlich immer dann, wenn sie der eigentlichen Handlungslogik und dem, was die Figuren natürlicherweise tun würden, zuwiderlaufen. In solchen Fällen muss der Autor dann manchmal etwas bemühen, das man *deus ex machina* nennt. Der Ausdruck stammt aus der Frühzeit des Theaters, wo man Konflikte oftmals löste, indem man eine Gottheit (lateinisch *deus*) auftreten ließ, die nicht selten an Seilen auf die Bühne herabgelassen wurde, also gewissermaßen *ex machina* auftrat. Demzufolge findet der Ausdruck immer dann Anwendung, wenn deutlich erkennbar von außerhalb des Spiel- oder Romangeschehens eingegriffen wird, um diesem die beabsichtigte Richtung zu geben.

Ich gebe zu, dass geplottete Romane dieser Gefahr in stärkerem Umfang ausgesetzt sind, jedoch nicht, wenn man bei der Festlegung der Figuren und ihrer Motivationen genügend Sorgfalt walten lässt und dafür sorgt, dass alle enthaltenen Wendungen durch das Handlungsgeschehen motiviert werden. Die Kollegen vom Film bezeichnen dies als *Character driven Plot*, also als eine Geschichte, die von den Handlungen und Motivationen der Figuren vorangetrieben wird, und so sollte es sein. Denn obwohl wir in der Phantastik sicher größere kreative Freiheit genießen als etwa Autoren im Thriller- oder Krimi-Genre, sollte dies nicht so verstanden werden, dass die allgemeinen Regeln der Handlungslogik und Wahrscheinlichkeit nicht gelten. Vielleicht ist sogar das Gegenteil der Fall: Gerade weil wir uns in phantastischen Welten bewegen und von unwahrscheinlichen Kreaturen erzählen, ist es umso wichtiger, dass jene Regeln, die der Leser aus seiner Wirklichkeit kennt, auch dort Bestand haben, weil sie der Orientierung dienen und die Identifikation mit dem Stoff erleichtern. Es sei denn natürlich, wir haben es vorher ausdrücklich anders definiert.

Wenn im Lande Lilliput alle Menschen winzig klein sind und im Lande Brobdingnag alle riesig groß, dann geht das in Ordnung, weil Autor Jonathan Swift das so festgelegt hat; und wenn in Hogwarts Besen fliegen, Bilder sprechen und Süßigkeiten schon mal nach Erbrochenem schmecken, dann stellt das auch kein Problem dar, denn es wurde von Beginn an als Teil von J. K. Rowlings Universum definiert. Wichtig ist, dass solche die normale Realität überschreitenden Dinge früh in die Handlung eingebracht und auf diese Weise legitimiert werden – und haben wir sie erst einmal festgelegt, dürfen wir sie nicht mehr über den Haufen werfen, sondern müssen der dadurch entstandenen Logik folgen.

Ein Plot, der sich auf diese Weise entwickelt, wird sich schließlich als eine noch relativ lose Aneinanderreihung von Namen und Ereignissen präsentieren, die das grobe Handlungsgerüst des Romans wiedergeben. Später, beim Ausarbeiten, wird durchaus noch Platz für spontane Einfälle sein, etwa wenn es darum geht, die Charaktere mit »Fleisch und Blut« auszustatten und sie miteinander interagieren zu lassen. Zunächst jedoch ist es wichtig, unseren grob gesponnenen Handlungsfäden eine inhaltliche Struktur zu geben.

Die Macht des Mythos

Hält das Plotten von Romanen in der frühen Entstehung auch einige Stolperfallen bereit – die Stärke dieser Arbeitstechnik liegt ganz eindeutig in der Dramaturgie, die hier sehr viel sorgfältiger geplant und ausgefeilter sein kann als bei der spontanen Handlungsentwicklung. Und die Dramaturgie wiederum nimmt unmittelbaren Einfluss auf all die Empfindungen, die wir beim Leser auslösen wollen: Spannung, Mitgefühl, Freude usw.

Dass ein Roman spannend und interessant zu lesen ist, sollte an sich selbstverständlich sein, dennoch gibt es viele Beispiele für Bücher, die ambitioniert beginnen, sprachlich herausragend sind – und den Leser dennoch nicht zu fesseln vermögen. Wenn das so ist, dann häufig deshalb, weil es der Autor versäumt hat, die Regeln der Dramaturgie zu beachten – oder sie ganz absichtlich missachtet, um »mal etwas anderes« zu machen. Nach meiner

Erfahrung ist es aber so, dass der Leser in dieser Hinsicht keine Experimente wünscht: Ein Roman, für den man zwischen zehn und zwanzig Euro hinlegt, soll unterhaltend sein, im besten Fall inspirierend, auf jeden Fall aber fesselnden Lesestoff bieten. Gelingt dies nicht, hat der Autor seine Hausaufgaben nicht gemacht und »nicht abgeliefert«, wie es im Jargon der Castingshows so schön und treffend heißt. Deshalb sei es an dieser Stelle ganz deutlich gesagt: Die dramaturgischen Regeln zu beachten und seinem Werk einen soliden Spannungsaufbau zu geben, hat nichts mit fehlendem Einfallsreichtum oder gar Trivialität zu tun, sondern damit, seinen Leser ernst zu nehmen und ihm ein abwechslungsreiches und zufriedenstellendes Leseerlebnis zu verschaffen. Die Gesetzmäßigkeiten, nach denen wir uns dabei richten, sind in der Menschheitsgeschichte über Jahrtausende hinweg tradiert worden – Erfahrungswerte, die unzählige Geschichtenerzähler vor uns gesammelt haben und von denen wir profitieren können. Deshalb ist es nur von Vorteil, sich für einen Moment klarzumachen, in welcher Tradition wir uns bewegen.

Wie eingangs erwähnt, sind wir gerade in der Fantasy sehr nah an jenen Geschichten, die den Urquell nicht nur jeder Erzählung, sondern im Grunde jeder Überlieferung darstellen – den Mythen. Bereits in grauer Vorzeit versuchten sich unsere Vorfahren überall auf der Welt ihre Herkunft, ihre Existenz und die ihrer Welt mit Geschichten zu erklären, die, wie wir heute sagen würden, phantastischer Natur waren: Von Göttern und Riesen war darin die Rede, von gewaltigen Sintfluten und großen Schlachten – und von menschlichen Helden, die sich allen Gefahren zum Trotz behaupteten und damit die Zivilisation begründeten, den Anfang der Geschichte.

Dem amerikanischen Mythenforscher Joseph Campbell kommt das Verdienst zu, erstmals systematisch strukturelle Vergleiche zwischen den Mythen dieser Welt angestellt zu haben – mit verblüffendem Ergebnis: Denn die Reise des Helden, wie er das große Abenteuer nennt, zu dem die Helden der Mythen aufbrechen, ähnelt sich in sämtlichen Kulturkreisen dieser Welt auf verblüffende Weise – und bildet damit ein verlässliches Grundgerüst nicht nur für jeden Fantasy-Roman, sondern für jede dramatische Handlung. Denn wir sind seit Jahrtausenden daran gewohnt, dass eine Geschichte damit beginnt, dass der Held aus dem gewohnten Umfeld gerissen wird, dass er sich auf die Suche nach einem Schatz begibt (bei dem es sich in anderen Genres auch um einen geliebten Menschen, um ein neues Leben oder um einen Serienkiller handeln kann) und diesen schließlich findet, nachdem er (im übertragenen oder wörtlichen Sinne) gestorben ist und als neuer Mensch geboren wurde. Diese eigentlich einfache Formel liegt unzähligen Romanen und Erzählungen und vor allem auch Filmen zugrunde, von DER ZAUBERER VON OZ bis STAR WARS. Gerade von George Lucas weiß man, dass er Campbells Forschungen sehr sorgfältig studiert hat, ehe er mit der Arbeit an seinem Sternenkrieg begann – die Lektüre ist daher jedem am Schreiben Interessierten dringend zu empfehlen. Denn auch sehr erfolgreiche Bücher, von HARRY POTTER bis TWILIGHT, folgen, ob nun bewusst oder unbewusst, dem von Campbell nachgewiesenen Muster.

Form vs. Inhalt

Das soll nun nicht heißen, dass ein (Fantasy-)Roman zwangsläufig simpel gestrickt sein muss, nur weil er sich auf eine im Grunde sehr alte und einfache Formel beruft – das geradezu Geniale an Campbells Mythenformel ist, dass sie sich bei näherer Betrachtung als universell einsetzbar und ungeheuer flexibel erweist. Problematisch wird es dann, wenn man Campbells eigentlich rein inhaltliche Feststellungen auf die Form eines Romans überträgt, der dann zwangsläufig sehr vorhersehbar und uninspiriert wirken muss. Vor allem auf den Film bezogen hat der Amerikaner Christopher Vogler aus Campbells Forschungsergebnissen allgemeingültige Regeln für das Schreiben abgeleitet, die er in Anspielung auf Campbells Forschungen THE WRITER'S JOURNEY nennt – die Reise des Autors. So anregend und wertvoll Voglers Ableitungen sind, letztlich verleiten sie dazu, die einzelnen Handlungselemente des Mythos, von denen es insgesamt zwölf gibt, nach dem Baukastenprinzip zusammenzustellen. Begünstigt wurde dies durch Drehbuchautor Syd Field, dessen auch in deutscher Sprache erschienenes Buch über das Drehbuchschreiben eine ganze Generation von (Film) Autoren geprägt hat. Field besteht darauf, dass in einem funktionierenden Drehbuch Inhalt und Form eng aneinandergeknüpft sind, und geht bisweilen gar so weit, dies auf den Film bezogen in exakter Minutendauer anzugeben. Nun geht es in diesem Handbuch natürlich nicht in erster Linie um das Drehbuchschreiben, aber angesichts der Tatsache, dass die verschiedenen Medien zusehends miteinander verschmelzen und wir als Autoren in unserem eigenen Interesse angehalten sind, unsere Leser auf eine ihnen vertraute, »visuelle« Art und Weise zu unterhalten, kann es nicht schaden, an dieser Stelle einen Blick über den Zaun zu werfen.

Da Film und Theater dem Ursprung nach verwandt sind – in den Anfangstagen der bewegten Bilder filmte man einfach Bühnengeschehen ab, ehe man die filmischen Ausdrucksmöglichkeiten differenzierter einzusetzen lernte –, stammen auch die dramaturgischen Prinzipien ursprünglich aus dem Theater. Bis heute werden Filme z. B. üblicherweise in drei Akte gegliedert, die im Wesentlichen dem Schema Einleitung – Hauptteil – Schluss folgen. Dies ist wiederum eine Vereinfachung des Schemas, an das sich der eine oder andere vielleicht noch aus seiner Schulzeit erinnert, nämlich die klassische Fünfteilung des Dramas, die in ihren Grundzügen auf Aristoteles zurückgeht:

1. Exposition (Einführung)
2. Epitase (Handlungssteigerung)
3. Peripetie (Höhepunkt)
4. Retardation (Verlangsamung der Handlung)
5. Katastrophe oder Lysis (Lösung)

Diesen formalen Aufbau verbindet Aristoteles noch mit einer ganzen weiteren Reihe von Regeln, so z. B. der Einheit von Ort, Zeit und Handlung, die bis ins vorletzte Jahrhundert hinein Gültigkeit hatten. Mit geradezu peinlicher Genauigkeit wurden die aristotelischen Regeln im französischen Theater befolgt, wo man der Überzeugung war, dass die Wirkung eines Theaterstückes letztlich nicht vom Inhalt, sondern vor allem von der vollendeten Form abhänge – den Zeitgenossen ging es beim Theaterbesuch nicht in erster Linie um Unterhaltung, sondern um ein erbauliches Erlebnis, das beim Zuschauer eine Katharsis, eine seelische wie geistige Reinigung bewirken sollte (bis zur Begründung der Psychoanalyse sollte noch rund ein Jahrhundert vergehen).

Allerdings rief diese strenge Formalität bald auch Gegner auf den Plan – schon Lessing wetterte dagegen an, ebenso wie später der deutsche Sturm und Drang, namentlich vertreten durch Schiller und Goethe, die die Vorhersehbarkeit der Franzosen kritisierten und den Engländer Shakespeare als den idealen Dramendichter verehrten – nur um einige Jahrzehnte später im Rahmen der deutschen Klassik wieder zur strikten Einhaltung der aristotelischen Regeln zurückzufinden. In seinem Stück IPHIGENIE AUF TAURIS, heute als Inbegriff und Höhepunkt der deutschen Klassik gefeiert, zementierte Goethe genau jene Regeln, die er zuvor noch als kraftlos und überkommen angeprangert hatte – und schuf damit ein zeitloses Beispiel an Sprachgewalt, Formvollendung und, sagen wir es ruhig, Langeweile.

Noch einmal: Den Ikonen der deutschen Klassik ging es nicht darum, ihr Publikum auf jene Weise zu unterhalten, die wir heute darunter verstehen, von daher ist es unfair, bei der Beurteilung ihrer Werke diese Maßstäbe anzusetzen. Doch dieser kleine Ausflug in die Vergangenheit zeigt sehr schön, dass der alte Streit zwischen Form und Funktion, der in vielen Kunstrichtungen anzutreffen ist, auch in der Schriftstellerei eine große Rolle spielt. Und dass er oft von Lippenbekenntnissen geprägt ist, denn Form und Funktion (in unserem Fall Inhalt) haben beide ihre notwendige Berechtigung. Es kommt lediglich darauf an, sie in eine vernünftige Beziehung zu setzen.

Wäre STAR WARS ein solcher Erfolg geworden, hätte sich George Lucas' Experimentierfreude nicht auf die

Tricktechnik, sondern auf die Erzählweise bezogen? Sicher nicht. Die Abenteuer von Luky Skywalker erfreuten sich nicht zuletzt deshalb solcher Beliebtheit, weil Lucas auf klassische Erzählmuster und auf die einfache Dramaturgie der amerikanischen Serials und B-Pictures zurückgegriffen hatte.

Wäre DER HERR DER RINGE zum Urknall eines ganzen Genres geworden, wenn sich Tolkien einer weniger schwülstigen, romantisierenden Sprache und Erzählform bedient hätte? Ganz sicher auch nicht. Erfolg kann sich nur dort einstellen, wo Form und Inhalt eine perfekte Verbindung eingehen.

Dramatischer Aufbau

Welches aber sind nun die dramaturgischen Merkmale eines fesselnden Romans? Wie sollte eine Geschichte aufgebaut sein, damit sie den Leser überzeugt und ihn in ihren Bann zieht?

Es fängt damit an, dass die Struktur des Textes für den Leser nachvollziehbar bleiben muss, insofern tun wir gut daran, uns an die althergebrachten Grundregeln zu halten. In der jüngeren Theatergeschichte, ebenso wie im Film, wurde die aristotelische Form auf drei Akte verkürzt, indem die mittleren drei Elemente – Epitase, Peripetie und Retardation – zu einem Block zusammengefasst wurden. Die nunmehr bestehenden drei Akte

1. Exposition
2. Entwicklung
3. Katastrophe oder Lösung

sind hierbei von solcher Allgemeingültigkeit, dass sie als Grundgerüst jeder dramatischen Handlung – also auch der eines Romans – verstanden werden können. Simpler ausgedrückt: Jede Geschichte, die spannend sein soll, braucht einen Anfang, in dem uns die Figuren und ihre Motivationen vorgestellt werden; einen Hauptteil, in dem sich die Handlung entwickelt, wobei die Spannung kontinuierlich ansteigen sollte; und schließlich einen Schluss, der das Romangeschehen zu Ende führt.

Das klingt zunächst nach einer Binsenweisheit, verdient aber genauere Betrachtung, da ein Fehlen oder auch nur eine ungenügende Berücksichtigung eines der Teile beim Leser stets einen unbefriedigenden Eindruck hinterlassen wird. Was auch immer wir lesen, in welcher Welt auch immer sich unsere Helden befinden – wir wollen wissen, woher sie kommen, was sie tun und wohin sie am Ende gehen. Etwas pathetisch könnte man also behaupten, dass es die Grundfragen des menschlichen Daseins sind, auf die wir in jedem Roman auf unseren kleinen Mikrokosmos bezogen Antwort geben – tun wir das nicht, fühlt sich der Leser zu Recht betrogen. Jeder von uns hat schon einmal einen Roman gelesen, mit dem er nicht zufrieden war: Wenn wir nicht erfahren, woher ein Held kommt und was seine Ziele, seine Ängste und Hoffnungen sind, nehmen wir weder besonderen Anteil an seinem Sieg noch empfinden wir besondere Trauer, wenn seine Mission misslingt. Wenn eine Figur zwar als lupenreiner Held eingeführt und charakterisiert wird, dann jedoch ganz anders (oder gar nicht) handelt bzw. die Handlung keinerlei Entwicklung oder Steigerung aufweist, werden wir uns irritiert von einem Lesestoff abwenden. Und wenn wir uns durch achthundert Seiten eines äußerst abenteuerlichen und spannenden Buchs gelesen und mit den Helden gefiebert, mit ihnen gelitten und triumphiert haben, nur um dann mitten in der Handlung mit einem offenen Ende zurückgelassen zu werden, fühlen wir uns als Leser nicht ernst genommen oder gar »betrogen«.

An der Notwendigkeit der drei Akte gibt es also nichts zu rütteln – ganz anders sieht es mit der individuellen Gewichtung aus. Denn die Tatsache, dass jeder dramatischen Erzählung ein äußerst einfaches Stickmuster zugrunde liegt, bedeutet nicht, dass dieses nicht auf komplexe Weise variiert werden könnte.

Ein Hauch von Jazz

Bisweilen kann es dem Erzähltempo zum Beispiel dienlich sein, im Stil einer Kurzgeschichte direkt in die Haupthandlung zu springen – etwa, wenn es Balbok und Rammar gleich zu Beginn von DIE RÜCKKEHR DER ORKS mit wilden Gnomen zu tun bekommen, die sie auskundschaften sollen. Die Einleitung – das »Woher« der Figuren, muss jedoch irgendwann nachgeliefert werden, ob nun in Dialogform, als Rückblick oder auf welche Weise auch immer – in DIE RÜCKKEHR DER ORKS geschieht dies, nachdem Balbok und Rammar in ihr heimatliches Dorf, ihren *bolboug*, zurückgekehrt sind und wir erfahren, dass es zwischen Rammars Selbstbild und der Wahrnehmung seiner Person durch andere Orks gewisse Unterschiede gibt.

Ganz ähnlich verhält es sich bei Granock, dem menschlichen Helden der ZAUBERER-Trilogie: Als wir ihm zum ersten Mal begegnen, ist er ein Wegelagerer, der seine magische Fähigkeit, die Zeit anzuhalten, dazu benutzt, arglose Reisende auszurauben. Doch noch während wir

Zeugen eines seiner Überfälle werden, erfahren wir auch, dass Granock sich seine Opfer nicht willkürlich aussucht, sondern nach einem bestimmten Muster, und dass er durchaus nach einem eigenen Ehrenkodex handelt. Der Pantheride Croy aus der SPLITTERWELTEN-Saga ist damit in mancher Hinsicht der dunkle Bruder Granocks, denn seine Raubüberfälle sind, wie später deutlich wird, Teil eines blinden Rachefeldzugs gegen das mächtige Handelskontor. Die Handlung kann also durchaus unvermittelt beginnen – das schafft Abwechslung und hilft, den Leser von der ersten Seite an ins Geschehen zu ziehen – wichtig ist, dass wir dem Leser dennoch in der Folge Informationen über die handelnden Charaktere an die Hand geben, damit er sich mit ihnen identifizieren kann.

Im Hauptteil ist Platz für alle Abenteuer, jene Irrungen und Verwicklungen, die zur Reise des Helden gehören und die wir gleich noch ein wenig näher betrachten wollen – und auch hier muss die Handlungsstruktur keineswegs so linear und eindimensional verlaufen, wie es das einfache Grundmuster vermuten lässt: Unterschiedliche Erzählebenen und -perspektiven, Nebenhandlungen, Rückblicke und dergleichen sind legitime stilistische Mittel, um ein komplexes Handlungsgewebe zu flechten, wie es z. B. George R. R. Martin in DAS LIED VON EIS UND FEUER tut, das es in Sachen Vielschichtigkeit und Komplexität jederzeit mit einem historischen Drama aufnehmen kann. Martin liegt damit im Trend der Zeit, denn häufige Szenen- und Perspektivwechsel sind heute, wohl bedingt durch die an visuelle Medien gewöhnte Leserschaft, durchaus nicht ungewöhnlich. Meister Tolkien hingegen hatte es in DIE ZWEI TÜRME noch vorgezogen, seine beiden Haupterzählstränge nicht miteinander zu verflechten, sondern komplett zu separieren und nacheinander zu erzählen, was aus heutiger Sicht zunächst befremdlich wirkt, aber zum getragenen, epischen Stil des HERRN DER RINGE passt. Schließlich könnte man DIE GEFÄHRTEN, den ersten Band, mit einiger Berechtigung auch als eine einzige Exposition bezeichnen (wohl auch der Grund dafür, dass sich viele Leser mit dem »Erstkontakt« schwertun); und in DIE RÜCKKEHR DES KÖNIGS nimmt sich Tolkien auch sehr viel mehr Zeit für retardierende Momente, als wir es heute tun würden. So unterschiedlich beide Sagas jedoch dem Aufbau nach sein mögen – beiden ist gemeinsam, dass sie über eine klar definierte Grundstruktur verfügen, dass die Geschichten eine Einleitung, einen Hauptteil und einen Schluss haben.

Was Letzteren betrifft, so muss ich gestehen, dass ich kein Freund offener Enden bin, die es dem Leser überlassen, sich den Rest selbst dazuzudenken – das sieht in meinen Augen immer ein wenig so aus, als hätte sich der Autor nicht entscheiden können oder wollen, wie seine Geschichte ausgeht. Wer den Leser an die Hand nimmt und ihn durch sechs- oder siebenhundert Seiten führt, sollte ihn meiner Ansicht nach nicht auf der letzten Seite im Regen stehen lassen. Anders verhält es sich natürlich bei Romanen, die von Beginn an als Trilogie oder Fortsetzungsgeschichte konzipiert sind und die mit einem Cliffhanger enden, also mit einem spannenden Ende, das nach Fortsetzung schreit. Allerdings sollte ein solcher Cliffhanger von Beginn an geplant und in die übergeordnete Dramaturgie einbezogen sein, denn auch eine Romantrilogie folgt insgesamt betrachtet dem Schema von Einleitung, Hauptteil und Schluss.

Die Elemente von Exposition, Handlungsentwicklung und -abschluss ins rechte Verhältnis zu setzen, ist keine ganz leichte Aufgabe, die vor allem viel Übung verlangt –

und wie bei allem, was man übt, sollte man mit einem einfachen Grundmuster beginnen. Aus dem verständlichen Wunsch heraus, sich mit ihrem Werk aus der Masse herauszuheben, versuchen sich neue Autoren oft an einer komplizierten Variante, die anders sein soll als alles, was es bislang gab – an der sie letztlich jedoch aufgrund zu geringer erzählerischer Erfahrung scheitern. Es ist ein wenig wie beim Jazz: Zuerst sollte das Grundthema beherrscht werden. Dann kann man anfangen, darüber zu improvisieren.

Übung macht den Zaubermeister

Mit anderen Worten: denkt euch zunächst einfache Geschichten aus. Linear verlaufende Erzählungen, die von A nach B führen, und deren Exposition, Handlungsentwicklung und Auflösung klar definiert sind. Dann nehmt eine zweite Handlungsebene hinzu, beispielsweise die des Bösewichts, und flechtet sie in die bestehende Geschichte ein. Dann vielleicht noch eine dritte, die das Geschehen aus der Sicht einer weiteren Hauptfigur zeigt – ihr werdet feststellen, dass das Handlungsgerüst, das ihr entwickelt habt, nun schon über einige Komplexität verfügt.

Eine solche Geschichte als Roman auszuformulieren, verlangt bereits eine gewisse Portion Geschick, Ausdauer und erzählerisches Können, und ich empfehle, einige Romane oder zumindest Erzählungen nach mehr oder minder klassischem Spannungsmuster zu verfassen, ehe man beginnt, dieses zu verfremden und zu variieren. Dabei muss es sich beileibe nicht jedes Mal um dicke Schmöker handeln – als ehemaliger Heftroman-Autor kann ich aus Erfahrung sagen, dass vierundsechzig doppelspaltige

Seiten (auf Manuskriptseiten umgerechnet sind das etwa hundertdreißig) voll und ganz ausreichen, um einen kompletten Spannungsbogen mit allen drei Teilen zu etablieren. Mehr noch, begrenzter Raum zwingt dazu, die Geschichte ökonomisch zu erzählen und auf die wesentlichen Handlungselemente zu beschränken.

Vor diesem Hintergrund wird vielleicht verständlich, weshalb der Heftroman (in krassem Widerspruch zu dem schlechten Ruf, den er noch immer bei manch vermeintlichem Bildungshüter haben mag) in Fantasy-Lektoraten einen durchweg guten Ruf genießt. Autoren, die die »Heftromanschule« durchlaufen haben, galten und gelten gerade im phantastischen Genre als Garanten für gute und zuverlässige Arbeit – man denke an Kollegen wie Uschi Zietsch, Thomas Ziebula, Claudia Kern, Bernd Frenz und Christian Montillon, die sich auf diesem Gebiet alle einen guten Namen gemacht haben. Und nicht wenige Lektoren, die heute für große Verlage in entscheidender Position tätig sind, hatten ihre ersten »phantastischen« Kontakte mit PERRY RHODAN oder JOHN SINCLAIR.

Man muss aber keine Heftromane schreiben, um einen Einstieg in die Szene zu finden – auch disziplinierte Übung kann den gewünschten Erfolg bringen. Hilfreich ist es auch, Bücher, die einen selbst gefesselt haben, auf ihre Struktur hin zu untersuchen bzw. ihnen die Frage zu stellen, warum sie einen so trefflich unterhalten haben. Die Antworten sind oft sehr erhellend, denn man entdeckt dadurch auch seine persönlichen dramaturgischen Vorlieben, was wiederum Rückschlüsse auf die eigene Erzählweise zulässt und zeigen kann, wo evtl. Stärken und Schwächen liegen.

Nachdem wir nun wissen, wie ein packender Roman strukturiert sein sollte, wird es höchste Zeit, diese Struktur mit Inhalt zu füllen. Denn wie wir gesehen haben, beeinflussen Form und Funktion sich ja durchaus gegenseitig. Natürlich hat jeder, der eine Geschichte erzählen will, schon mehr oder minder klare Vorstellungen davon, wie seine Figuren aussehen, welchen Prüfungen sie ausgesetzt sein und welche Abenteuer sie erleben sollten. Nun kommt es darauf an, diese noch losen Motive in eine dramaturgisch sinnvolle, zur Erzählstruktur passende Reihenfolge zu bringen – und dabei helfen uns einmal mehr die guten alten Mythen.

Heldenreise

Jeder von uns weiß, was eine gute Geschichte ausmacht. Wir spüren es, wenn wir die letzte Seite eines Buches lesen und dabei ein Gefühl von Wehmut empfinden, weil die Lektüre schon vorüber ist – ebenso, wie wir das schale Gefühl beim Verlassen des Kinos kennen, weil der Film nicht das gehalten hat, was er versprach. Ganz gleich, ob es sich um ein Buch, einen Film, ein Comic oder ein Theaterstück handelt – was uns packt oder kaltlässt, hängt letztlich auch mit unseren Erwartungen zusammen. Diese sind jedoch keineswegs so unterschiedlich, wie man aufgrund unserer individuellen Verschiedenheit erwarten sollte.

Der bereits erwähnte Joseph Campbell hat nicht nur herausgefunden, dass die Mythen dieser Welt gemeinsame Grundmuster kennen, sondern er hat diese Erkenntnisse auch in Relation zu den Forschungen des Psychologen Carl Gustav Jung gesetzt, der die These vom Über-Ich vertreten hat. Dieses Über-Ich repräsentiert, kurz gesagt, den Wunsch eines jeden Einzelnen von uns, ein Held zu sein und über die Widrigkeiten dieser Welt zu triumphieren. Aus diesem kollektiven Wunsch heraus ist das globale Interesse der Menschen an Mythen zu erklären, an Geschichten, in denen Helden zu abenteuerlichen Reisen aufbrechen, die letztlich nicht nur die Bezwingung eines Gegenspielers und das Erringen eines Preises (Campbell bezeichnet es als »Elixier«) zum Gegenstand haben, sondern die Erlangung eines neuen, höheren Selbst. Wir finden die Dramaturgie des Mythos also nicht nur in Büchern oder Filmen, sondern letztlich auch in unserem eigenen Lebenszyklus, der immer wieder von Aufbruch, von Bewährung und von Neubeginn handelt. Dies ist der Grund, weshalb uns die von Campbell beschriebenen Grundmuster so nahestehen, dass wir sie im Zuge unserer Arbeit als Schriftsteller als verlässliche Hilfe benutzen können – nicht ausschließlich, aber ganz besonders in der Fantasy.

Die Heldenreise, die Campbell in seinen »mythischen Zirkel« beschreibt, hat folgende Stationen:

1) Berufung

Durch eine Störung des Alltags wird der Held zum Abenteuer gerufen oder gelockt.

In DER HOBBIT (und auch später in DER HERR DER RINGE) wird diese Störung durch Gandalf verkörpert, der im friedlichen Auenland so manches durcheinanderbringt und den guten Bilbo auf die Reise seines Lebens schickt. Kein Wunder, dass manche Hobbits den grauen Zauberer ganz unverblümt als Störenfried bezeichnen!

2) Weigerung oder übernatürliche Hilfe

Der Held verweigert sich dem Abenteuer oder wird durch einen Helfer ermutigt, sich darauf einzulassen.

Erinnert ihr euch an die Szene aus STAR WARS, in der Luke Skywalker sagt: »Ich kann nicht nach Alderaan! Ich muss nach Hause, ich kriege auch so schon Ärger …«?

3) Überschreiten der Schwelle

Der Held wird gezwungen, in das Reich der Abenteuer einzutreten oder betritt es freiwillig, von seinem Helfer ermutigt.

Selber Film, andere Szene: Indem die imperialen Sturmtruppen Lukes Pflegeeltern töten und ihre Farm zerstören, werden die Verbindungen zum »alten« Leben gekappt, und das Abenteuer beginnt. Der Tod der Eltern ist übrigens sehr häufig der Grund dafür, dass sich der Held der Herausforderung stellt – letzten Endes geht es bei der Reise des Helden eben auch um die Erlangung von Selbstständigkeit und um das Erwachsenwerden. Oft findet der Verlust der Eltern auch schon sehr früh statt, noch vor Einsetzen der eigentlichen Handlung, und stellt ein Trauma dar, das der Held bewältigen muss, wie z. B. bei HARRY POTTER oder auch beim Superhelden BATMAN.

4) Weg der Prüfungen

Auf dem Weg zur Erlangung des Preises muss der Held sich einer Anzahl von Prüfungen stellen.

Das können Wissensprüfungen sein, denen sich der Protagonist zu stellen hat, etwa wie Granock in DIE ZAUBERER, oder auch tatsächliche physische Kämpfe. Sehr häufig befindet sich der Held in dieser Phase auch in einer Ausbildung. Ein Paradebeispiel ist HARRY POTTER, wo sich die Helden tatsächlich sieben Bände lang in der Ausbildung befinden und fortwährend geprüft werden.

5) Raub des Elixiers
Der Held erlangt den Preis – das Elixier – durch List oder im Kampf.

An Artefakten, die gefunden, erkämpft, ausgegraben oder aus verzauberten Steinen gezogen werden, besteht in der Fantasy tatsächlich kein Mangel – das Elixier kann im übertragenen Sinne aber auch ein lebendiges Wesen sein, das der Held befreien, oder eine Information, die er erlangen muss.

6) Verweigerung der Rückkehr
Die Aufgabe ist noch nicht erfüllt, aber der Held zögert, in seine Welt zurückzukehren.

Die entscheidende Phase der Heldenentstehung beginnt. Die Gegenseite schläft nicht, womöglich wird sie versuchen, den Helden auf ihre Seite zu ziehen. Oder er hat das wahre Ziel seiner Mission aus den Augen verloren und muss es erst wieder neu entdecken. Letztendlich ist er aber ein Fremdkörper in der »anderen« Welt und muss deshalb zurückkehren – so wie Alice, Dorothy, Bastian und all die anderen großen und kleinen Helden, die in ferne Fantasy-Welten vorgestoßen sind.

7) Sendung oder Flucht
Der Held wird in seine Welt zurückgeschickt oder muss vor seinen Verfolgern dorthin fliehen.

Nun geht es um das Ganze: Wenn die imperialen TIE-Fighter Han Solos Millennium Falcon nach der Flucht vom Todesstern verfolgen, dann ist das genau diese Heldenflucht, von der Cambell hier spricht – oder wenn Indiana Jones auf dem Weg aus dem Tempel des Todes mal eben Achterbahn fährt.

8) Erneutes Überschreiten der Schwelle

Der Held überquert die Schwelle zu seiner Welt, dabei stirbt er und wird geläutert wiedergeboren.

Der dramatischste und kritischste Teil der Heldengenese, denn ohne diese ultimative Prüfung wird kein Held geboren. Dabei muss es nicht immer der tatsächliche (Beinahe-)Tod des Helden sein, es genügt auch der metaphorische Tod, der Abstieg in die Unterwelt, die Konfrontation mit dem Erzfeind, der Sturz in die Verzweiflung. Ob es Luke Skywalker ist, der sich dem Imperator stellt, oder Frodo, der dem Feuer des Schicksalsbergs trotzt; ob Superman seinen Superkräften entsagt, um seine Lois Lane zu heiraten, oder Rocky Balboa schon halb ausgenockt im Ring liegt; ob es Granock ist, der sich seinem einstigen Freund Aldur stellen muss, oder Harry Potter, der das Böse nur besiegen kann, indem er dem eigenen Leben entsagt und bereit ist, sich zu opfern – stets ist es diese letzte Herausforderung, die die Hauptfigur überwinden muss, um zum Helden zu werden.

9) Rückkehr mit dem Elixier

Der Held kehrt in seine Welt zurück und stellt die gestörte Ordnung wieder her.

Ende gut, alles gut, will man meinen. Aber es ist eben nicht derselbe Held, der am Ende zurückkehrt, und so gibt es verschiedene Möglichkeiten, wie die Welt auf ihn reagieren kann – und umgekehrt. In STAR WARS wird nach der Vernichtung des Todessterns erst mal ordentlich gefeiert, während sich Frodo nach allem, was er erlebt hat, im Auenland nicht mehr recht zu Hause fühlt. Und der beherzte Alphart aus LAND DER MYTHEN erkennt, dass diese neue, friedliche Welt nicht seine ist und zieht seines Weges.

Dass die Mythen dieser Welt diesem Muster unterworfen sind, hat Campbell schlüssig nachgewiesen; natürlich folgt nicht jede Sage und jedes Märchen allen neun Stationen, bisweilen werden welche übersprungen oder besondere Aspekte aus dem »Monomythos«, wie Campbell ihn nennt, herausgegriffen. Doch in der einen oder anderen Form sind es immer wieder diese Strukturen, die in den Erzählungen der Menschheit auftauchen, und die Begründung dafür ist letztlich in der Psyche des Menschen zu suchen, wie die von C.G. Jung begründete Traumforschung nachgewiesen hat.

So verblüffend diese Erkenntnisse sind, werden sie noch um einiges eindrucksvoller, wenn man Campbells Muster auf die populären Mythen unserer Tage anwendet, denn es fällt nicht schwer, seinen Heldenzyklus in erfolgreichen Filmen, Comics und Büchern unserer Zeit zu entdecken. Über STAR WARS haben wir schon wiederholt gesprochen – George Lucas war wohl der erste Filmemacher, der Campbells Erkenntnisse bewusst für sich genutzt hat.

Ob Joanna K. Rowling Joseph Campbell kannte oder nicht, als sie ihren ersten HARRY POTTER-Roman schrieb, entzieht sich meiner Kenntnis, allerdings folgt auch sie bis ins Detail den mythischen Grundstrukturen: Der kleine Harry lebt einen in Unordnung geratenen Alltag bei den Dursleys, ehe er von Hagrid zum Abenteuer gerufen wird. Er erfährt das Geheimnis seiner Herkunft, zögert aber noch, bis die äußeren Bedingungen ihn schließlich dazu drängen. Am berühmten Bahnsteig 9¾ überschreitet er die Grenze zur magischen Welt und begegnet fortan Helfern und Gegnern und muss zahllose Prüfungen bestehen, und das im wörtlichen Sinn, schließlich ist Hogwarts eine Schule. Der Stein der Weisen taucht als das »Elixier« auf, als das Objekt, das es im ersten Band zu erringen gilt, und indem Harry in dunkle Grüfte hinabsteigt und das Zauberschach besiegt, gelingt es ihm, seine Mission zu erfüllen und als Held wie als Mensch zu reifen … bis zum nächsten Abenteuer. Nicht nur jeder einzelne Band, auch die HARRY POTTER-Saga insgesamt folgt dem von Campbell beschriebenen Muster, wobei insbesondere die Stationen drei bis acht sich stetig wiederholen und einer allmählichen Steigerung unterworfen sind: Geht es für Harry und seine Freunde zu Beginn noch um eher kindliche Werte wie gute Zensuren, ein gutes Abschneiden beim Quidditch oder gerechte Behandlung durch die Lehrer, dreht sich nachher alles um das nackte Überleben und den ultimativen Kampf zwischen Gut und Böse.

Fünf Phasen

Zugegeben, ich bin nicht der Erste, der sich von Campbells Forschungen inspirieren ließ und seine eigenen Regeln zur dramaturgischen Planung daraus erstellt hat. Der bekannteste Vertreter der Campbellschen Schule ist sicher der schon erwähnte Christopher Vogler, der die Regeln des Mythos konsequent auf das Hollywood-Kino übertragen hat. Ich bin ganz ähnlich verfahren, habe die Grundprinzipien des Mythos nach meinen Bedürfnissen ergänzt und verändert und daraus einige Regeln abgeleitet, die insbesondere für die Fantasy gelten. Dieses vereinfachte Modell unterteilt sich, ähnlich wie das aristotelische Theatermodell, in fünf Phasen, nämlich:

1) Auftrag
Der Ruf des Abenteuers erreicht den Helden – der davon freilich noch gar nichts mitbekommen muss. Dass Balbok

und Rammar losgeschickt werden, um die Rückkehr des Dunkelelfen nach Erdwelt zu ermöglichen, ahnen die beiden nicht – ebenso wenig, wie sie nachher verstehen, dass sie die Welt gerettet haben. Auch Granock, Aldur und Alannah können in DIE ZAUBERER – DIE ERSTE SCHLACHT noch nicht wissen, dass ihre Mission in den Dschungel von Arun Ereignisse auslösen wird, die die Geschichte von Erdwelt grundlegend verändern wird; geschweige denn, dass sie selbst der Schlüssel dazu sein werden.

Hier liegt großes Spannungspotenzial: Je verrätselter und gefährlicher der Auftrag ist, desto interessanter wird er für den Leser – und natürlich muss es nicht immer das sprichwörtliche Zauberschwert sein, nach dem der Held suchen muss. Es kann sich auch um einen Menschen handeln, den es zu befreien, eine Information, die es zu beschaffen oder eine Intrige, die es aufzudecken gilt.

2) Aufbruch

Der Held verlässt sein gewohntes Umfeld und begibt sich auf die Reise, die zunächst ihn und schließlich seine ganze Welt verändern wird – aber natürlich tut er das nicht ohne Vorbereitung. In der Fantasy erfahren wir für gewöhnlich sehr genau, wo unsere Helden herkommen und was für Fähigkeiten sie besitzen – dies ist die sog. Heldengenese. Ob es nun Wunderwaffen sind, die die Hauptfigur an die Hand bekommt, ob es sich um geheimes Wissen handelt oder um brisante Informationen, häufig kommt an dieser Stelle die Figur eines Lehrers oder Mentors ins Spiel. In Granocks Fall ist dies natürlich der weise Zauberer Farawyn, aber auch die Elfin Alannah wird über Strecken des Romans zu Granocks Mentorin.

3) Bewährung

Die erste große Bewährung für den Helden ist die Eroberung des Preises, zu dessen Erlangung er ausgesandt wurde – spätestens, wenn er den Preis in seinen Händen hält, wird jedoch klar, dass er dadurch noch ungleich größere Ereignisse ausgelöst und mächtigere Gegner heraufbeschworen hat. Die Eroberung des Preises, der abstrakter Natur sein kann (wie das Bestehen des *prayf* in DIE ZAUBERER) oder ganz konkreter (wie das geheimnisvolle Artefakt in SPLITTERWELTEN) ist ein notwendiger Schritt in der Reifung des Helden und eine weitere Stufe auf der Spannungsleiter.

4) Freund und Feind

In dieser Phase seiner Geschichte begegnet der Held sowohl Verbündeten als auch Gegnern, und er muss weitere Prüfungen bestehen, die harmloser, aber auch lebensbedrohender Natur sein können. Dazu gehören Zweifel, die den Helden befallen können und die er überwinden muss, um am Ende nicht nur seinen Feind zu besiegen, sondern auch sein altes Selbst. Granock beispielsweise blickt einer Unzahl von Gegnern ins Auge, ehe er zur Persönlichkeit reifen und vom Novizen zum Eingeweihten werden kann – angefangen von seinen elfischen Mitschülern, die ihm mit Argwohn und Misstrauen begegnen, bis hin zu den Verschwörern, die im Auftrag des Dunkelelfen arbeiten. Dabei bleibt die Welt aber undurchschaubar und in ständiger Bewegung – manche Figuren, die anfangs Granocks Gegner sind, werden später seine Verbündeten, andere, die er für Verbündete gehalten hat, entpuppen sich als Gegner.

5) Der finale Konflikt

In Campbells Modell ist der finale Konflikt, also der Kampf des Helden um die Rückkehr in seine eigene Welt und deren Wiederherstellung, oft nur noch eine Frage der Form, nicht selten wird der Held mit dem Segen der Götter nach Hause geschickt. Ein spannender Fantasy-Roman hingegen sollte und muss hier seinen eigentlichen Höhepunkt haben. Alles Vorausgegangene, die Prüfungen ebenso wie die Erlangung des Preises, haben im Grunde nur diesem einen Zweck gedient, den Feind zu besiegen und das gestörte Gleichgewicht wiederherzustellen. Bei diesem letzten Kampf gerät der Held in Todesgefahr, verliert um ein Haar oder tatsächlich sein Leben. Es ist die Erfüllung des dramaturgischen Versprechens, das wir zu Beginn des Romans gegeben haben und das sich z. B. im Lauf einer Trilogie durchaus noch steigern kann.

In DIE ZAUBERER findet der finale Konflikt in der Pyramide des Dunkelelfen statt. In DIE ZAUBERER – DIE ERSTE SCHLACHT ist es die titelgebende Auseinandersetzung im Flusstal, die zum finalen Konflikt des Romans gerät und bei der Elfen, Orks und Menschen erstmals aufeinandertreffen. In DIE ZAUBERER: DAS DUNKLE FEUER schließlich tobt der finale Konflikt um Tirgas Lan, die Hauptstadt des Elfenreichs.

Dies sind die fünf Phasen der Heldenreise, wie ich sie verstehe und wie sie sich im Zuge meiner täglichen Arbeit entwickelt haben. Sie sind, wenn man so will, eine Formel für kreative Zauberer, die alle Grundstrukturen eines Fantasy-Romans beinhaltet. Wer nach ihr vorgeht, wird seinem Werk fast zwangsläufig eine für den Leser nachvollziehbare Struktur geben, die Einleitung, Höhepunkt und

Abschluss beinhaltet und unter diesem Aspekt ein zufriedenstellendes Leseerlebnis bietet.

Allerdings sollte man auch dieser Formel nicht allzu sklavisch folgen, denn zwar kann sie einem Roman zu innerer Logik und Geschlossenheit verhelfen, jedoch nicht zwangsläufig zu Spannung. Im Gegenteil, folgt man ihr allzu offenkundig, besteht die Gefahr, dass der Leser die Handlung nicht nur nachvollziehen, sondern sie vorausahnen kann und schon erwartet, was als Nächstes geschehen wird. Das kann zwar durchaus seinen Reiz haben und auch sehr erfolgreich sein – ERAGON beispielsweise lebt nicht von der erfrischenden Neuheit seiner Charaktere und Handlung, sondern von der Tradition, in der sich der Roman bewegt –, jedoch besteht ja nicht nur für den Leser, sondern auch für den Autor der Reiz darin, neue Dinge auszuprobieren – innerhalb eines funktionierenden und bewährten Rahmens.

So kann die Reihenfolge der verschiedenen Phasen durchaus geändert werden – 3 und 4 werden in vielen Fällen austauschbar sein oder ineinandergreifen, 3 und 5 können durchaus auch zusammenfallen, wenn z. B. der Preis nicht nur Mittel zum Zweck ist, wie etwa das titelgebende Schwert in Terry Brooks' DAS SCHWERT VON SHANNARA, sondern im Fokus der Handlung steht wie die versunkene Bibliothek von Alexandria in meinem Roman DIE FLAMME VON PHAROS.

Auch beschreibt das obige Modell lediglich die Reise *eines* Helden – weist eine Geschichte mehrere Heldenfiguren auf, so vervielfältigt es sich entsprechend, und die einzelnen Stationen können zusammen- oder auseinanderfallen. Granocks Reise beginnt, als er von Farawyn in den Straßen Andarils angesprochen wird – die von Aldur beginnt mit dem Aufbruch zur Ordensburg der Zauberer. In beiden Fällen bekommt der Leser Informationen über das unterschiedliche Umfeld und die Vergangenheit der beiden Figuren, deren Pfade sich in Phase 3 schließlich kreuzen. Alannah hingegen beginnt als Heldin wider Willen – als sie ihre magische Fähigkeit entdeckt, tötet sie dabei versehentlich einen Menschen und trägt unwissentlich zu dem Konflikt bei, der in Erdwelt schwelt und in den auch Granock und Aldur gezogen werden. Die Verknüpfung und das wechselseitige Verbinden der zunächst ganz einfachen Handlungsstränge macht die Geschichte zu einem komplexen Gebilde verschiedener Motivationen und Ziele – zugrunde liegt jedoch jeweils das eingangs erwähnte Schema.

Doch nicht nur die individuelle Heldenreise der einzelnen Figuren ist dieser Grundstruktur unterworfen, sondern auch die des Romans insgesamt, denn die Geschichten der Helden und ihrer Gegner münden in eine große Erzählung, die wiederum dem Rhythmus von Auftrag, Aufbruch, Bewährung, Freund und Feind sowie dem finalen Konflikt folgt. Mit einigen Modifikationen lässt sich das Prinzip auch auf andere Genres anwenden und sogar auf nichtfiktive Texte, die im Sinne einer besseren Lesbarkeit ebenfalls einen soliden Spannungsaufbau besitzen sollten. Auch dieses Buch folgt den Regeln der Heldenreise: Auf einen Einleitungsteil, der in die Fantasy eingeführt und ein wenig aus dem Nähkästchen der Autoren geplaudert hat, folgt der Hauptteil, in dem sich die Helden dieses Buches (nämlich ihr) für ihr großes Abenteuer rüsten, schließlich aufbrechen und alles daransetzen, in den Hort des Schatzes (eure Phantasie) vorzudringen und ihre Mission (das Schreiben eines Romans) zu erfüllen. All dem wird ein Schluss folgen, der dieses Buch zu einer runden Sache macht und euch hoffentlich alle mit dem Gefühl zurücklassen wird, ein paar wertvolle Tipps fürs aktive Schreiben bekommen zu haben. Und wenn ich meinen Job richtig gemacht und die alten Regeln einmal mehr funktioniert haben, habt ihr euch dabei auch noch ganz gut unterhalten.

Für euer eigenes Buchprojekt würde ich euch empfehlen, euch zunächst ein ganz konventionell aufgebautes Fantasy-Abenteuer vorzunehmen – ich bin immer dafür, zunächst die Regeln zu erlernen und sich erst dann an der Ausnahme dieser Regeln zu versuchen. Wer schon einmal einen einfach strukturierten Roman verfasst hat oder sich gleich an das »fortgeschrittene« Programm wagen will, der sollte das vorgestellte Schema nicht als Schablone verstehen, sondern als eine Art Richtlinie, auf deren Grundlage man eigene Ideen aufbauen und auf verschiedenste Weise variieren kann.

Wissen zur rechten Zeit

Ein wichtiger Punkt unserer Geschichte, den wir ebenfalls schon im Rahmen der Planung berücksichtigen sollten, ist der der Informationsvergabe: Zu welchem Zeitpunkt der Handlung wollen wir wem welches und wie viel Wissen vermitteln?

Dies ist vor allem dann wichtig, wenn es in unserer Geschichte um ein wie auch immer geartetes Geheimnis geht, über dessen Hintergründe die Figuren unterschiedlich viel wissen. Zum einen müssen wir berücksichtigen, wie viel der Held der Geschichte weiß, zum anderen das, was seine Gegenspieler wissen – und um die Verwirrung komplett zu machen, geht es natürlich auch um das, was wir dem Leser verraten, der sich ja mit unseren Figuren identifizieren, im Sinne des Spannungserhalts aber nicht zu früh zu viel erfahren soll.

Geht es für die Helden darum, die Hintergründe eines Geheimnisses zu entschlüsseln – wie etwa für Granock, Aldur und Alannah in DIE ERSTE SCHLACHT, so empfiehlt es sich, den Kenntnisstand des Lesers zunächst dem der Helden anzupassen. Dies ist die einfachste Variante, und sie bewirkt, dass sich der Leser direkt mit den Helden und ihrer Suche identifiziert und ihre Neugier an der Aufdeckung des Geheimnisses teilt. Geht es umgekehrt für die Helden darum, ein Geheimnis zu bewahren, von dem die gegnerische Partei keinesfalls erfahren darf, so ist es am besten, den Leser möglichst früh zum Mitwisser des Geheimnisses zu machen und damit zum »Verbündeten« des Helden – so wie es Tolkien in DIE GEFÄHRTEN tut, als er Gandalf Frodo vom Meisterring erzählen lässt und damit auch uns von der wechselvollen Vergangenheit Mittelerdes berichtet.

Allerdings kann es der Spannung auch dienlich sein, im Zuge der Handlungsentwicklung die Wissensperspektive zu wechseln und z. B. den Schurken der Geschichte einige Dinge ausplaudern zu lassen. Wenn dann der Leser mehr weiß als der Held, geht dies zwar auf Kosten der Identifikation, kann jedoch die Spannung beträchtlich steigern, wie Alfred Hitchcock im Film unzählige Male bewiesen hat. Seine legendäre Definition von *Suspense* setzt den Zuschauer über die im Hintergrund tickende Bombe in Kenntnis, während der Held nichts ahnend das Gebäude betritt. Dass er den Zuschauer damit zum voyeuristischen Mitwisser des Verbrechens und damit gewissermaßen zum Komplizen macht – beim berühmten Duschenmord in PSYCHO wird das ganz besonders deutlich –, hat Hitchcock wiederholt die Kritik der Sittenwächter eingetragen.

Aber er hat beispielhaft vorgemacht, wie man durch gezielte Wissensvergabe Spannung erzeugen kann.

Für den weiteren Verlauf unseres Romans ist wichtig, dass sich die unterschiedlichen Kenntnisstände von Leser und Held im Lauf der Handlung, spätestens jedoch an deren Ende wieder ausgleichen. Andernfalls wird sich entweder der Leser am Ende dumm vorkommen oder die Hauptfigur in einem ziemlich seltsamen Licht dastehen – beides führt beim Leser zu einem zwiespältigen Gefühl. Ausnahmen gibt es natürlich, denn genau dieser Effekt kann beabsichtigt sein. Aber wie gesagt würde ich solche Experimente nicht gleich beim Erstlingswerk wagen, sondern stets erst zu zeigen versuchen, dass man die Grundprinzipien des erzählerischen Handwerks beherrscht.

Charaktere und Archetypen

Zu diesen Grundprinzipien gehören – speziell auf die Fantasy bezogen – natürlich auch die Archetypen, mit denen wir es im Grunde immer wieder zu tun haben.

Der Begriff des Archetyps in seiner Grundform geht zurück auf Carl Gustav Jung, einen der Pioniere der Psychoanalyse, der, ähnlich wie später Joseph Campbell, Mythen aus verschiedenen Epochen und Gegenden dieser Welt auf Gemeinsamkeiten hin untersuchte. Anders als bei Campbell stand bei ihm aber nicht die Mythenforschung im Mittelpunkt, sondern die Suche nach allgemeingültigen Bildern, die zum gemeinsamen Erbe der Menschheit gehören – Jung nennt es das »kollektive Unterbewusste« – und deshalb überall auf der Welt in den Träumen der Menschen auftauchen. Es gelang ihm tatsächlich, solche Bilder festzustellen und sie in Verbindung zur individuellen Persönlichkeitsentwicklung des Menschen zu bringen, und er nannte sie »Archetypen« nach griech. *archos* (alt) und *topos* (Motiv, Thema).

Campbell, der sich in seinen Forschungen immer wieder auf C. G. Jung beruft, hat den Begriff konsequent weiterverwendet und ausgebaut – bei ihm bezeichnet er die unterschiedlichen Figuren, die in den Mythen dieser Welt immer wieder vorkommen, unabhängig von geschichtlicher, geografischer oder religiöser Prägung. Vielmehr werden die Archetypen der Mythen nämlich durch ihre Funktion innerhalb der Geschichte geprägt. Da die Fantasy eng an die Mythen gebunden ist, lebt sie auch mehr als andere Genre von solchen Archetypen, von denen Christopher Vogler in Ableitung und Erweiterung von Campbells Werk die sieben wichtigsten wie folgt benennt:

Held
Mentor
Wächter
Herold
Gestaltwandler
Schatten
Trickser

Ehrlich gesagt bin ich nicht ganz einverstanden mit dieser Typisierung, da z. B. der von Jung übernommene Begriff des Schattens nicht nur dramaturgische, sondern auch Wesensmerkmale enthält, während die Rolle des Herolds allein durch ihre Funktion (nämlich Wissensvermittlung für den Helden und daraus resultierende Motivation) gekennzeichnet ist. Wenn man diese Bezeichnungen allerdings liest, stellen sich fast zwangsläufig Assoziationen zu einem anderen Phänomen ein, das ebenfalls mit Archetypen arbeitet und das es so eigentlich nur im phantastischen Genre gibt: zum Rollenspiel.

Schon kurz nachdem sich die Fantasy als eigenständiges Genre auf dem Buchmarkt etabliert hatte, erschienen auch die ersten Rollenspiele (*Role Playing Games*, kurz RPG), die es möglich machten, an den Abenteuern der Fantasy-Helden nicht nur teilzuhaben, sondern sie selbst zu erleben. Den Anfang machten RPGs mit noch vergleichsweise einfachen Regelwerken, die man nach den beiden einzigen Gegenständen, die dazu benötigt wurden, *Pen and Paper* nannte – der Rest des Spiels fand und findet in der Phantasie der Spielteilnehmer statt, was ein weiterer Ausdruck für die ungeheure Kreativität ist, die unter Genrefans schlummert. Für einen ersten großen Boom sorgte in den USA das Spiel DUNGEONS AND DRAGONS (kurz D&D), das Mitte der 80er-Jahre auch in deutscher Übersetzung erschien, hierzulande jedoch schon bald durch DAS SCHWARZE AUGE Konkurrenz erhielt. Beide Rollenspiel-Systeme bestehen bis heute und können inzwischen auf eine Unzahl von Spiel- und Quellenbüchern blicken.

Überhaupt schwelgen die RPGs heutiger Tage, ebenso wie die beliebten *Table Tops*, in Ausstattungsorgien, von denen man damals nur träumen konnte, von den technischen Voraussetzungen einer globalen Vernetzung, die eine virtuelle WORLD OF WARCRAFT (kurz WoW) ermöglicht, ganz zu schweigen. Geblieben ist jedoch das »andere« Spielkonzept, in dem es nicht wie bei »Mensch ärgere dich nicht« oder »Monopoly« darum geht, zu gewinnen und den Gegner möglichst blass aussehen zu lassen, sondern gemeinsame Strategien zu entwickeln, um die vom Spielmeister gestellten Aufgaben zu bewältigen. Das dauert – natürlich – viel länger und erfordert weitaus komplexere Regeln, als bei einem herkömmlichen Würfelspiel; die Möglichkeiten, die sich dadurch ergeben, sind allerdings so interessant und vielfältig, dass die aus der Fantasy-Literatur hervorgegangenen RPGs wiederum Rückwirkung auf die literarische Fantasy-Szene hatten. Nicht nur, dass sich aus RPGs entstandene Buchreihen wie SHADOWRUN, der D&D-Ableger DRAGONLANCE oder eben WoW großer Beliebtheit erfreuen – es ist sicher auch kein Zufall, dass viele namhafte Autoren (auch deutsche) ihre Ursprünge in der Spielszene haben. Wer als Spielmeister tätig war, ist daran gewöhnt, fremde Welten und Schauplätze zu ersinnen und Plots zu schmieden, innerhalb derer andere ihre Abenteuer erleben können.

Wer in ein RPG-Abenteuer einsteigt, schlüpft in die Rolle einer Figur, die den Spielregeln gemäß zusammengesetzt wird und nicht nur äußerliche Merkmale aufweist, wie die Zugehörigkeit zu einer bestimmten Rasse (Mensch, Elf, Zwerg etc.) und Profession (Krieger, Waldläufer, Heiler etc.), sondern, wie im richtigen Leben, auch charakterliche. Bringt man diese »Archetypen« der Fantasy in Verbindung zu den durch Campbell/Vogler definierten mythischen bzw. dramaturgischen Archetypen, ergeben sich interessante Schnittmengen, die wie ein Fundus für jedes neu entstehende Werk anmuten, zumindest aber zeigen, wie Figuren in Fantasy-Romanen funktionieren bzw. welche Aufgabe ihnen in der Geschichte zukommt.

Demnach würde ich folgende fünf Grundtypen unterscheiden, die euch bei der Auswahl und Festlegung eurer Figuren behilflich sein können:

Der Held

Held bzw. Heldin sind die zentrale Identifikationsfigur für den Leser, folglich müssen ihre Motivationen klar definiert und nachvollziehbar sein. Der Held ist es, der sich auf das Abenteuer begibt, und gewöhnlich betrachten wir die Welt aus seiner Perspektive. Er ist es auch, über den die Struktur der Geschichte definiert wird: Der Roman beginnt mit dem Aufbruch des Helden, handelt von seinen Prüfungen und Bewährungen und endet mit seiner Rückkehr. Was die Besetzung dieser Rolle angeht, so ist man weitgehend frei in seiner Wahl. Ob es sich nun um einen Menschen handelt, einen Elfen, Zwerg, Halbling oder sonst ein Wesen – außer einem vierblättrigen tibetanischen Quallenbiber ist so ziemlich alles schon da gewesen und kann gut funktionieren, wenn die Figur und ihre Motivationen hinreichend in die Handlung eingebettet sind.

Der klassische Held ist eine sehr zielstrebig agierende, geradlinig ausgerichtete Figur – interessanter (und im Hinblick auf unsere doch recht komplizierte moderne Welt auch zeitgemäßer) wird es, wenn wir unserem Helden auch dunkle Seiten geben oder ihn mit charakterlicher Ambivalenz ausstatten, sodass er sich z. B. zwischen Licht und Finsternis hin- und hergerissen fühlt. Helden mit Eigenschaften anderer Archetypen wie z. B. des Formwandlers oder des Tricksers auszustatten, ist völlig legitim – Balbok und Rammar beispielsweise sind unverkennbar Trickser, während die klassische Heldenrolle (und damit auch die Identifikation des Lesers) von dem Menschen Corwyn und der Elfin Alannah übernommen wird.

Der Lehrer

Kein Artus ohne Merlin, kein Frodo ohne Gandalf: Die Figur des Lehrers ist eine feste Größe in der Fantasy. Anders als der Helfer oder Gefährte tritt er meist früh in der Geschichte auf und hat, das ist seine prägendste Eigenschaft, dem Helden (oftmals geheimes) Wissen voraus, das er an ihn weitergibt. Dadurch ist es häufig auch der Lehrer, der dem Helden die Motivation liefert, zu seinem großen Abenteuer aufzubrechen. Oft stattet der Lehrer den Helden dazu mit den nötigen Mitteln aus, um den bevorstehenden Gefahren zu trotzen – viele Geschichten wissen an dieser Stelle von Zauberschwertern und anderen Wunderwaffen zu berichten.

Die häufigste Inkarnation dieses Figurentyps ist in der Fantasy sicherlich der alte Zauberer, bisweilen auch, wie etwa in ERAGON, der altgediente Krieger oder andere, oft uralte Wesen – in meiner Kinderbuchserie PIRATTEN! habe ich eine Schildkröte zum Lehrer und Mentor des kleinen Mäusehelden Marty Flynn gemacht. Fortgeschrittenes Alter spielt meist eine Rolle, da es nach allgemeinem Verständnis mit Weisheit und Wissen gleichgesetzt wird, aber es gibt durchaus auch Beispiele für junge Lehrer wie die Figur des Tonda in Ottfried Preusslers KRABAT. Auch können streckenweise andere Figuren die Aufgaben des Lehrers übernehmen – die zentrale Eigenschaft dieses Typus ist, dass sich durch seinen Beitrag auch der Held der Geschichte verändert und eine reifere Bewusstseinsebene erlangt. Christopher Vogler spricht in diesem Zusammenhang von einer »Katalysator«-Funktion, die Veränderungen bei anderen Figuren, aber nicht bei der handelnden Figur selbst hervorruft: Wenn die junge Gildeschülerin Kalliope im ersten Band der SPLITTERWELTEN das Luftschiff verlässt, ist sie eine andere Person als noch zu Beginn ihrer schicksalhaften Reise – dank dem Zutun ihrer Meisterin Cedara.

Häufig scheiden Lehrer an einem bestimmten Punkt aus dem Handlungsgeschehen aus – sei es, dass der Held ihre Wirkungsstätte verlässt wie der junge Siegfried die Höhle des Zwergs Mime, oder dass der Lehrer sein Leben lässt, wobei er sich nicht selten für seinen Schüler opfert, man denke nur an Ben Kenobis Tod im Kampf gegen Darth Vader. Ab diesem Punkt ist der Held dann auf sich gestellt und muss zeigen, was er gelernt hat bzw. sich im Zuge der ihm bevorstehenden Aufgaben des in ihn gesetzten Vertrauens würdig erweisen.

Der Helfer

Im Zuge seiner Prüfungen wird der Held vielen Figuren begegnen, von denen sich einige als seinen Zielen hinderlich, andere als förderlich herausstellen werden. Der klassischste dieser Helfertypen, die sich dem Helden nach einiger Zeit zugesellen, ist sicherlich der Gefährte, im Superhelden-Genre auch Sidekick genannt – von ihm erhält der Held bedingungslose Unterstützung, ihm gegenüber darf er sich auch in seinen Schwächen offenbaren. Robin Hood hat diesen treuen Freund in Little John, Batman in Robin, Frodo in seinem treuen Diener Samweis. Der Gefährte verfügt gewöhnlich über einen geringeren Kenntnisstand als der Held, sodass dieser ihm gegenüber zumindest zeitweise auch zum Lehrer werden kann.

So wie das Alter für Wissen und Weisheit steht, versinnbildlicht Jugend oftmals die relative Unerfahrenheit des Gefährten, sodass wir es oft mit jugendlichen Sidekicks zu tun haben, die zudem den Vorteil haben, dass sie jungen Lesern den Zugang zur Welt des Helden und zur Identifikation mit ihm erleichtern. Aus diesem Grund wurden sowohl in den Comics als auch in den amerikanischen Kinoserials der 30er- und 40er-Jahre (für die ich eine ehrliche Leidenschaft hege) die Helden oftmals mit jugendlichen Begleitern bedacht – Flash Gordon, Buck Rogers, Captain America und Jungle Jim hatten alle junge Buddys an ihrer Seite, und der kleine Short Round aus INDIANA JONES UND DER TEMPEL DES TODES ist eine Hommage an all diese jungen Helfer.

Aus dem Repertoire der Fantasy-Charaktere bieten sich deshalb all jene Figuren an, die entweder über eine gewisse Kindlichkeit verfügen oder zumindest ihrem Gemüt nach (und das ist nicht abwertend gemeint) etwas Kindliches an sich haben – Halblinge, Zwerge, einfältige Riesen und so weiter. Überzeichnet man das kindliche Element oder stattet den Charakter mit drolligen Eigenheiten aus, so erhält man eine Figur, die den Helden nicht nur unterstützt, sondern beim Leser auch für Schmunzeln sorgt und gerade in besonders spannenden Passagen ein wenig Dampf aus dem Kessel nehmen kann – im Film spricht man hier von *Comedy-Relief*-Figuren. Der schon vorher erwähnte Samweis gehört in diese Kategorie, ebenso wie Karl Mays Hadschi Halef, der kleine Kobold Mux aus LAND DER MYTHEN oder die berühmten STAR WARS-Droiden R2 D2 und C-3PO. Unter Berufung auf Campbell spricht Vogler in diesem Zusammenhang von »Trickser«-Figuren, die uns das Geschehen für einen Augenblick aus einer anderen, humorigen Perspektive sehen lassen. Vor allem in den Indianermythen Nordamerikas kommt dieser Archetyp sehr häufig vor, dort auch oft in der Rolle des Helden.

Wie Lehrer können auch Helfer die Funktion des Herolds übernehmen, wenn sie dem Helden zusätzliches Wissen oder weitere Motivation verschaffen – in HARRY POTTER beispielsweise wimmelt es von solchen Figuren, denn oftmals bekommt Harry nützliche Informationen nicht von seinem Mentor Dumbledore, sondern von seinen Gefährten Ron und Hermine oder von anderen Schülern aus Hogwarts, die kurzzeitig als Helfer auftreten. Und genau wie Lehrer können auch Helfer als Katalysatoren auftreten, die beim Helden eine (wie auch immer geartete) Veränderung bewirken, während sie selbst unverändert bleiben.

Der Formwandler

Der Form- oder Gestaltwandler, wie Vogler ihn nennt, ist seinem Wesen nach ambivalent – nach D&D-Regularien würde man ihn als »chaotisch« bezeichnen. Wenn der Held ihm begegnet, so ist nicht absehbar, ob er Verbündeter oder Widersacher ist, Helfer oder Gegner. Der Formwandler trägt beide Seiten in sich, die gute und die schlechte, und verfolgt nicht selten seine ganz eigenen Pläne. Der Chamäleonid Jago aus den SPLITTERWELTEN ist (kombiniert mit *Comedy-Relief*-Elementen) solch ein formwandelnder Geselle, der mal als Helfer und mal als Gegner auftritt, ebenso wie der kaiserliche Agent Aenigma, der das Rätsel um seine Motivation schon im Namen trägt. Häufig klärt sich die Zugehörigkeit zunächst ambivalent agierender Figuren im Lauf der Handlung, sodass sie entweder zu Helfern werden oder sich als Gegner zu erkennen geben.

In der Phantastik haben wir es aber immer wieder auch

mit Figuren zu tun, deren Ambivalenz sich nicht nur in ihren Handlungen ausdrückt, sondern Grundlage ihres Wesens ist und deshalb entweder gar nicht oder nur durch den Tod der Figur beendet werden kann. Das berühmteste Beispiel sind natürlich Robert Louis Stevensons unsterbliche Figuren Dr. Jekyll und Mr. Hyde, aber auch Vampire, Untote, Werwölfe, Nachtelfen und Wechselbälger gehören in diese Kategorie zur Doppelexistenz verurteilter Kreaturen, die oft erst im Tod ihre endgültige Erlösung finden. Sie alle sind Kinder zweier Welten, zwischen denen sie hin- und hergerissen sind, und spätestens an dieser Stelle wird deutlich, dass auch der Held einer Geschichte Merkmale eines Formwandlers haben kann.

Obwohl James Camerons erfolgreicher Streifen AVATAR überwiegend aus der Sicht des Helden erzählt wird, wissen wir eine ganze Zeit lang nicht, ob Jake noch immer für den verbrecherischen Colonel Quaritch arbeitet oder ob er sich in Wahrheit längst den Na'vi angeschlossen hat. Und in Camerons offenkundigem Vorbild, dem Western DER MIT DEM WOLF TANZT, erlebt die Figur des John Dunbar einen ganz ähnlichen Konflikt, wenn er sich zwischen seiner vermeintlich zivilisierten Welt und der naturverbundenen Existenz der Indianer zerrissen fühlt. Während wir bei Helden jedoch davon ausgehen können, dass sie am Ende die moralisch richtige Entscheidung treffen und damit das in Unordnung geratene Gleichgewicht wiederherstellen werden, können wir bei Formwandlern, die als Nebenfiguren auftreten, niemals sicher sein, denn ihre innere Zerrissenheit sorgt dafür, dass sie sich außerhalb der Moral des Helden bewegen und nach ihrer eigenen Logik handeln.

Ganz ehrlich: Als Rollenspieler habe ich den Formwandler und sein chaotisches Naturell, auf das in Gefahrensituationen einfach kein Verlass ist, nie besonders leiden können – als Schriftsteller hingegen muss man ihn seines undurchschaubaren und daher für jede Art von Rätselspannung prädestinierten Wesens wegen einfach mögen. Es gibt wohl keine andere Figur, die geeigneter ist, um Spannung aufzubauen, den Helden in die Wirrnis seines Abenteuers hineinzuziehen – und dann mit einer unerwarteten Wendung zu überraschen.

Der Schatz

Das Objekt, dessentwegen der Held zu seiner Suche und damit zu seinem Abenteuer aufbricht – Campbell nennt es »Elixier«, während Alfred Hitchcock es schlicht als »McGuffin« bezeichnet hat – muss nicht immer ein Ding zum Anfassen sein. Klar, häufig handelt es sich wie beim RPG um kostbares Gold und Geschmeide, um eine Zauberwaffe oder ein geheimnisvolles Artefakt, aber es kann sich auch ebenso gut um einen abstrakten Wert handeln, etwa um ein hohes Ideal, das der Held verloren hat und schlussendlich wiederfindet. Das Objekt der Heldenbegierde kann bisweilen aber auch höchst lebendig sein – deshalb scheint es mir wichtig, den »Schatz« als einen eigenen Figurentypus vorzustellen.

Vor allem in Liebesgeschichten – und damit auch in der mit der etwas verkrampft wirkenden Wortschöpfung »Romantasy« bezeichneten romantischen Fantasy – haben wir es häufig mit der Figur des Angebeteten zu tun, dessen Herz die Heldin zu gewinnen trachtet. Gegenüber der mittelalterlichen Minne, deren sehnsuchtsvolles Begehren unerfüllt bleiben musste und sich nicht im Liebesakt erfüllen durfte, sind aber nicht nur die Geschlechterrollen vertauscht – in vielen Romantasy-Werken, wie z. B. J. R. Wards BLACK DAGGER-Serie, geht es auch ganz handfest zur Sache, der Beischlaf mit dem Geliebten wird an die Stelle der Eroberung des Elixiers gesetzt. Das Begehren wird oftmals durch einen »magischen« Augenblick geweckt – durch ein unverhofftes Zusammentreffen, einen bedeutsamen Blick oder eine zufällige Begegnung, von der sich womöglich später herausstellt, dass sie gar nicht so zufällig war.

Auch die meist männlichen Helden anderer Fantasy-Subgenres sind gegen diesen magischen Augenblick nicht gefeit. Als Robert E. Howards CONAN erstmals der Piratin Bêlit gegenübersteht, der »Königin der schwarzen Küste«, ist es um den harten Cimmerier geschehen – sie wird die erste große Liebe seines abenteuerlichen Lebens. Und als Luke Skywalker erstmals Prinzessin Leia erblickt, murmelt er entrückt: »Wer ist sie? Sie ist wunderschön …«

Sehr häufig kann der Schatz auch Merkmale eines Formwandlers aufweisen, in Stephenie Meyers erfolgreicher TWILIGHT-Reihe sogar im wörtlichen Sinn: Für die Heldin Bella stellt fraglos Edward den zu erlangenden Schatz dar, dessen vampirische Natur jedoch immer wieder Zweifel an seiner Loyalität aufkommen lässt. Auch die zu befreienden Jungfrauen, zu deren Rettung die Helden zahlreicher Geschichten aufbrechen, sind nicht mehr das, was sie einmal waren – statt nur im Kerkerturm zu schmachten und bei Bedarf ihr Haar herabzulassen, verfolgen sie heute oftmals ihre eigene Agenda und sind für die Helden schwer zu durchschauen – so auch die Elfin Alannah, die sich für Balbok und Rammar in DIE RÜCKKEHR DER ORKS gleich in mehrfacher Hinsicht als Überraschung erweist: Zum einen haben die Brüder nicht damit gerechnet, dass die legendäre »Karte von Shakara«

ein Wesen aus Fleisch und Blut sein könnte; zum anderen müssen sie zu ihrer Verblüffung feststellen, dass sich die entführte Elfin keineswegs in ihren sicheren Hort zurückwünscht, sondern im Gegenteil froh darüber ist, den Fesseln ihres Amtes entgangen zu sein.

Ganz ähnlich wie der Formwandler wird der personifizierte Schatz seine wahre Gestalt und Absicht jedoch im Lauf der Handlung zu erkennen geben – und damit zu einem Helfer oder aber auch zu einem Gegner werden.

Der Gegner

Nicht nur treue Helfer und zwielichtige Formwandler begegnen dem Helden nämlich auf seiner Reise, sondern auch Gegner, wobei der Begriff ganz allgemein zu verstehen ist und zunächst jede Art von Figur meint, die sich dem Helden bei der Erreichung seiner Ziele in den Weg stellt.

In einem noch vergleichsweise harmlosen Fall kann es sich um einen Zwerg handeln, der aus purem Eigensinn einen dringend benötigten Gegenstand nicht herausgeben will; um einen Koch, der sich weigert, dem geschwächten Helden eine Mahlzeit zu bereiten; um einen Torwächter, der ihm den Einlass zu einer Burg verwehrt; oder um eine eigenwillige Elfenprinzessin, die sich beharrlich weigert, gerettet zu werden. Aber natürlich kann es beim Zusammentreffen mit dem Gegner auch um Leib und Leben gehen.

Das Rollenspiel kennt solche Gegner zur Genüge – gerade in den Anfangstagen der *Pen-and-Paper*-Abenteuer ging es für die Spieler meist darum, auf der Suche nach einem Schatz oder Artefakt unterirdische Verliese und Labyrinthe zu erforschen (daher der Name *Dungeons and Dragons*) und sich dabei mit immer neuen und gewöhnlich auch immer stärker werdenden Gegnern auseinanderzusetzen: Gnome und Orks, Oger und Trolle, Tiermenschen und Troglodyten – sie alle konnten in den dunklen Stollen lauern und den Helden bzw. Spielern das (Über-)Leben schwer machen. Als Bewacher des Schatzes mussten all diese Kreaturen irgendwie überwunden werden, wobei die direkte Konfrontation, der offene Kampf, nur eine von mehreren Optionen war – und daran sollte man auch als Autor denken.

Genau wie dem Spieler bieten sich auch dem Helden verschiedene Möglichkeiten, wie er Gegner überwinden kann. Flucht stellt eine mögliche Option dar, vielleicht verbunden mit der Notwendigkeit eines Umwegs, der dann weitere Gefahren birgt, denken wir nur an den Weg durch die dunklen Minen von Moria, den DIE GEFÄHRTEN nehmen müssen. Ein Held, der zugleich auch Eigenschaften eines Tricksers besitzt, wird hingegen vielleicht versuchen, den Gegner auf humorvolle Weise zu überlisten, so wie es Bilbo in DER HOBBIT mit den drei Trollen tut. Man kann aber auch versuchen, einen Gegner als Verbündeten zu gewinnen und ihn damit zum Helfer zu machen: Als Croy und Kieron in SPLITTERWELTEN der entlaufenen Sklavin Shen zum ersten Mal begegnen, ist sie fraglos ein Gegner – später wird sie unverhofft zur Helferin. Ein Fantasy-Held vom Schlage Conans des Barbaren hingegen wird es sich kaum nehmen lassen, sein Schwert zu ziehen und den Gegner, wer immer er auch sei, zu Klump zu hauen – wie Helden auf die sich ihnen in den Weg stellenden Hindernisse reagieren, hängt letztlich sehr von ihrem Wesen ab, was zugleich auch die dramaturgische Funktion ihrer Gegner zeigt: Indem sie die Entschlossenheit unserer Helden ein um das andere Mal auf die Probe stellen, offenbaren sie Stück für Stück von ihrem Charakter.

Was die Motivation des Gegners betrifft, so kann diese ganz unterschiedlicher Natur sein. Viele Gegner werden auf eigene Rechnung handeln und (jedenfalls aus Sicht des Helden) einfach nur zur falschen Zeit am falschen Ort sein – entlaufene Verbrecher, Piraten auf Beutezug, Gnomen auf dem Kriegspfad, marodierend umherziehende Orks. Es gibt allerdings auch den Typus des Handlangers, der nicht von sich aus agiert, sondern im Auftrag einer übergeordneten Macht, nämlich des »Feindes«, mit dem wir uns als Nächstes befassen wollen.

Der Feind

Obwohl natürlich auch der Feind ein Gegner des Helden ist, scheint es mir wichtig, an dieser Stelle zu unterscheiden – etwa so, wie man im Computerspiel zwischen Levelgegnern und dem großen, übergeordneten Endgegner differenziert.

Der Feind ist mehr als nur jemand, der sich dem Helden in den Weg stellt. Er ist die Verkörperung des Bösen, des Chaos, gegen das der Held traditionell angeht. Der Feind ist das zerstörerische Prinzip und damit das genaue Gegenteil des Helden, der das Streben nach Ordnung verkörpert, nach Wiederherstellung des Gleichgewichts, das durch das Wirken böser Mächte gestört wurde. Anders als die Gegner des Helden, die in konkreter Form auftauchen, kann der Feind durchaus auch etwas Abstraktes sein wie das »Nichts« in Michael Endes DIE UNENDLICHE GESCHICHTE, oder verschiedene Gestalten annehmen wie

Sauron in DER HERR DER RINGE. Als meine ZAUBERER dem Dunkelelfen Margok zum ersten Mal begegnen, ist dieser noch nicht einmal körperlich präsent, dennoch ist er es, der im Verborgenen wirkt und die Fäden zieht.

Die überwältigende Mehrheit jener Feinde, mit denen die Helden der Fantasy konfrontiert werden, sind jedoch durchaus physischer Natur, und es gibt sie in vielerlei Gestalt: Ob Mensch oder Drache, Zauberer oder Vampir, sie alle haben das Zeug zum Bösewicht, wie in unzähligen Fantasy-Romanen und -Filmen vorexerziert wird. Wie eindimensional oder plastisch man den Feind des Helden gestaltet, hängt dabei von der Art von Geschichte ab, die man erzählen will – davon aber später mehr, wenn es um die Figurengestaltung geht.

Für den Feind ist außerdem wichtig, dass er – und hier nähern wir uns schon fast wieder den Forderungen des Aristoteles an – eine gewisse Fallhöhe besitzt, denn letztlich ist der Triumph des Helden immer nur so groß wie der Feind, über den er den Sieg davonträgt: Mächtige Zauberer, grausame Könige, ruchlose Eroberer und brutale Tyrannen geben prächtige Schurken ab. Apropos Fallhöhe – ist euch schon einmal aufgefallen, dass Endgegner vor allem im visuellen Medium Film häufig dadurch das Zeitliche segnen, dass sie in die Tiefe stürzen? Der Fall, ob nun metaphorisch oder physisch, ist ein seit Jahrtausenden gebräuchliches Motiv, um ultimative Bestrafung auszudrücken: Je höher ein Schurke gestiegen ist, desto tiefer muss er fallen, damit die anfängliche Ordnung wiederhergestellt wird, hinzu kommen natürlich Assoziationen, die die Tiefe mit der Unterwelt in Verbindung bringen oder, nach christlicher Lesart, mit der Hölle.

In INDIANA JONES UND DER LETZTE KREUZZUG werden gleich zwei Bösewichter von gähnenden Abgründen verschlungen; in DIE RÜCKKEHR DER JEDI-RITTER ist es der böse Imperator, der in die Tiefe stürzt. Auch bei Alfred Hitchcock wird fleißig gestürzt, ob in DER UNSICHTBARE DRITTE oder im fast zwei Jahrzehnte früher entstandenen Streifen SABOTEURE, auch berühmte JAMES BOND-Schurken wie Goldfinger oder Blofeld haben sich mit einem Sturz in ungeahnte Tiefen verabschiedet. In Disney-Filmen ist die lotrechte Entsorgung von Schurken besonders häufig, wohl auch deshalb, weil sie vergleichsweise unblutig ist – angefangen vom Klassiker SCHNEEWITTCHEN UND DIE SIEBEN ZWERGE bis hin zu DIE SCHÖNE UND DAS BIEST.

Die tiefe Unterwelt ist es auch, in die der Held wie einst Orpheus hinabsteigen muss, um dem Feind zu begegnen, der nicht selten ein finsteres Domizil sein Eigen nennt. In vielen JAMES BOND-Streifen findet der Showdown in der Höhle des Löwen statt, die sich in DER SPION, DER MICH LIEBTE unter Wasser, in IM GEHEIMDIENST IHRER MAJESTÄT auf einem Schweizer Berggipfel und in MOONRAKER im Weltraum befindet; aber auch der Todesstern aus STAR WARS, der Tempel des Todes aus dem zweiten INDIANA JONES-Film, der Einsame Berg aus DER HOBBIT, die Feste Morgon aus Wolfgang Hohlbeins MÄRCHENMOND oder das Eislabyrinth Urgulroth aus meiner LAND DER MYTHEN-Saga sind Inkarnationen solcher Horte des Bösen, in die der Held eindringen muss, will er die ultimative Prüfung bestehen und den Feind besiegen.

Komplexe Systeme

In Reinkultur wird man die fünf genannten Typen jedoch sicher nur im Märchen antreffen, wo die Guten noch richtig gut und die Bösen noch verdammt böse sind. Ein Roman oder Film verlangt nach komplexeren Gebilden, die dadurch entstehen, dass die handelnden Figuren zumindest zeitweise durchaus Charakteristika anderer Typen annehmen können. Natürlich wird eine Elfin nicht mal kurz zum Ork mutieren (obwohl ich, wie mancher vielleicht wissen wird, auch das schon fertiggebracht habe), aber die Aufgaben, die eine Figur innerhalb der Handlung und im Bezug auf andere Figuren zu übernehmen hat, können durchaus Änderungen unterworfen sein. Je dramatischer diese Veränderungen sind, desto zuträglicher ist es der Spannung, allerdings müssen derlei Rollenwechsel auch immer plausibel begründet sein.

Als Beispiel habe ich STAR WARS gewählt, weil diesen Film nun wirklich jeder kennt und er beispielhaft vorexerziert, wie Figuren durch wechselnde Rollen zueinander in Beziehung treten können. Der eigentliche – und damit »reinste« – Held der Geschichte ist natürlich Luke Skywalker mit Ben Kenobi als Mentor, der ihn in die Geheimnisse der Macht und den Umgang mit dem Laserschwert einführt. Aber auch der viel schnoddriger angelegte Han Solo wird stellenweise zu Lukes Mentor – George Lucas hat ihn dem Vernehmen nach seinem eigenen Mentor Francis Ford Coppola nachempfunden, der ihn ebenfalls stets *Kid* zu nennen pflegte. Zwar ist Han Solo auch ein Held, dessen mythische Reise beginnt, als er einwilligt, Luke und Ben nach Alderaan zu bringen und dessen Entwicklung abgeschlossen ist, als er seiner anfänglichen

Überzeugung zum Trotz hilft, den Todesstern zu zerstören. Damit ist Han Solo aber auch ein Formwandler, da man bis zuletzt nicht genau weiß, wem seine Loyalität gehört – und er wird für einen kurzen Moment zu Lukes Gegner, als er sich auf dem Todesstern weigert, die gefangene Prinzessin Leia zu befreien. Aus Lukes Sicht ist Leia damit natürlich der Schatz, den es zu erringen gilt, aber natürlich ist sie auch eine Heldenfigur, deren Abenteuer beginnt, als sie von Darth Vader gefangen wird. Dennoch ist Leia diejenige Figur des Heldentrios, die sich selbst am wenigsten verändert und stattdessen Funktionen für andere übernimmt – für Luke, indem sie ihn als (holografischer) Herold zum Abenteuer ruft, für Han, indem sie ihn dazu bewegt, seine egoistischen Motive zu überwinden und sich für die Rebellion einzusetzen.

Die Aufzählung ließe sich fortführen. STAR WARS ist ein Film voller Archetypen, die deutlich zeigen, wie genau George Lucas Joseph Campbells Forschungen verfolgt und sie verstanden hat. Dass seine Saga vom Sternenkrieg seinerzeit zum erfolgreichsten Film aller Zeiten avancierte, ist so betrachtet alles andere als ein Zufall, griff sie doch auf Motive zurück, die uns allen aus unserem – wie C. G. Jung es ausgedrückt hätte – kollektiven Unterbewussten vertraut sind und nach denen wir uns insgeheim sehnen.

Spiel mit den Regeln

Was die Regeln des Genres und seiner Figuren betrifft, kann man entweder *nach* ihnen spielen, wie ich es ganz traditionell in meinem LAND DER MYTHEN-Zweiteiler getan habe, oder auch *mit* ihnen wie in der ORKS-Trilogie – dann bewegen wir uns auf dem Feld der Parodie.

Auch wenn wir eine Parodie schreiben, haben die Archetypen und ihre Regeln weiterhin Gültigkeit; wir nutzen die althergebrachten Konventionen, nur dass wir sie eben gegen den Strich bürsten, mit der Erwartungshaltung der Leser oder Zuschauer spielen und die Mechanismen dadurch entlarven. Denken wir nur an Michael »Bully« Herbigs Erfolgsstreifen DER SCHUH DES MANITU: Die beiden Protagonisten darüber lamentieren zu lassen, dass stundenlanges Nebeneinanderherreiten für sich genommen ziemlich sinnlos ist, ist an sich noch nicht witzig – erst das Wissen, dass die Helden der alten Karl May-Filme scheinbar genau das getan haben, macht die Szene zum Schenkelklopfer. Wie aber konnte Bully einfach voraussetzen, dass das Publikum dieses Wissen haben würde? Ganz einfach, weil es sich um Genrekonventionen handelt, um Erzählmuster und Handlungselemente, die wir als Zuschauer im Lauf der Zeit unbewusst erlernt haben.

Bei meinen ORKS habe ich auf ähnliche Konventionen zurückgegriffen und meine Figuren in Situationen gebracht, in die sie in klassischer, althergebrachter High Fantasy niemals geraten wären. Dadurch wurden Szenen und Reaktionen möglich, die den Leser zum Lachen bringen und mit manchem Tabu brechen – wichtig war es mir jedoch zu jeder Zeit, dennoch eine »echte« Fantasy-Saga zu erzählen und gut zu unterhalten. Denn eines sollte jedem, der eine Parodie schreibt, klar sein: Dass er die Möglichkeit, all diese Dinge zu tun und die Figuren gegen ihre Konventionen anrennen lassen zu können, jenen Werken verdankt, die seinem vorausgegangen sind und dafür gesorgt haben, dass das Publikum die Erzählmuster kennt. Insofern ist eine liebevoll gemachte Parodie – und das gilt für die ORKS ebenso wie für den SCHUH DES MANITU – immer auch eine Verbeugung vor dem Original.

Das Exposé

Nun haben wir also unser Handlungsgerüst erstellt – die dramatische Grundstruktur des Romans, angefüllt mit der inhaltlichen Entwicklung und den nun zumindest grob angelegten Figuren. Wenn dieses Gerüst momentan noch ein bisschen wackelt, weil die Schrauben hier und dort noch nicht ganz festgezogen sind, ist das nicht weiter schlimm – es sollte allerdings auf festen Beinen stehen, denn es ist der Ausgangspunkt unserer weiteren Arbeit. Denn auf der Grundlage dieses Handlungsgerüsts entwickeln wir nun eine Beschreibung unseres geplanten Romans, die noch immer sehr knapp gehalten, aber so formuliert ist, dass sie auch Dritten zugänglich gemacht werden kann – das Exposé.

Sicher habt ihr schon viele Gerüchte und Geschichten über diese Form der Darstellung gehört, die üblicherweise jedem Roman vorausgeht – im Grunde handelt es sich bei einem Exposé schlicht um die Inhaltsangabe zu einem Buch, das es (noch) nicht gibt. Egal, in welcher Form euer Handlungsgerüst bislang vorliegt – ob als Stichwortauflistung, als Kartensammlung, als Storyboard an der Pinnwand oder bereits in halbwegs prosaischer Niederschrift – nun ist es an der Zeit, all das in eine ordentliche, allgemein verständliche und im besten Fall auch noch unterhaltsame Form zu bringen.

Das Exposé ist keine fest definierte Gattung. Genaue Vorschriften gibt es dafür nicht, wenngleich das, was wir irgendwann in der Schule zum Thema »Inhaltsangabe« gelernt haben (gestraffte Sprache, Tempus Präsens, indirekte Rede etc.) durchaus hilfreich ist. Auch was die Länge betrifft, herrscht kein echter Zwang – ein Kurzexposé kann lediglich eine Seite umfassen, ein ausführliches Kapitelexposé schon mal vierzig oder mehr. Letztlich kommt es darauf an, was wir mit unserer Inhaltsangabe bezwecken wollen. Geht es z. B. nur darum, dem Verlag eine Vorabinformation zu geben, so genügen wenige Seiten. Will man das zuständige Lektorat für einen Stoff gewinnen, so sollte das Exposé schon etwas ausführlicher sein, damit man die verschiedenen Handlungsstränge und Figurenentwicklungen angemessen darstellen kann – andererseits sollte man immer im Hinterkopf behalten, dass Lektoren viel beschäftigte Leute sind und sich deshalb so kurz wie möglich fassen. Ein ausführliches Exposé, das in aller Genauigkeit schildert, was Kapitel für Kapitel geschieht, ist daher kaum geeignet, um sich auf die Suche nach einem Verlag zu begeben. Stößt ein Stoff auf Interesse, so wird das betreffende Lektorat von sich aus nach mehr Material fragen.

Für die eigene Arbeit hingegen, also das Ausformulieren des Romans, stellt das ausführliche, nach Kapiteln gegliederte Exposé (daher der Name Kapitelexposé) eine unentbehrliche Grundlage dar, denn es zwingt uns »plottende« Autoren dazu, die Handlung mit all ihren Twists und Entwicklungen noch einmal bis ins Detail nachzuvollziehen – und dabei stößt man nicht selten auf Stellen, die noch verbesserungsbedürftig sind. Ein gutes Kapitelexposé gibt, ähnlich wie ein Treatment beim Film, nicht nur den Handlungsverlauf in all seinen Höhepunkten und Wendungen wieder, sondern lässt auch schon Schlüsse auf den Erzählrhythmus und das Handlungstempo zu. Auch ist es sprachlich durchaus schon ausgefeilter als das Kurzexposé und kann sogar schon die eine oder andere Dialogskizze enthalten.

Wenn ich am Kapitelexposé sitze, passiert es oft, dass

mich der Schreibfluss mitreißt und ich bereits ganze Passagen oder Dialoge ausformuliere, ganz einfach weil ich nun in der Geschichte »drin« bin und die vielen Ideen und Assoziationen, die sich nun fast automatisch einstellen, nicht einfach wieder entschlüpfen lassen will. Für die weitere Arbeit am Roman sind solche »Ausbrüche« eine wertvolle Unterstützung, zumal sie auch zeigen, wie weit die Identifikation mit dem Stoff bereits vorangeschritten ist.

Als ich das Exposé zu DIE ZAUBERER schrieb, blieb ich beispielsweise bei der Szene hängen, die Granock bei seiner Aufnahme in die Ordensburg zeigt. Beim Dialog zwischen ihm und dem Kobold Ariel ergab ein Wort das andere, und im Nu waren zwei Stunden vergangen, die Szene komplett im Kasten, wie unsere Freunde vom Film wohl sagen würden. Natürlich müssen derlei Passagen später noch überarbeitet und in den dann bestehenden Sprachfluss eingearbeitet werden, aber sie stellen ein wichtiges Bindeglied zwischen dem reinen Exposé und dem ausformulierten Roman dar.

Falls ihr euch schon mal an einem Exposé versucht habt und es euch nicht recht gelingen wollte, lasst den Kopf nicht hängen – das Verfassen von Exposés ist gar nicht so leicht und eigentlich eine kleine Kunstform für sich (vor allem dann, wenn es darum geht, das Interesse von Verlagen zu wecken). Hier gilt wie so oft, dass Übung den Meister macht. Auch wenn es euch in der Schule tierisch genervt hat – seid euch nicht zu schade dafür, Inhaltsangaben zu ein paar Büchern zu erstellen, die ihr gelesen habt und deren Inhalt euch noch gut in Erinnerung ist. Nur einfach so, um euch an diese doch ganz andere Art der Darstellung zu gewöhnen. Der klassische Weg, ein Erstlingswerk veröffentlicht zu bekommen, besteht nach wie vor darin, ein komplettes Manuskript an ein Lektorat oder eine Agentur zu schicken – ein gelungenes, bereits vorab verschicktes Exposé kann allerdings helfen, das Terrain zu sondieren und so sicherzustellen, dass »man« auch gelesen wird.

Persönlich habe ich nur gute Erfahrungen mit dieser Vorgehensweise gesammelt, durch die ein (noch) unbekannter Autor für einen Verlag zu einer berechenbareren Größe wird. Ein Exposé gibt einem Lektor ein gewisses Maß an Kontrolle über unser späteres Werk, nicht von ungefähr werden lang laufende Serien wie PERRY RHODAN oder MADDRAX über eine Exposéredaktion abgewickelt, die jede zu veröffentlichende Geschichte genau prüft und in den großen Handlungsrahmen einbettet. Voraussetzung dafür ist natürlich, dass unser Exposé und unser späterer Roman inhaltlich auch Gemeinsamkeiten aufweisen, was, wie ich gehört habe, nicht immer der Fall ist – manche Kollegen fühlen sich durch das Korsett eines Exposés in ihrer erzählerischen Freiheit eingeschränkt und finden erst während der tatsächlichen Schreibphase zur eigentlichen Handlung. Wie ihr persönlich damit zurechtkommt, müsst ihr letzten Endes selbst herausfinden – von mir gibt es jedenfalls eine klare Empfehlung für das Exposé.

3

Vom Reiz fremder Welten

Ich erwähnte es bereits: Wer einen phantastischen Roman schreibt, genießt einen in der Literatur wohl einzigartigen Luxus – sich für die Handlung seine eigene Welt ersinnen zu können.

Natürlich genießt auch der Verfasser eines historischen Romans gewisse Freiheiten, was die Darstellung weit zurückliegender Epochen wie etwa des Mittelalters oder der Antike angeht, denn schließlich gibt es keine Zeitzeugen mehr, die aus erster Hand berichten könnten, wie es damals gewesen ist. Sowohl durch geschichtswissenschaftliche Erkenntnisse als auch durch die mediale Tradition ist der Autor jedoch festgelegt und kann nicht einfach seine eigene Version einer vergangenen Epoche vorlegen – in der Fantasy hingegen ist dies problemlos möglich, und zwar in allen Spielarten, die nur vorstellbar sind: Wir können unsere Geschichten in prähistorischer Zeit spielen lassen, wie es Robert E. Howard getan hat; wir können eine alternative Version der Geschichte vorlegen, wie es z. B. Steampunk-Romane tun; wir können eine Parallelwelt zur Realität entwerfen wie Michael Ende in DIE UNENDLICHE GESCHICHTE; wir können mit Versatzstücken der historischen Realität spielen wie Suzanne Collins in DIE TRIBUTE VON PANEM oder ich selbst in den

SPLITTERWELTEN; wir können eine auf Mythen basierende Phantasiewelt à la Mittelerde entwerfen; oder wir können eine komplett neue Welt nach unseren eigenen Vorstellungen und Maßgaben entstehen lassen.

Die Möglichkeiten, die sich bieten, sind beinahe endlos – zunächst jedenfalls. Denn ganz so frei, wie man auf den ersten Blick vermuten sollte, sind auch wir Fantasy-Autoren nicht. Haben wir uns nämlich erst einmal für ein Setting entschieden und es mit unseren eigenen Gesetzmäßigkeiten versorgt, so sind diese für uns bindend und wir sind, wie schon im Kapitel über die Recherche erwähnt, verpflichtet, bei uns selbst nachzuschlagen, um inneren Widerspruch zu vermeiden und die Illusion unserer fiktiven Welt zu erhalten.

Es hat auch Gegenversuche gegeben – Serien, die von mehreren Autoren geschrieben wurden, wodurch sich Unstimmigkeiten in der Gestaltung und Beschreibung des Szenarios ergaben, aber auch solche, die bewusst »flexibel« konzipiert wurden, um dem Autor die größtmögliche Freiheit zu belassen. Ehrlich gesagt bin ich kein Freund solcher »Konzepte«. Wer den Anspruch hat, seine Leser in eine andere Welt zu entführen (noch dazu gegen Bezahlung), sollte nicht den Aufwand scheuen, ihnen das Erlebnis eines in sich geschlossenen Kosmos zu vermitteln.

Auch wenn dieser Aufwand ganz beträchtlich ist …

Neue Welten …

Natürlich gibt es keine allgemeingültigen Regeln dafür, wie man mit dem Aufbau einer fiktiven Welt zu beginnen hat. Persönlich habe ich jedoch die Erfahrung gemacht, dass eine Kartenskizze den praktikabelsten Einstieg ermöglicht. Zu diesem Zeitpunkt kenne ich ja bereits den ungefähren Ablauf der Handlung, weiß also, welchen geografischen Begebenheiten die Helden und Schurken unterwegs begegnen werden und kann meine Landschaft entsprechend gestalten. Man kann aber durchaus auch den umgekehrten Weg gehen und *zuerst* eine Welt kreieren, an deren geografischen Gegebenheiten sich dann die Handlung ausrichtet. Sich solchen künstlichen Zwängen zu unterwerfen, kann manchmal durchaus nützlich sein, da sich die Kreativität paradoxerweise unter gewissen Einschränkungen bisweilen besser entfaltet. Ein befreundeter Architekt hat mir einmal erzählt, dass er lieber an Projekten arbeitet, die gewissen Planungsvorgaben unterliegen, als an solchen, bei denen er seiner Phantasie freien Lauf lassen darf – das Phänomen ist also nicht berufsspezifisch.

Häufig ist es auch so, dass sich die Methoden nicht eindeutig trennen lassen und während der Arbeit am Exposé eine sehr deutliche Vorstellung davon entsteht, wie der neue Kosmos aussehen muss, und dieser auch schon in der einen oder anderen Skizze festgehalten wird. Ich habe bereits eingestanden, dass ich, anders als manche Kollegen, kein großer Zeichner bin, aber auch mir ist es mit meinen bescheidenen grafischen Fähigkeiten möglich, zumindest eine grobe Skizze der Geografie meiner Welt anzufertigen. In der Fantasy sind wir den Umgang mit Karten eben gewohnt – seit DER HERR DER RINGE ist die Beigabe einer Landkarte ja fast zur Pflicht geworden. Gerade wenn wir uns in komplexen fiktiven Welten bewegen, ist es für den Leser von Vorteil, auch visuell nachvollziehen zu können, wo sich die Helden befinden, zumal dies auch zur Glaubwürdigkeit und inneren Geschlossenheit unserer Welt beiträgt.

Dabei ist es nicht notwendig, unseren Phantasiekosmos gleich in allen geografischen Einzelheiten zu gestalten. Wir können auch einfach mit jenem Teil beginnen, den wir durch unsere Handlung erschließen, und andere Teile noch in geheimnisvollem Dunkel lassen – Ideen dafür werden sich ganz zwangsläufig einstellen, wenn wir unsere Protagonisten in diese Richtung schicken. Viele Fantasy-Landkarten weisen solche Leerstellen auf, die dann oft mit Namen wie »Dunkelland« oder »Große Ödnis« bedacht werden, was auch völlig in Ordnung ist – vergessen wir nicht, dass bis weit ins 19. Jahrhundert hinein große Teile Afrikas ebenfalls noch nicht kartografiert und nur als *Terra Incognita* vermerkt waren – als unbekanntes Land.

Beim Entwerfen einer eigenen Welt sollte man gewisse geografische Gesetzmäßigkeiten beachten, es aber nicht übertreiben – schließlich befinden wir uns in phantastischen Gefilden, und ich würde einer dramaturgisch gut funktionierenden, spannenden Idee jederzeit den Vorzug gegenüber einem zu hundert Prozent akkurat konstruierten Weltenentwurf geben. Die Science Fiction hat es hier sicher schwerer und muss zumindest mit pseudowissenschaftlichen Erklärungen aufwarten – in der Fantasy tut es bisweilen schon ein wenig Magie. Meine Landkarte von Erdwelt weist in Anbetracht vergleichsweise geringer Entfernungen recht große klimatische Unterschiede auf, was allerdings aus der Handlung heraus erklärt wird. Viel wichtiger als eine objektive Überprüfbarkeit unserer fiktiven Welt ist eine innere Geschlossenheit, die dafür sorgt, dass sie als Mikrokosmos funktioniert und einen glaubhaften Hintergrund für die Handlung liefert.

Beim Kartenzeichnen kommt uns Kollege Computer übrigens einmal mehr zur Hilfe, denn es gibt reihenweise Software, die das Erstellen von Landkarten unterstützt und es damit selbst recht bescheidenen Hobbykünstlern wie mir ermöglicht, ordentliches Kartenmaterial zu bauen. Beim Erstellen komplett fiktiver Welten kann z. B. das kostenlose, eigentlich für Rollenspieler gedachte Programm *AutoREALM* sehr nützlich sein, mit dem man nach kurzer Einarbeitung ganze Landstriche entwerfen und gestalten kann. Wer eine auf realer Geografie basierende Karte braucht, der wird auf *stepmap.de* fündig, wo man Karten von jedweder Region dieser Erde nach eigenen Wünschen und Bedürfnissen erstellen kann.

… und ihre Bewohner

Bei der Bevölkerung unserer Welten können wir, wie schon festgestellt, auf eine ganze Reihe Wesen zurückgreifen, jedenfalls, solange wir uns auf dem Feld der High Fantasy bewegen: Menschen, Orks, Elfen, Halblinge, Zwerge, Gnome, Trolle und Drachen gehören seit Tolkien zum festen Inventar des Genres – die gesamte Reihe der »Völker«-Romane wäre ohne diese durch zahllose Bücher, Rollenspiele, Filme und Computerspiele zementierten Archetypen nicht möglich gewesen. Inzwischen haben diese natürlich eine Unmenge an Neben- und Mischformen hervorgebracht, die die ursprünglichen Typen weiter aufgefächert haben, sie jedoch noch immer deutlich erkennen lassen. Und selbst Romane, in denen die Völker teilweise anders benannt sind – wie etwa in Christopher Paolinis ERAGON-Reihe – lassen noch immer deutlich die Vorbilder erkennen.

Ganz gleich, ob wir uns nun dieser überlieferten Archetypen bedienen, ob wir sie abwandeln oder unsere Welt mit ganz neuen Kreaturen bevölkern – fatal wäre es, sie für sich selbst stehen zu lassen und zu versäumen, sie in ein entsprechendes kulturelles und geschichtliches Umfeld einzubetten. Denn all diese Dinge bewirken zum einen, dass unsere fiktiven Völker glaubwürdig erscheinen, und sie können zum anderen helfen, Figuren plastisch sowie ihr Denken und ihre Handlungsweise für den Leser nachvollziehbar zu machen. Um ein Beispiel aus einem benachbarten Genre zu wählen: Was macht einen Klingonen zum Klingonen? Die charakteristischen Stirnwülste sind es schon mal nicht, denn die trugen die Erzfeinde der Föderation in den Tagen der alten STAR TREK-Serie noch gar nicht. Was den Bewohnern von Kling (später Kronos) jedoch zu allen Zeiten gemein blieb, war ihre kriegerische Kultur, die sich an einem archaischen anmutenden Ehrenkodex ausrichtete, den STAR TREK-Erfinder Gene Roddenberry beim antiken Sparta ebenso entlehnt hatte wie bei den Samurai des mittelalterlichen Japan. Erst durch diesen fiktiven, jedoch glaubwürdigen Hintergrund, der im Lauf späterer STAR TREK-Serien eine eigene Geschichte, eine eigene Sprache und sogar einen eigenen Mythos bekam (man denke nur an das sagenumwobene »Schwert des Kahless«), wurden die Klingonen zu einer real wirkenden Bedrohung für Captain Kirk und seine Nachfolger. Dass sie zu Beginn vergleichsweise einfach gestrickte Bösewichter waren, war später nicht mehr von Bedeutung – die Figuren wurden komplexer und mit ihnen auch ihre Motivationen und Handlungen. Möglich jedoch wurde dies nur auf Grundlage einer glaubwürdigen und ausbaufähigen fiktiven Kultur – die Romulaner mit ihrer eindimensionalen und (der Name sagt es schon) etwas uninspiriert am alten Rom orientierten Zivilisation hatten es da schon schwerer.

Wenn wir unsere phantastischen Welten bevölkern, so

sollten wir stets im Hinterkopf behalten, welche Gegebenheiten eine fremde Kultur bestimmen. An vorderster Stelle sind sicher Klima und Geografie zu nennen: Ohne wärmende Sonne und die regelmäßige Nilschwemme hätte das alte Ägypten sicher keine Blütezeit erlebt, und die Wikinger wären ohne ihr raues Klima und die Nähe zur See ganz sicher nicht jene gefürchteten Räuber der Meere geworden, als die sie in die Geschichte eingegangen sind.

Auch das Umfeld spielt natürlich eine Rolle – eine Gesellschaft, die sich fortwährenden Angriffen von außen ausgesetzt sieht, wird sich sozial anders entwickeln als eine, die frei von Bedrohungen gedeihen kann. Auch werden Kunst und Kultur in einer freien Gesellschaft eine andere Bedeutung einnehmen als in einer, die von inneren oder äußeren Zwängen bestimmt wird. Das bekannte, aus der Psychologie stammende Modell der sog. »Bedürfnispyramide« kann hier stets zurate gezogen werden, denn zwar bezieht sich die von Abraham Maslow entwickelte Darstellung auf das menschliche Individuum, ist jedoch auch auf die Zivilisation insgesamt anwendbar: Eine Gesellschaft, die mit der Deckung ihrer Grundbedürfnisse – Grenzsicherung, Schutz vor Unwetter, Nahrungssuche etc. – beschäftigt ist, wird zwangsweise weniger Zeit und Muße in die schönen Künste stecken können als eine, die sich hier in einer komfortableren Position befindet.

Die Geschichte ist voller Beispiele dafür, wie all diese Faktoren auf die Menschheit Einfluss genommen und sie verändert haben, in den großen Dingen ebenso wie in den kleinen. Das Alltagsleben, die Kleidung, selbst das Aussehen der Menschen wird davon bestimmt, und es ist völlig legitim, sich als Autor daran zu orientieren und sich ggf. auch davon inspirieren zu lassen. Wieder einmal treten wir dabei in große Fußstapfen, denn schon Tolkien bediente sich einer ähnlichen Vorgehensweise, indem er seine Zwerge mit nordischen Namen und Tugenden ausstattete, während Rohan und seine Reiter an das alte, vornormannische England erinnern. Nicht von ungefähr regiert König Théoden ebenso von einer großen Halle aus wie König Hrothgar in der BEOWULF-Sage. Gerade bei den SPLITTERWELTEN habe auch ich regen Gebrauch von dieser Technik gemacht, von der steinernen Welt Karnak, die den Sitz der Kaiserin Allegra beherbergt, über die ruchlosen Krieger der Goroptera bis hin zur Eiswelt Jordråk, deren Name schon die nordische Prägung erahnen lässt – das norwegische Wort *jord* bedeutet Erde, während *råk* einen von Schnee befreiten Ort bezeichnet.

Wichtig ist, dass wir unsere Protagonisten und die Welt, in der sie leben, in einen vernünftigen, nachvollziehbaren Kontext bringen, und das gelingt uns am besten, indem wir einen entsprechenden kulturellen Hintergrund schaffen. Wenn wir uns dabei zumindest ansatzweise auf reale Historie stützen, haben wir stets den Vorteil einer größeren Glaubwürdigkeit, die sich beim Leser assoziativ einstellt; verzichten wir auf diese Hilfestellung, sollten wir uns dennoch kausale Zusammenhänge zwischen unserer Welt und ihren Bewohnern überlegen, da unsere schriftstellerische Schöpfung sonst zwangsläufig flach und aus der Luft gegriffen wirkt.

Rollenspieler haben hier einmal mehr den Vorteil, dass sie im Umgang mit fiktiven Welten Erfahrung haben. Denn hat man erst einmal die »grobe« Vorplanung einer Welt und ihrer Kulturen hinter sich und taucht in die Geschichte ein, so stellen sich alle möglichen Fragen, die der Alltag unserer Figuren hervorbringt: Was wird z. B. im fiktiven Land XY bevorzugt getrunken und gegessen? Welche Gottheit wird dort verehrt? Mit welcher Währung wird bezahlt? Welche Kleidung wird getragen und woher wird sie bezogen? Gibt es eine Schrift oder ist gar der Buchdruck bereits erfunden? Und welche Sprache wird gesprochen?

Gerade auf letzteren Aspekt möchte ich gesondert eingehen, weil dies meiner Ansicht nach einen der reizvollsten Aspekte am Erstellen einer eigenen Welt darstellt.

Sprache

Auch wenn es aus einer Science-Fiction-Fernsehserie stammt – das Beispiel der Klingonen zeigt eindrucksvoll, wie eine künstlich entwickelte Sprache zur Glaubwürdigkeit einer fremden Kultur beitragen kann. Anfangs nur aus einigen Lauten bestehend, die englischen Muttersprachlern wie eine abgefahrene Mischung aus Deutsch und Russisch anmuten musste, entwickelte der Linguist Marc Okrand ein komplettes phonetisches System sowie einen dazugehörigen Wortschatz, der in den 90er-Jahren, auf dem Höhepunkt der STAR TREK-Begeisterung, sogar als Buchveröffentlichung erschien. Eingefleischte Fans konnten ab da die Sprache ihrer Lieblinge erlernen und sich untereinander sogar damit verständigen.

Das Vorbild für Kunstsprachen im phantastischen Genre hat dabei einmal mehr Tolkien geliefert, der sich für DER HERR DER RINGE nicht nur eine, sondern gleich zwei Elfensprachen ausgedacht hat, nämlich die Umgangssprache Quenya sowie die nur in schriftlicher Form existierende Hochsprache Sindarin, die, wie etwa das Latein der frühen Neuzeit, als reine Gelehrtensprache fungiert.

Dabei haben es die von Tolkien entwickelten Sprachen zu solcher Schlüssigkeit gebracht, dass die späteren Exegeten seiner Werke nicht nur ganze Wörterbücher, sondern auch eine funktionierende Grammatik daraus entwickeln konnten – das Standardwerk zum Thema ist übrigens hierzulande erschienen und stammt von meinem geschätzten Kollegen Helmut W. Pesch, einem der Urgesteine der deutschen Fantasy-Szene.

Wer meine Romane kennt, weiß, dass ich ebenfalls eine gewisse Schwäche für fiktive Sprachen hege. Schon zu Heftroman-Zeiten hatte ich erste Versuche gestartet, Alien-Rassen mit ihrem eigenen Idiom zu versehen. Bei DIE RÜCKKEHR DER ORKS hatte ich dann das Gefühl, dass es an der Zeit wäre, erstmals ein ganzes Sprachkonzept vorzulegen – da es sich bei den Orks ja um eine Gesellschaft auf recht niedriger Stufe handelt (das Wort Zivilisation gebrauche ich erst gar nicht), schien mir das eine leicht zu bewältigende Herausforderung zu sein. Es wurde dann doch ein bisschen schwieriger, weil ich rasch feststellen musste, dass eine auf reinen Phantasielauten beruhende Kunstsprache eben genau das ist – eine künstliche Schöpfung, die in keiner Weise die klangliche und lautliche Komplexität einer echten, über Jahrhunderte gewachsenen Sprache aufzuweisen hat. Den Trick, den ich schließlich angewandt habe, schaute ich mir bei Meister Tolkien ab, der für seine Elbensprachen Anleihen bei realen Sprachen genommen hatte, u. a. beim Walisischen und Altenglischen. Ich stieß auf einen Aufsatz, in dem Tolkien berichtete, er hätte sich für die wenigen Ork-Wörter, die er entwickelt habe, von »dunkel« klingenden Sprachen inspirieren lassen, u. a. vom Gälischen. Daraufhin besorgte ich mir einen Stapel keltischer Wörterbücher, bearbeitete deren Silben und Laute nach einem meiner Ork-Sprache angepassten Regelsystem – und erzielte ein verblüffendes Ergebnis: Plötzlich hatten die Wörter sowohl eine gewisse innere Logik als auch den richtigen Klang, und man konnte sich gut vorstellen, dass ein Ork von echtem Tod und Horn tatsächlich Wörter wie *shadag* (Funke), *murruchg* (Made) oder *dhruurz* (Zauberer) in den Mund, oder besser gesagt, ins stinkende Maul nehmen könnte. Drei Jahre später, als es darum ging, eine Elfensprache für DIE ZAUBERER zu kreieren, ging ich einen ähnlichen Weg und suchte Rat beim Walisischen – das Ergebnis ist eine Sprache, die eigenständig ist (und damit frei von Copyright-Ansprüchen) und mit ihren hellen Vokalen und Lispellauten dennoch auf jene Weise »elfisch« klingt, die sich spätestens seit den HERR-DER-RINGE-Filmen eingebürgert hat.

Beim Zweiteiler LAND DER MYTHEN hingegen nahm ich wieder einen anderen Weg – da die Geschichte in »Allagaín«, dem Allgäu der grauen Vorzeit angesiedelt ist, schaute ich mich in der Frühgeschichte meiner einst von Kelten besiedelten Heimat um. Da im Zuge der Eroberung durch die Römer die keltischen Spuren so gut wie verschwunden sind, weiß heute niemand mehr, welche Sprache diese frühen keltischen Stämme tatsächlich sprachen oder wie sie sich anhörte. Für Geschichtsforscher und Linguisten mag das eine herbe Enttäuschung sein – für die Phantasie eines Autors ist es natürlich eine Steilvorlage, und so begann ich, aus den noch bestehenden keltischen Sprachen eine Art Protokeltisch zu entwickeln, das ich dann als die »Alte Sprache« in die LAND DER MYTHEN-Saga einführte.

Selbstzweck sollte die Kreation einer eigenen Sprache allerdings niemals werden, sondern stets dem dramaturgischen Nutzen unterworfen sein. Als ich meinen amerikanischen Autorenkollegen Dan Wells (ICH BIN KEIN SERIENKILLER) einmal fragte, wie sich denn die deutsche Sprache für amerikanische Ohren anhöre, überlegte er einen Moment lang und antwortete dann ganz offen, aber doch ein wenig vorsichtig, weil er mich nicht kränken wollte: »*Angry. It sounds angry …*« Geben wir uns also keinen Illusionen hin – der Grund dafür, dass Deutsche gerade in englischsprachigen Ländern als verbissen und humorlos gelten, hat ganz sicher auch mit dem »ärgerlichen« Klang unserer Sprache zu tun, der uns ohne dass wir es wollen ein Stück weit charakterisiert. Nun sind derlei oberflächliche Typisierungen im realen Leben zwar hinderlich, als Autoren können wir daraus jedoch Nutzen ziehen, indem wir unsere Protagonisten über den Klang ihrer Sprache zusätzlich charakterisieren.

Äußere und innere Logik

Zuletzt noch ein Wort zum »unzivilisierten« Teil unserer fiktiven Welten, zur Natur. Anders als die Science Fiction unterliegt die Fantasy wie gesagt nicht dem Zwang, dass alles Dargestellte wissenschaftlich erklärbar sein muss, dennoch gibt es gerade in der SF wunderbare Anregungen für sehr überzeugend angelegte künstliche Welten. Der Planet Arrakis aus Frank Herberts DUNE-Romanen gehört für mich zu den am schlüssigsten konstruierten Welten überhaupt – eine trockene Wüstenwelt, durch deren Tiefen sich riesige Sandwürmer wühlen. Obwohl die Szenerie abenteuerlich phantastisch ist und niemand behaupten kann, je einen Sandwurm gesehen zu haben, gelingt es Herbert, den Leser in die Realität seiner Welt zu ziehen und auch nicht den Hauch eines Zweifels über ihre innere

Logik aufkommen zu lassen, was nicht zuletzt auch an ihren Ureinwohnern, den Fremen liegt, deren orientalisch inspirierte Kultur einen durch und durch glaubhaften Hintergrund für den Wüstenplaneten abgibt.

Nicht viel anders hat es James Cameron bei AVATAR gemacht, nur dass er sich von indianischen Einflüssen inspirieren ließ und seinen Planeten Pandora zu einer ins Phantastische gesteigerten Version des irdischen Regenwalds gemacht hat. Zahlreiche Fachleute und Wissenschaftler trugen dazu bei, die Tiere und Pflanzen Pandoras bei aller Exotik und Unwahrscheinlichkeit dennoch realistisch erscheinen zu lassen, bis hin zur spektakulären Biolumineszenz, die den Wald bei Nacht beleuchtet. All das bildet jedoch nur den Hintergrund für eine Geschichte, die in nahezu allen Punkten der klassischen Heldenreise folgt, inklusive des Todes und der Neugeburt des Hauptprotagonisten, was bei aller Wissenschaftlichkeit beweist, dass es letztlich auf eine starke und überzeugende Story ankommt.

Macht euch also nicht zu viele Gedanken darüber, ob die Biologie eurer Welt so funktionieren würde, wie ihr sie darstellt, ob der Kreislauf von Werden und Vergehen, der jedes Ökosystem kennzeichnet, tatsächlich so stattfinden könnte – letztlich wird euer Roman stets nur einen kleinen Teil davon abbilden. Die viel wichtigere Frage ist, ob eure Welt und ihre Bewohner zur Handlung passen, ob sie die Dramaturgie eures Romans unterstützen oder ihr zuwiderlaufen. In seinem Roman DER AZURNE PLANET schildert Altmeister Jack Vance z. B. auf packende Weise eine exotische, aus riesigen Bäumen bestehende Dschungelwelt, die den perfekten Hintergrund für seine Geschichte liefert – die Frage, ob sie tatsächlich so funktionieren würde, stellt sich erst gar nicht. Wenn eurer Weltenschöpfung eine eigene, subjektive Logik innewohnt, dann genügt das gemeinhin – Dinge, die sich sinnvoll aus der Handlung heraus entwickeln, die ihren Fortgang unterstützen und zur Atmosphäre beitragen, wird der Leser stets weniger hinterfragen als solche, die womöglich wissenschaftlichen Wahrscheinlichkeitskriterien standhalten, jedoch keinen Bezug zur erzählten Geschichte haben.

In DER HERR DER RINGE flankieren die Schauplätze Mittelerdes die Handlung so, dass sie ein integraler Bestandteil werden: Das Auenland mit grünen Hügeln und gemütlichen Behausungen ist der Inbegriff des friedlichen Idylls, von dem aus die Hobbits zu ihrer großen Reise aufbrechen; die Menschenstadt Bree steht für die Unsicherheit, die Frodo und seine Freunde befällt, nachdem sie ihre Heimat verlassen haben; Bruchtal (man beachte den Namen!) befindet sich nicht von ungefähr jenseits der Bruinenfurt auf der anderen Seite des Flusses, denn es steht für das Überschreiten einer Grenze, für den Aufbruch in eine andere Welt und Zeit; und im dunklen Wald von Fangorn manifestieren die Ängste der Hobbits sich als riesige, bedrohliche Bäume, die schließlich sogar zum Leben erwachen.

Überhaupt kommt dem Wald in den Sagen und damit auch in der Fantasy eine große Bedeutung zu – vergessen wir nicht, dass zu der Zeit, da unsere Mythen entstanden sind, große Teile dieser Welt von üppiger Vegetation bedeckt waren. Der Wald als etwas Dunkles, Unergründliches und daher Bedrohliches, aber auch als Hort des Lebens, hat die Phantasie der Menschen von jeher beflügelt – vom Märchen von Rotkäppchen und dem bösen Wolf bis hin zu den Dschungelgeschichten von TARZAN-Erfinder Edgar Rice Burroughs. In all diesen Geschichten wird der Wald zum Schauplatz der Prüfungen, die der Held erlebt, und übernimmt fast selbst so etwas wie eine Rolle in der Geschichte. Mehr als in jedem anderen Genre spiegeln in der Fantasy die Schauplätze der Abenteuer das Seelenleben der Helden wider. Das hängt mit den Wurzeln der Fantasy in den Mythen zusammen, die ihre Ursprünge, wie Jung festgestellt hat, in Träumen haben, in kollektiven Vorstellungen der Menschheit. Dies ist die innere Logik, der unser Weltenentwurf vor allem folgen sollte, und sie ist zumindest auf unser Genre bezogen wichtiger als die äußere, (pseudo-)wissenschaftlich erklärbare Logik anderer Genres.

4

Helden und Schurken

Da wir nun die Handlung unseres Romans erarbeitet und festgelegt haben, welche Figuren darin vorkommen, wird es an der Zeit, diese mit »Fleisch« auszustatten, wie es so schön heißt. Die sechs vorgestellten Typen sind bislang vor allem Rollen, die innerhalb einer Geschichte funktionieren. Erst, indem wir ihnen ein Herz geben, sie mit menschlichen (oder nichtmenschlichen) Eigenschaften ausstatten und ihre Motive für den Leser nachvollziehbar machen, werden sie zu tatsächlichen Romanfiguren.

Von der Figur zum Charakter

An dieser Stelle müssen wir uns natürlich die Frage stellen, was einen an sich fiktiven Charakter für den Leser glaubhaft und zu einem Wesen aus Fleisch und Blut werden lässt. Die Weltliteratur ist voller Beispiele von Figuren, die beim Leser einen tiefen Eindruck hinterlassen – Long John Silver aus R. L. Stevensons DIE SCHATZINSEL beispielsweise gehört für mich zu den besonders eindrucksvollen Gestalten der Unterhaltungsliteratur; aber auch von solchen, die einen eher kalt und unberührt lassen. Was die einen von den anderen unterscheidet, sind

Glaubwürdigkeit und charakterliche Tiefe. Um im Bild zu bleiben: Stellen wir uns die bislang vorgestellten Archetypen der Fantasy als eine Zeichnung vor, die die Figuren zwar in allen Funktionen abbildet, jedoch noch zweidimensional gehalten ist. Nun geht es darum, die dritte Dimension hinzuzufügen, sodass die Figur zum Identifikationspol, zum Charakter wird.

Man erreicht dies, indem man dem Leser Informationen über eine Figur gibt, ihn an ihrer Vergangenheit teilhaben lässt, an ihren Gefühlen, ihren Plänen und Hoffnungen. Und je nachvollziehbarer all diese Dinge für den Leser sind – womöglich entdeckt er sogar die eine oder andere Gemeinsamkeit zwischen sich und dem Helden –, desto eher wird er bereit sein, sich mit der Figur zu identifizieren.

Der erste Auftritt

Ein amerikanisches Sprichwort lautet *There's no second chance to make a first impression* – man kriegt keine zweite Möglichkeit, um einen ersten Eindruck zu hinterlassen. Das gilt für das wirkliche Leben natürlich ebenso wie für die Figuren eines Romans. Der Zeitpunkt, in dem sie zum ersten Mal auftreten – ganz gleich, ob es sich nun um Helden oder Schurken handelt –, ist daher ein besonders kritischer und sollte wohlbedacht und geplant werden.

Es muss nicht immer ein spektakulärer Auftritt sein – manchmal kann schon eine ganz kleine Szene reichen, um einer Figur einen guten Start im Roman zu verschaffen. In DAS BUCH VON ASCALON habe ich mich beispielsweise entschieden, den jungen Angelsachsen Conn, einen der Hauptcharaktere des Romans, zunächst im Rahmen einer öffentlichen Hinrichtung auftauchen zu lassen, wo er den Scharfrichter zu bestehlen versucht. Erstens ist die Szene dazu da, den Leser in die Zeit einzuführen und klarzumachen, dass ein Menschenleben in jenen Tagen nicht sehr viel wert war; zweitens wird Conn darin vorgestellt, und der Leser lernt ihn als einen bodenständigen, vor allem im Hier und Jetzt verhafteten Charakter kennen; und drittens erfahren wir, welche schreckliche Strafe einen Dieb ereilen kann, denn auch Conn ist schließlich ein Dieb.

Es geht natürlich auch anders. Im ersten Band der SPLITTERWELTEN bekommt der Pantheride Croy den wohl größten Auftritt, den ein Held haben kann, indem er einer anderen Hauptfigur das Leben rettet. Welcher Natur der erste Auftritt sein soll, hängt von der Geschichte ab, die wir erzählen wollen, aber natürlich auch von der Art des Charakters. Eine Figur, die wir als eigenbrötlerisch und verschwiegen kennzeichnen wollen, mit einer großen Dialogszene einzuführen, passt nicht ins Bild, ganz egal, als wie wortkarg wir sie nachher noch schildern werden. Überhaupt ist es wichtig, dass das, was wir unseren Figuren an Eigenschaften mitgeben, mit dem übereinstimmt, was wir sie tun und sagen lassen, andernfalls wird eine solche Figur entweder wenig überzeugend wirken oder, im noch schlimmeren Fall, die ganze Romanhandlung in einem wenig plausiblen Licht erscheinen lassen.

Überlegt also immer gut, mit welchen Eigenschaften ihr eure Figuren ausstatten und wie ihr sie in die Handlung einführen wollt, denn einen ersten Eindruck kann man tatsächlich nur ein einziges Mal hinterlassen. Das bedeutet nicht, dass sich eure Figuren nicht entwickeln oder im Lauf der Handlung ändern dürfen, ja, sogar sollen, aber selbst, wenn aus einem Saulus ein Paulus wird, muss der Saulus dem Leser zunächst plausibel vorgestellt werden. Im Film ist man auf diese Stimmigkeit zwischen erstem Auftritt und Wesen einer Figur besonders angewiesen, da man gar nicht die Zeit hat, eventuell vom Publikum missverstandene Eigenschaften des Helden zu korrigieren. Seht euch mal die entfallenen Szenen an, die vielen DVDs als Extras beigepackt sind – oftmals wurden sie rausgeschnitten, weil sie zu Missverständnissen im Bezug auf die Einstellung oder Motivation der Hauptfiguren geführt hätten.

Beim Film wird deshalb versucht, die Figuren nicht nur durch Sprache, sondern mit allen Mitteln filmischen Erzählens, von der Bildkomposition über das Licht bis hin zur Musik, zu charakterisieren: Wenn wir Luke Skywalker zum ersten Mal begegnen, ist er ein naiver Farmerjunge, der seinen Onkel zum Roboterkauf begleitet, während im Hintergrund noch ganz verhalten das STAR WARS-Thema zu hören ist; Indiana Jones gibt seine erste Visitenkarte ab, indem er seine Peitsche benutzt, um einen Schurken zu entwaffnen; und Will Munny, der Antiheld aus Clint Eastwoods oscarprämiertem Spätwestern ERBARMUNGSLOS, wälzt sich mit den Schweinen im Dreck. So unterschiedlich all diese Szenen sind – sie sagen viel über die Protagonisten aus.

Auch wenn wir kein Drehbuch schreiben, können wir von dieser Art des Erzählens viel lernen: Versuchen wir, mit dem, was wir schreiben, nicht nur den Intellekt des Lesers anzusprechen, sondern auch seine Sinne – und achten wir darauf, dass die Informationen, die wir über unsere Hauptfiguren geben, nicht nur, aber vor allem bei ihrem ersten Auftritt durch und durch stimmig sind.

Figurenzeichnung

Ganz gleich ob im Film oder im Roman – welche Faktoren sind es, die eine Figur in den Augen des Lesers charakterisieren? Ich würde sagen, es sind drei:

a) sein Aussehen
b) seine Vergangenheit
c) sein Denken und Handeln

Was den letzten Punkt betrifft, so genießen wir gegenüber den Kollegen vom Film natürlich den immensen Vorteil, ohne Probleme von der Außensicht in die Innensicht wechseln zu können – wo ein Film also nur das Handeln der Figuren und ihre äußerlichen Reaktionen zeigen kann und darauf vertrauen muss, dass der Zuschauer die entsprechenden Rückschlüsse auf sein Denken zieht, können wir beides gleichermaßen beschreiben.

Beim Aussehen hingegen sind wir im Nachteil. Wir sind auf Beschreibungen angewiesen, wo ein Film mit einer einzigen Einstellung alles klarmachen kann – nicht von ungefähr behauptet der Volksmund, dass ein Bild mehr als tausend Worte sage. Dennoch ist es für den Leser natürlich wichtig zu wissen, wie eine Figur aussieht, andernfalls wird er sie sich vor seinem geistigen Auge, im »Kopfkino«, nicht richtig vorstellen können. Jedem, der einen Roman schreibt, muss allerdings klar sein: Endgültige Bilder liefert nur ein Film. Wie detailliert auch immer wir unsere Figuren beschreiben, wie akribisch wir auch bei der Recherche ihre Kleidung oder Rüstung betreffend gewesen sein mögen – jeder einzelne unserer Leser wird sich unter dem, was wir schreiben, etwas anderes vorstellen. Diese Limitierung müssen wir als Autoren akzeptieren, zugleich ist sie auch eines der großen, wunderbaren Mysterien des Lesens. Der Gedanke, dass etwas, das wir zu Papier bringen, in den Köpfen der Leser in Hunderten oder gar Tausenden verschiedener Versionen neu entsteht, birgt etwas wahrhaft Faszinierendes.

Aussehen

Natürlich will der Leser wissen, wie eine Figur aussieht – dennoch sollten wir es mit dem bloßen Beschreiben nicht übertreiben. Obwohl ich als Kind Bücher förmlich verschlungen habe, gab ich die Lektüre meines ersten Karl May-Romans – es war WINNETOU I – seinerzeit auf, weil ich die ausufernden Beschreibungen der teils recht kauzigen Charaktere ganz einfach ermüdend und langweilig fand. Das war 1979, in einer Zeit also, die noch längst nicht so geprägt war von audiovisuellen Medien. Eine vergangene Ära, in der das Internet und Echtzeit-Computerspiele noch ferne Zukunftsmusik waren. Wir dürfen davon ausgehen, dass die Leserschaft heutiger Tage nicht unbedingt geduldiger geworden ist – und das betrifft keineswegs nur Kinder oder Jugendliche. Wir alle, die wir im modernen Medienzeitalter leben, sind von dessen viel beschworener Schnelllebigkeit geprägt. Zeitgemäß zu schreiben und zu erzählen, bedeutet also auch, es auf eine Weise zu tun, die an die vorhandenen Gewohnheiten der Leser »andockt«.

Anders als Karl May, der gegen Ende des vorletzten Jahrhunderts noch genau beschreiben musste, wie ein Indianer vom Stamm der Apachen aussieht oder wie sich der Leser einen echten »Westmann« vorzustellen hat, können wir heute auf ein breites kollektives Wissen bauen, das wir bei unseren Lesern voraussetzen dürfen. Dies hängt – gerade in der High Fantasy – natürlich wieder mit den durch Romane, Filme und Spiele eingebürgerten Archetypen zusammen. Wer heute Wörter wie »Ork« oder »Waldläufer« liest, bei dem stellen sich fast reflexhaft Bilder von grünhäutigen Unholden und schweigsamen, an Robin Hood erinnernden Naturburschen ein, ohne dass der Autor auch nur eine einzige nähere Angabe machen muss. Häufig ist es eher so, dass wir das erwähnen müssen, was über die »gewöhnliche« Ausstattung einer typischen Figur hinausgeht oder signifikant davon abweicht. Was die Beschreibung selbst angeht, muss es nicht immer der berühmte Schwenk über den Körper sein, der das Aussehen einer Figur schildert:

> *Granock trat aus dem Halbdunkel. Sein Ordensgewand, das ihm stets treue Dienste geleistet hatte, hatte er gegen eine wollene Tunika getauscht, über der er ein leichtes Kettenhemd trug. Seine Beine steckten in wildledernen Stiefeln, die ihm bis zu den Knien reichten, auf der Hüfte lastete der Waffengurt mit dem Schwert. Auf Brünne und Helm hatte er verzichtet, sodass Hals und Kopf weitgehend ungeschützt waren. Dafür hielt der Zauberer seinen Zauberstab umklammert, dem er größere Bedeutung beimaß als jeder Rüstung …*

Man kann solche Informationen ebenso gut in eine Aktionshandlung packen, was die Sache gleich interessanter macht, zumal man hier auch Motivationen und Gedanken der handelnden Figur unterbringen kann:

Nach kurzem Zögern legte Granock das Ordensgewand ab, das ihm stets treue Dienste geleistet hatte, und streifte die wollene Tunika über, die der Diener ihm reichte. Darüber zog er das leichte Kettenhemd, das man für ihn bereitgelegt hatte, und schlüpfte in die hohen, wildledernen Stiefel. Der nächste Griff galt dem Waffengurt, an dem das Schwert befestigt war. Entschlossen gürtete Granock es um die Hüften. Als der Diener ihm Brünne und Helm reichen wollte, schüttelte Granock jedoch den Kopf. Beides würde ihm bei der Erforschung des Stollens nur hinderlich sein, lieber behielt er seinen Zauberstab in den Händen, der ihm zuverlässigeren Schutz gewährte als jede Rüstung. Mit einem Nicken in Richtung des Dieners trat Granock aus dem Halbdunkel nach draußen …

Dass sich das eine interessanter liest als das andere, ist übrigens nicht erst den Menschen des Medienzeitalters aufgefallen – schon der berühmte Dichter Homer (so es ihn denn gegeben hat) beschreibt in seiner ILIAS, wie sich ein Krieger Stück für Stück ankleidet und schildert auf diese Weise seine Ausrüstung in allen Einzelheiten.

Was das individuelle Aussehen von Figuren betrifft, so gibt es zumindest bei menschlichen (oder menschenähnlichen) Protagonisten einen Trick, den viele Autoren anwenden – nämlich die einzelnen Rollen des Romans in einer Art geistigem Casting mit tatsächlich existierenden Menschen zu besetzen. Manche greifen auch auf bekannte Schauspieler zurück. Von Cornelia Funke weiß man, dass sie die Rolle des Mo in ihrer TINTENHERZ-Trilogie im Geiste mit Brendon Fraser besetzt hat, der ihn dann in der Verfilmung auch tatsächlich gespielt hat. Auch bei HARRY POTTER wird behauptet, dass J.K. Rowling nicht wenige der Darsteller, die bei den Verfilmungen zum Einsatz kamen, auch schon bei der »Besetzung« ihres Romans im Kopf hatte. Der Vorteil bei dieser Methode ist, dass die Figuren eine Plastizität gewinnen, die sich aus der Phantasie allein nur schwer simulieren lässt – aber natürlich müssen es keine Schauspieler sein, und es kommt auch nicht auf die Berühmtheit an. Wenn der Postbote etwas von einem König hat, der Automechaniker an einen Troll erinnert oder der schon einmal erwähnte Pizzabäcker gut in eine mittelalterliche Taverne passen würde, dann schickt sie dorthin – und das ist ganz nebenbei bemerkt auch noch eine prima Gelegenheit, um sich hin und wieder einen kleinen Spaß oder eine humorige Revanche zu erlauben. Die Dunkelziffer rücksichtsloser Verkehrsteilnehmer, erbarmungsloser Parkwächter und unfreundlicher Beamten, die ohne ihr Wissen zu Orks oder Gnomen wurden, soll außerordentlich hoch sein.

Denken und Handeln

Auch die abstrakten Eigenschaften von Figuren, seien es nun Helden oder Schurken, teilt man am besten durch Aktion mit. In SPLITTERWELTEN hätte ich lange und ausführlich behaupten können, dass ein Panthermann namens Croy trotz aller Düsternis ein gerechtigkeitsliebender Charakter sei – ich habe es vorgezogen, dies einfach zu zeigen, indem ich ihn für einen Sklaven Partei ergreifen ließ. Und wenn ich schlicht behauptet hätte, dass Gildemeisterin Harona weder Gnade noch Erbarmen kenne, wäre das eine Sache gewesen – sie ohne erkennbare Regung der Verbrennung eines ihrer Gefangenen beiwohnen zu lassen, ist noch viel effektiver.

Indem wir die Figuren handeln lassen, zeigen wir dem Leser, aus welchem Holz sie geschnitzt sind und teilen ihm so indirekt ihre Charaktereigenschaften mit. Wie schon erwähnt, genießen wir im Roman den Vorteil, den Leser auch ins Innere unserer Figuren blicken lassen zu können, wobei sich nach meinen Beobachtungen Bosheit sehr viel interessanter und ausführlicher in langen Gedankengängen darstellen lässt als Rechtschaffenheit – vielleicht ja deshalb, weil wir aufgrund gemeinsamer moralischer Werte ziemlich genau wissen, was richtig ist und was falsch, wohingegen die Gedanken unserer Schurken erst genau erklärt werden müssen. Wie man Gedankengänge für den Leser erfahrbar machen kann, damit befassen wir uns im nächsten Buch, wenn es um die Mitteilsamkeit der Figuren geht und wir uns mit Monologen und Dialogen beschäftigen.

Vergessen wir aber nicht, dass die Eigenschaften einer Figur, die sich in ihrem Handeln und Denken manifestieren, niemals nur eindimensional sein sollten. So wie eine Figur mehrere der archetypischen Eigenschaften auf sich vereinen kann, können natürlich auch ihre Handlungen und Denkweisen sich durchaus zu einem gewissen Grad widersprechen. Damit meine ich nicht, dass sich die zentrale Motivation der Figuren beständig ändern sollte, sondern dass es durchaus Dinge wie Ängste, Zweifel, Zögern etc. geben darf, die den Zielen einer Figur entgegenwirken – das macht unsere Charaktere um vieles interessanter und lebensechter. Eine Heldenfigur, in die sich auch dunkle Züge mischen – ich muss da fast reflexhaft an BATMAN denken – tendiert dazu, interessanter zu sein.

Auch darf ein Held ruhig mit einem Fehler behaftet sein oder eine verwundbare Stelle haben. Was wäre Siegfried ohne das Lindenblatt, das während des Bades im Drachenblut vom Baum fällt und dafür sorgt, dass eine verwundbare Stelle zurückbleibt? Was wäre Superman ohne das Kryptonit, das seine übermenschlichen Kräfte zu brechen vermag? Was Indiana Jones ohne seine Angst vor Schlangen? Was der strahlende Achill ohne seine Ferse, nach der diese Art von Heldenschwäche benannt wurde? Protagonisten, die offenkundige Schwachstellen aufweisen, machen die Geschichte nicht nur spannender, sondern stehen uns auch menschlich näher. Denn dass wir alle mit Fehlern behaftete Wesen sind, wissen wir aus Erfahrung nur zu gut, und es hat etwas Tröstliches, wenn auch die Heroen unserer Bücher nicht ohne Fehl und Tadel sind.

Von den Szenen abgesehen, in denen unsere Helden mit Furcht und Zweifeln kämpfen, werden ihr Handeln und ihre Gedanken aber auf das Erfüllen der Mission hin gerichtet sein. Wenn wir dem Leser Einblick in die Gedankenwelt unserer Figuren geben, dient das meist dazu, Handlungen zu begleiten oder sie vor- oder nachzubereiten, was völlig legitim ist. Aber Vorsicht: Langeweile in Romanen entsteht oft dadurch, dass die Figuren ihre Pläne zunächst in allen Details schmieden und dann noch einmal minutiös deren Ausführung beschrieben wird. Solche Wiederholungen sollte man vermeiden. Im Zweifelsfall würde ich stets dem stärkeren Ausdruck den Vorzug geben und Eigenschaften, wo immer es möglich ist, durch Handlung darstellen.

Auch Sprache ist natürlich eine Form der Handlung, und wir haben die Möglichkeit, die Absichten und den Charakter einer Figur im Wortwechsel mit anderen Figuren zu vermitteln. Dabei geht es nicht nur um das, was jemand sagt, sondern mitunter auch um das, was er oder sie *nicht* sagt; wenn eine Figur einer anderen Figur gegenüber etwas verschweigt, kann das wichtige Rückschlüsse auf ihr Wesen oder auf ihre Absichten zulassen. Auch kommt es darauf an, *wie* jemand etwas sagt – wenn Prisca in SPLITTERWELTEN Kalliope nach langer Trennungszeit mit der Begrüßungsfloskel der Gilde empfängt und sie ganz förmlich fragt, ob die Schwingen des Windes ihr gewogen waren, so ist es ganz offenkundig nicht mehr die Jugendfreundin von einst, die spricht, sondern die eiskalte Inquisitorin.

Zur unterschiedlichen Wirkung von Sprache habe ich ja schon an anderer Stelle einige Dinge gesagt – Sprache charakterisiert natürlich auch ihren Sprecher. Verschiedene Figuren unterschiedlich sprechen zu lassen, kann zur Glaubwürdigkeit beitragen, bisweilen aber auch einfach nur witzig sein. In meinen ORKS-Romanen sprechen die vermeintlich weit über den Dingen stehenden Elfen natürlicherweise anders als die grünhäutigen Helden, die schon mal Wörter wie *umbal* (Idiot) oder *shnorsh* (Sch…) ausstoßen. Und in DIE ZAUBERER befleißigt sich der sich telepathisch verständigende Kobold Ariel eines anderen Tonfalls als der völlig eingeschüchterte Granock, was zu diesem Wortgefecht führt:

> *Granock blieb eine Antwort schuldig – nicht etwa, weil ihm keine Erwiderung eingefallen wäre, sondern weil ihm erst jetzt aufgefallen war, dass die Lippen des Kobolds fest geschlossen blieben, während er sprach, und dass er die Stimme des Knilchs nur in seinem Kopf wahrgenommen hatte.*
>
> *»W-was ist los mit mir?«, fragte er verblüfft und griff sich instinktiv an die Ohren. »Verliere ich jetzt den Verstand?«*

»Kaum«, versetzte der Wicht prompt. »Was man nicht hat, kann man nicht verlieren.«

»Du sprichst mit mir, aber ich höre dich nicht. Das ergibt keinen Sinn …«

»Nein«, gab der Kobold zu. »Es sei denn, man hätte jemals etwas von Gedankenübertragung gehört. Aber das dürfte in deinem Fall ziemlich unwahrscheinlich sein.«

»Gedankenübertragung?« Granock kam sich vor wie ein Idiot. Das kam dabei heraus, wenn man einem Elfen vertraute: Man fand sich splitternackt in einer Kerkerzelle aus Eis wieder und unterhielt sich mit einem Wichtelmännchen, das noch nicht einmal den Mund aufmachen musste, um sich verständlich zu machen …

»Das mit dem Wichtelmännchen habe ich gehört – und ich nehme es persönlich!«

»Du kannst auch meine Gedanken lesen?«

»Unglücklicherweise – ein solches Durcheinander von Gefühlen, Bildern und wirren Ideen habe ich noch selten erlebt. Gut, dass sie dir beibringen werden, wie du das alles für dich behältst.«

»Sie?«, fragte Granock.

»Die Zauberer«, erklärte der Kobold. »Ihretwegen bist du doch hier, oder nicht?«

Granock nickte. Es stimmte, deshalb war er nach Shakara gekommen […] Nach allem, was ihm seit seiner Ankunft widerfahren war, glaubte er allerdings mehr und mehr, dass man ihn nach Strich und Faden verar…

»Ich muss doch sehr bitten!«, fiel ihm der Kobold in seine Gedanken. »Pass auf deine Wortwahl auf! Du bist hier nicht mehr unter Menschen, verstanden?«

Vielleicht täte es uns ja allen ganz gut, so einen Kobold zu haben, der in unseren Gedanken herumkramt und für eine gewisse Hygiene dort sorgt.

Vergangenheit

Was die Vergangenheit unserer Helden betrifft, so ist einmal mehr der Blick auf Joseph Campbell von Nutzen, der im Zuge seiner Forschungen die zentrale Bedeutung des »Jugendexils« für die Mythen dieser Welt entdeckt hat.

Was ist damit gemeint?

Ist euch mal aufgefallen, wie viele Helden – und das nicht nur, aber ganz besonders in der Fantasy – ihre Jugend allein verbringen, als von der Gesellschaft verachtete Außenseiter, in einem gleichsam »exilierten« Zustand, ehe sie ihre wahre Berufung finden? Das Aschenputtel muss bei seiner bösen Stiefmutter und deren missratenen Töchtern leben, ehe es den Prinzen kennenlernen darf, Tom Sawyer fristet bei seiner strengen Tante Polly ein recht glückloses Dasein, ebenso wie die kleine Dorothy, die sich auf ihrer Farm in Kansas ins Wunderland Oz wünscht. Harry Potter muss bei den Dursleys unter der Treppe wohnen, während auf dem fernen Tatooine Luke Skywalker sehnsüchtig dem Untergang der Zwillingssonnen beiwohnt und sich an einen anderen Ort wünscht. Das Beste daran: weder die Brüder Grimm, die den deutschen Märchenschatz gesammelt haben, noch Mark Twain oder L. Frank Baum waren mit den Forschungen Campbells vertraut, die zu ihrer Zeit noch nicht einmal existierten; sie haben sich lediglich von den Motiven leiten lassen, die wir im Sinn von C. G. Jungs »kollektivem Unbewussten« alle in uns tragen und die wir in neuer Variation wieder und wieder erleben wollen.

Auch ich selbst habe das Motiv des Jugendexils schon öfter angewandt, unter ganz verschiedenen Vorzeichen: In DAS BUCH VON ASCALON schlägt sich die Hauptfigur Conn als Dieb in den Straßen von London durch, ehe er – zunächst noch widerwillig – seine »wahre« Berufung als Kreuzfahrer findet. Der Bauer Leffel Gilg lebt in LAND DER MYTHEN am Rand der Gesellschaft, bis man auf den Gedanken verfällt, ihn als das entbehrlichste Mitglied der Dorfgemeinschaft auf die gefahrvolle Reise zum Fürstregenten zu schicken. Und der kleine Mäuserich Marty Flynn aus PIRATTEN! lebt abseits von allem Weltgeschehen auf dem Leuchtturm von Aunty Kabuse, ehe er zum großen Abenteuer aufbricht.

Die dramaturgische Bedeutung des Jugendexils (das sich nicht immer auf die gesamte Jugend des Helden beziehen muss; bisweilen genügt auch eine tief greifende Veränderung, wie z.B. der Umzug an einen anderen Ort wie in TWILIGHT) ist deshalb so grundlegend, weil sie nicht nur die Ausgangsposition der entsprechenden Figur festlegt, sondern auch einen Teil ihrer Motivation. Denn diese »normale« Welt, von der aus der Held zu seinem Abenteuer aufbricht, ist in Schieflage und mit Mängeln behaftet, sei es, dass sie von einer dunklen Macht bedroht wird wie das Auenland in DER HERR DER RINGE oder dass unser Held oder unsere Heldin darin besonderes Unrecht erdulden müssen wie Kieron in den SPLITTERWELTEN. Vielfach ist es so, dass die Hauptfiguren am Ende ihrer Reise im konkreten oder übertragenen Sinn an den Beginn ihres Abenteuers zurückkehren, das sie allerdings in einem durch ihr Zutun veränderten Zustand vorfinden – Campbell nennt das den »mythischen Zirkel«.

Gemeinhin ist die Veränderung natürlich positiver Natur, die Helden sind innerlich gereift und die Bedrohung oftmals besiegt worden. Man kann das Motiv natürlich auch ironisch brechen und durchblicken lassen, dass sich im Grunde doch nicht allzu viel verändert hat – man muss bei solchen Wendungen nur stets bedenken, dass man damit gegen uralte Gepflogenheiten verstößt und den Leser womöglich ein wenig ratlos zurücklässt. In beiden Fällen ist die Vergangenheit unserer Charaktere jedoch von zentraler Bedeutung, denn in ihr wird der Ausgang der Geschichte bereits in den Grundzügen festgelegt.

In engem Zusammenhang mit der Vergangenheit des Helden stehen natürlich die Erfahrungen, die wir ihm angedeihen lassen. Hier gilt die bereits eingangs erwähnte Faustregel, dass die Erlebnisse unserer Figuren ruhig ganz phantastischer Natur sein dürfen; die sich daraus ableitenden *Erfahrungen* jedoch sollten durch und durch erdgebunden sein, denn erst dadurch werden sie für den Leser nachvollziehbar.

Keiner von uns kann behaupten, dass er wüsste, wie es ist, wenn die Eltern von einem bösen Zauberer getötet wurden, als man noch ein Baby war; wenn man von dieser Begegnung ein blitzförmiges Mal auf der Stirn davongetragen hat und irgendwann erfährt, dass man ebenfalls ein Zauberer ist. Dennoch ist es J. K. Rowling gelungen, all dies auf sehr anschauliche Weise zu schildern und so den Schulterschluss zwischen dem Leser und dem fiktiven Helden Harry Potter herbeizuführen. Wie hat sie das gemacht? Ganz einfach, indem sie auf allgemeingültige Erfahrungen ihrer Leser zurückgegriffen hat. Natürlich kann niemand von sich behaupten *genau* wie Harry zu fühlen (nicht einmal Frau Rowling selbst), aber jeder von uns hat schon Trennungsschmerz verarbeiten, Ängste durchleben und sich neuen Herausforderungen stellen müssen – Erfahrungen, die wir mit den Romanhelden teilen.

Der Rückgriff auf menschliche Grunderfahrungen ist in jedem fiktiven Werk wichtig, ganz besonders aber in der Fantasy, da wir so das Phantastische für den Leser erst erfahrbar machen. Wir können eine Horde angreifender Trolle noch so wortreich schildern – erst wenn wir berichten, dass sich unser jugendlicher Held bei ihrem Anblick übergeben muss, folgt uns der Leser auch emotional.

Die Erfahrungen, auf die ein Roman zurückgreift, können mitunter auch so speziell sein, dass Bücher auf ein bestimmtes Geschlecht und/oder Leseralter zugeschnitten sind, man denke nur an TWILIGHT. Die Tochter einer Freundin hat mir erzählt, dass sie die Romane im Alter von fünfzehn Jahren verschlungen hat, jedoch schon zwei Jahre später nichts mehr damit anfangen konnte – das zeigt ganz deutlich, in welchem Maße (und wie überaus gekonnt) Stephenie Meyer ihre Romane auf die Gefühle und Empfindungen heranwachsender Mädchen hin ausgerichtet hat.

Spezialfall Schurken

Was über die Helden und ihre Charakterisierung gesagt wurde, gilt grundsätzlich auch für seine Kontrahenten. Auch Schurken, vom Gegner bis hin zum Feind, gewinnen an Kontur und Schärfe, wenn wir den Leser an ihren Gedanken und Motiven teilhaben lassen und ihn so – wie Hitchcock es ausgedrückt hätte – zum Komplizen, ganz sicher aber zum Mitwisser ihrer dunklen Pläne machen. Die Werkzeuge, die uns dazu zur Verfügung stehen, sind im Prinzip dieselben wie bei positiv besetzten Figuren – auch Schurken lassen sich trefflich über ihr Aussehen, ihre Taten und Denkweise und auch über ihre Vergangenheit charakterisieren.

Gerade die Tat ist das klassische Mittel, um einen Bösewicht einzuführen – so wie viele Krimis mit einem Mord beginnen, kommen auch in der Fantasy oft gleich zu Beginn die Schurken zum Zug, damit der Leser von Beginn an weiß, welcher Art die Bedrohung ist, gegen die der Held später ankämpfen muss: In beiden CONAN DER BARBAR-Streifen, dem Original von 1982 und dem Remake von 2011, werden wir zunächst Zeugen, wie das Dorf des Helden überfallen und die Bewohner massakriert werden; in WILLOW von 1989 lässt die böse Königin Bavmorda in einer biblisch anmutenden Hetzjagd alle neugeborenen Mädchen von ihren Schergen töten; und in STAR WARS lernen wir den Schurken kennen, lange bevor uns der Held der Geschichte begegnet.

Dass das Muster besonders in Filmen so häufige Anwendung findet, liegt daran, dass es auf sehr zeitsparende und zudem spannende Weise sowohl den Schurken als auch den zentralen Konflikt der Handlung vorstellt. Im Roman stehen wir glücklicherweise nicht ganz so unter Zeitdruck, jedoch kann auch hier ein anfänglicher Auftritt der Schurken helfen, um die Stimmung festzulegen und dem Leser einen ersten Ausblick auf die Ereignisse zu geben, die im Lauf des Buchs über ihn hereinbrechen werden. Die Ritualszene am Anfang von DIE ZAUBERER z. B. dient genau diesem Zweck: Einerseits wollte ich die Schurken auftreten lassen, um das Bedrohungsszenario zu schildern; andererseits ging es mir auch darum, dem Leser zu zeigen, dass DIE ZAUBERER, obwohl im selben Universum angesiedelt wie die ORKS-Trilogie, doch einen eher düsteren und ernsthafteren Tonfall anschlägt.

Wie ein Held auch dunkle Züge haben und mit Makeln behaftet sein kann, muss natürlich ein Schurke auch nicht ganz und gar von Bosheit durchdrungen sein – die realistischeren, plastischeren Figuren erreichen wir, wenn wir genauer differenzieren und den Leser auch Anteil an den Motivationen des Feindes haben lassen. Das gilt freilich nicht für alle Facetten der Fantasy in gleichem Maße. Bösewichter, deren Motivationen für den Leser verständlich gemacht oder sogar nachvollziehbar werden, wären in heroischer Fantasy à la CONAN völlig fehl am Platz, während die sinistren, Zauberformeln murmelnden Bösewichter Howard'scher Prägung in einem Roman von George R. R. Martin wie Fremdkörper wirken würden. Was letztlich am besten passt, unterliegt der Entscheidung des Autors. Bedenken sollte man nur, dass Feinden, deren Handlungsweise für den Leser verständlich gemacht wird oder die gar sympathische Züge aufweisen, zwangsläufig eine gewisse Tragik innewohnt, da sie dem Helden ja unterliegen und letztendlich scheitern müssen, wenn das kosmische Gleichgewicht wiederhergestellt werden soll.

Natürlich könnte man die Geschichte auch einmal anders ausgehen und die Widersacher des Helden triumphieren lassen – aber mal abgesehen davon, dass man ein Tabu gebrochen und es einmal »ganz anders« gemacht hätte, wäre nicht viel erreicht. Die Problematik wäre dieselbe, die sich auch bei der Parodie stellt – dass die Ausnahme von der Regel nur aufgrund der Regel möglich ist.

Hauptfiguren vs. Nebenfiguren

Natürlich kann man nicht allen Figuren, die in einem Roman auftauchen, dieselbe Aufmerksamkeit schenken – schon deshalb nicht, weil es zu viel Platz in Anspruch nehmen würde, die Vergangenheit jeder einzelnen Figur aufzurollen, ganz zu schweigen davon, dass das den Leser wohl auch kaum interessieren würde. Die Zeiten, in denen ein Autor (wohlgemerkt in der Unterhaltungsbranche) seinen Haupthandlungsstrang verlassen und sich mal eben für siebzig oder achtzig Seiten einer Nebenhandlung widmen konnte, sind unwiderruflich vorbei. Der heutige Leser verlangt nach einer Geschichte, die zwar durchaus mit komplexen Figurenkonstellationen aufwarten und überraschende Wendungen besitzen kann, im Bezug auf die Hauptcharaktere und ihre Motivationen jedoch jene Zielstrebigkeit aufweist, die man auch aus Filmen kennt: Wenn Indiana Jones in JÄGER DES VERLORENEN SCHATZES nach Nepal fliegt, wenn er seine Jugendliebe Marion Ravenwood aus den Fängen der Nazischergen befreit, wenn er nach Kairo reist und seinen Freund Sallah trifft, wenn er sich in den geheimen Kartenraum schleicht und in der Wüste Ausgrabungen anstrengt, wenn er sich auf eine halsbrecherische Hetzjagd einlässt, sich an das Periskop eines deutschen U-Boots bindet und schließlich sogar in die Uniform des Feindes schlüpft – dann tut er all dies letztlich, um die ihm gestellte Mission zu erfüllen, nämlich die biblische Bundeslade zu finden. Diese Beschränkung auf das Wesentliche ist schon aufgrund der begrenzten Spielzeit, die ein Film nun einmal hat, unbedingt erforderlich – in rund hundertundzwanzig Minuten eine komplette Geschichte zu erzählen, die den Zuschauer in den Bann zieht und ihn auf eine dramatische Reise mitnimmt, ist ohnehin schwer genug. Gäbe es nun auch noch Nebenhandlungen, die man in größerem Umfang berücksichtigen wollte, würde das den Rahmen der zur Verfügung stehenden Erzählzeit sprengen.

So unbefriedigend das aus der Sicht eines Autors sein mag (es ist letztlich auch der Grund dafür, dass wirklich große Stoffe in den letzten Jahren vermehrt nicht für die Leinwand, sondern als Mehrteiler für das Fernsehen adaptiert werden), so sehr hat es die Wahrnehmung der modernen Leserschaft geprägt, und man tut als (Unterhaltungs-)Autor gut daran, diesen Gewohnheiten entgegenzukommen und genau zu überlegen, wie viel Aufmerksamkeit man jeder einzelnen seiner Figuren widmen, wen man zum Charakter ausarbeiten und wen man in seiner archetypischen »Funktionsrolle« belassen möchte.

Den Helden und ihren Widersachern wird notwendigerweise breiter Raum einzuräumen sein, da nur so der zentrale Konflikt der Geschichte hinreichend dargestellt werden kann. Darüber hinaus muss man jedoch sehr genau abwägen, welche Person man dem Leser näherbringen will und welche nicht – bezeichnenderweise spricht man von Neben*figuren* und nicht von Nebencharakteren. Natürlich ist es sowohl für den Autor als auch für den Leser unbefriedigend, Figuren als bloße Funktionsträger aufzubauen – ein, zwei persönliche Eigenschaften kann man ihnen ruhig mit auf den Weg geben, ganz egal, ob sie als Helfer oder als Gegner auftreten. Letztlich kommt es auch sehr auf das (Sub-)Genre an, in dem wir uns bewegen – klassische High Fantasy à la Tolkien, die den Stil der alten Mythen heraufbeschwört, interessiert sich grundsätzlich weniger für das Individuum als für das große Ganze, während sich der Reiz der Romantasy gemeinhin nicht in epischen Schlachten, sondern im Gefühlsleben der Charaktere zeigt.

Man kann Nebenfiguren allerdings auch dazu benutzen, den Leser in die Irre zu führen, indem man zunächst viel Aufmerksamkeit darauf verwendet, sie vorzustellen und dem Leser ans Herz wachsen zu lassen – und sie dann eines plötzlichen Todes sterben lässt. Der Altmeister dieser Technik ist für mich Felix Dahn, der in seinem KAMPF UM ROM gleich reihenweise äußerst plastische Charaktere aufbaut, nur um sie einige hundert Seiten später eines jähen Todes sterben zu lassen – die allgemeine Unsicherheit, die Europa zur Zeit der Völkerwanderung erfasst haben muss, wird dadurch für den Leser greifbar. Und ich muss in diesem Zusammenhang auch einmal mehr an Alfred Hitchcock denken, der ein genialer Filmemacher, vor allem aber ein großartiger Erzähler war und mit den Erwartungen der Zuschauer zu spielen wusste wie kaum ein Zweiter: In PSYCHO baut er zunächst die Figur der von Janet Leigh verkörperten Sekretärin zur Heldin auf – einerseits, indem er die Geschichte zunächst konsequent aus ihrer Sicht erzählt, andererseits, indem er sie von der einzigen (bis dato) bekannten Schauspielerin des Streifens verkörpern lässt. Nach vergleichsweise kurzer Zeit jedoch nimmt er sie mit der wohl berühmtesten Mordszene der Filmgeschichte aus der Handlung – und lässt den Zuschauer damit ebenso entsetzt wie verunsichert zurück.

Man kann die Erwartungshaltung des Zuschauers, was die Verteilung von Haupt- und Nebenrollen im Roman betrifft, also auch dazu benutzen, um ihn in die Irre zu führen und mit unerwarteten Wendungen zu überraschen. Wie jeden dramaturgischen Kniff sollte man allerdings auch diesen spärlich einsetzen, da er sich sonst rasch abnutzt.

Namen – mehr als Schall und Rauch

Zum Abschluss noch einige Anmerkungen zu Eigennamen. Ich weiß nicht, wie es anderen Autoren geht – meiner Erfahrung nach gehört das Finden geeigneter Namen für die Figuren mit zu den schwierigsten Herausforderungen beim Schreiben eines Romans. Der ideale Name ist

a) einprägsam
Obwohl vielen Romanen Verzeichnisse beiliegen, in denen die *Dramatis Personae* verzeichnet sind, sollte der Leser spätestens nach etwa zwanzig Prozent des Romans keine Probleme mehr damit haben, sich die Namen der Figuren zu merken und sie voneinander zu unterscheiden.

b) aussprechbar
Sogar wenn es darum geht, Orks oder andere Schurken zu benennen, sollten Namen verwendet werden, die der Leser auch aussprechen kann. Aneinanderreihungen von Konsonanten à la »Trrtg« oder »Gwwwr« wirken nach meiner Erfahrung nicht exotisch, sondern eher ungewollt komisch und sollten nur benutzt werden, wenn es sich durch die Handlung erklärt.

c) charakteristisch
Der ideale Name charakterisiert die benannte Figur in gewisser Weise. Natürlich ist dieser Eindruck sehr subjektiv, aber bei »Rammar« hatte ich beispielsweise immer das Gefühl, dass etwas Aggressives darin mitschwingt, während sich »Balbok« recht schlicht und fast naiv anhört. Außerdem sollten Namen so gewählt sein, dass sie die Unterscheidung der Charaktere erleichtern.

Ein ungemein talentierter Namensgeber ist fraglos Frank Herbert gewesen, der Autor von DUNE – seine Namen haben nicht nur genau den richtigen Klang, sondern schaffen es, die Figuren auch noch ein Stück weit zu charakterisieren – während in »Paul Atreides« eine gewisse Unschuld mitschwingt, gepaart mit einer guten Portion Edelmut, kann ein »Baron Harkonnen« eigentlich nur ein lupenreiner Schurke sein. Das hängt natürlich auch mit den verwendeten Lauten zusammen – der Reibelaut »r« und stimmlose Verschlusslaute wie »k« und »t«, bevorzugt in der Verbindung mit den dunklen Vokalen O und U, haben immer etwas Düsteres, wohingegen wir stimmhaften Lauten und den hellen Vokalen A, E und I eher lichte Eigenschaften zuschreiben.

Dabei ist es ungemein schwierig, sich Namen einfach auszudenken und Buchstaben aneinanderzureihen – viele Autoren greifen daher auf reale Inspirationsquellen zurück. Tolkien hat sich sowohl bei DER HERR DER RINGE als auch bei DER HOBBIT ausgiebig aus alten Sagen bedient und z. B. einige seiner Zwerge nach der nordischen Mythologie benannt. Bei den Namen meiner Elfen sowohl in der ORKS- als auch in der ZAUBERER-Trilogie habe ich mich von keltischen Namen inspirieren lassen, Bernhard Hennen macht bei seinen ELFEN von altfranzösischen Namen Gebrauch. Woher die Anregungen kommen, ist nicht wichtig – ein japanisches Wörterbuch kann ebenso hilfreich sein wie ein mittelalterliches Namensverzeichnis oder eine Taufnamenauflistung im Internet. Wichtig ist, dass die ausgewählten Namen zu den Figuren passen und sich gut in das Szenario einfügen. Zur inneren Geschlossenheit unserer Welt und damit auch zur Glaubwürdigkeit unserer Figuren trägt bei, wenn ihre Namen einem am Inhalt ausgerichteten System entsprechen, sodass z. B.

Charaktere aus unterschiedlichen Gegenden auch verschieden klingende Namen haben, da sie ja vermutlich auch unterschiedlichen Kulturkreisen entspringen.

Ein wenig Vorsicht ist bei der Verwendung real existierender Namen bzw. Sprachen geboten, da sie beim Leser stets gewisse Assoziationen auslösen werden. Ich will an dieser Stelle nicht einer überzogenen politischen Korrektheit das Wort reden, aber wer seinen Schurken z. B. arabisch klingende Namen gibt, sollte sich darüber klar sein, dass dies bei manchen Lesern Animositäten bewirken wird, die im realen Leben nicht hilfreich sind. Überhaupt bin ich kein Freund von Tabubrüchen – wenn ein Roman nur dadurch zu überzeugen vermag, dass er sprachliche wie inhaltliche Grenzen überschreitet, finde ich das wenig einfallsreich. Ein gesunder Respekt vor anderen Kulturen, Sprachen, Glaubensrichtungen sollte selbstverständlich sein – und das drückt sich u. a. auch in der Namenswahl aus.

Drittes Buch

BEWÄHRUNG

1
Szenen

Die Handlung ist also geplottet. Wir wissen nun, was mit unseren Hauptfiguren geschehen wird und haben diese von einfachen Funktionsträgern zu Charakteren ausgearbeitet; und wir kennen nun auch die Welt, in der ihr großes Abenteuer stattfinden wird. Damit ist der kreativste Teil unserer Arbeit, in dem wir schöpferisch tätig werden und aus dem scheinbaren Nichts heraus etwas entstehen lassen, abgeschlossen – was uns nun bevorsteht, ist das harte, bisweilen schweißtreibende tägliche Brot des Autorendaseins, nämlich das Ausformulieren des nun bestehenden Exposés zu einem Roman. Bei dieser Bewährungsprobe kommt all das auf den Prüfstand, von dem ich eingangs behauptet habe, dass es für einen Autor vonnöten sei: Einfühlungsvermögen, Durchhaltewillen, Sprachgeschick und das Vertrauen in die eigenen Fähigkeiten.

Wo fange ich an?

Man kennt diese Szene aus vielen Filmen, vor allem aus romantischen Komödien, ein Fach, in dem man eine Schwäche für schreibgehemmte Autoren zu haben scheint:

Der Schriftsteller sitzt am Schreibtisch, spannt ein frisches Blatt Papier in seine Schreibmaschine, und es passiert …

… gar nichts.

Der arme Kerl, der meist auch noch ein Trennungstrauma zu verarbeiten hat, kapituliert vor der übermenschlichen Aufgabe, die vor ihm liegt, und da er (noch) vergeblich auf den rettenden Einfall wartet, bleibt das Blatt leer und unbeschrieben oder landet schon nach wenigen Zeilen zerknüllt im Papierkorb.

Kein Wunder.

Zwar möchte ich nicht abstreiten, dass der Blick auf einen zu schreibenden Roman ganz schön einschüchternd sein kann, aber glücklicherweise sind wir nicht ganz so unvorbereitet wie der beschriebene Kollege aus dem Film (in manchen Filmen ist es natürlich auch eine Kolleg*in*). Wir haben unsere Hausaufgaben gemacht und nicht nur eine grobe Landkarte erstellt, die uns ganz ungefähr den Weg weist, sondern ein detailliertes Kapitelexposé, an das wir uns Schritt für Schritt halten können, dazu ein Kompendium an Informationen über unsere Figuren und unsere Welt, auf das wir zu jeder Zeit zurückgreifen können. Wir gehen diese Reise also gut vorbereitet an, und wenn uns der Blick auf das große Ganze im Augenblick noch zu einschüchternd erscheint, dann schauen wir doch einfach auf die Teile: Auf die einzelnen Bücher, in die der Roman womöglich untergliedert ist; auf die Kapitel, in die sich die Bücher unterteilen; und auf die Szenen, in die sich wiederum die Kapitel gliedern – und so arbeiten wir uns voran, Stück für Stück dem Höhepunkt des Romans entgegen.

Natürlich soll die erste Szene des Romans – manchmal wird dieser ja auch noch ein Prolog vorangestellt, der in die Zeit und Atmosphäre des Werkes einführen soll – ein echter Knaller werden. Viele, die sich an einem Roman versuchen, haben daher unglaublich hohe Ansprüche an sich selbst, die sie zumindest am Anfang ihrer Arbeit kaum leisten können, und es kommt nicht selten vor, dass das große Vorhaben, ein Buch zu verfassen, schon auf den ersten Seiten scheitert, weil man von den eigenen Fähigkeiten enttäuscht ist und entmutigt aufgibt.

Wie gesagt, Durchhaltewillen und Selbstvertrauen gehören dazu, aber ihr solltet euch auch nicht unnötig quälen. Auch bei routinierten Autoren dauerte es immer eine Weile, bis sie sich in den Erzählfluss ihres neuen Werkes eingefunden haben. Gerade ich kann davon ein Liedchen singen, weil ich ja nicht nur in der Fantasy, sondern in verschiedenen Genres tätig bin, und wenn man ein Kinderbuch geschrieben hat, braucht man eben ein bisschen Zeit, um sich wieder in die Welt des Erwachsenenromans einzufinden. Das geht am besten im Zuge erzählender Passagen und nicht unbedingt solcher, die dem Roman vorangestellt und besondere Eyecatcher werden sollen. Mein Tipp also: Stellt den Prolog oder vielleicht sogar das ganze erste Kapitel hintenan oder skizziert sie nur mit knappen Sätzen – ihr werdet feststellen, dass es sehr viel einfacher ist, auf dem Erzählfluss zu fahren, wenn man bereits im Boot sitzt und sich von der Strömung tragen lassen kann.

Szenenaufbau

Wenn es nun also darangeht, eine Szene aufzubauen, erinnert euch daran, dass ihr der Regisseur in eurem eigenen Studio seid. Seht euch an, was im Drehbuch – in unserem Fall also im Exposé – steht, überlegt euch, wie ihr das

Beschriebene in Handlung übersetzen wollt und weist dann eure Crew ein: An welchem Schauplatz findet die Szene statt, wie sieht die umgebende Landschaft aus oder eventuelle Bauten? Zu welcher Tageszeit spielt die Szene, welches Licht und welche Atmosphäre sollen herrschen? Ist es warm oder kalt? Was ist zu hören oder ggf. auch zu riechen?

Wenn die Dekoration der Szene steht, kommen die Figuren zum Einsatz: Wer wirkt in dieser Szene mit? Ist er oder sie von Beginn an da oder tritt er/sie erst später auf? Wenn es eine Dialogszene ist: Was kann man tun, um den Wortwechsel durch Aktion zu unterstützen? Wie können die Figuren das Gesagte durch Worte und Gesten unterstreichen oder dem Leser ggf. zu verstehen geben, dass sie dies oder jenes nicht so meinen, wie sie es sagen? Wenn es eine Aktionsszene ist: Wie kann sie so gestaltet werden, dass sie für den Leser möglichst interessant wirkt? Wie kann man die Räumlichkeit einbeziehen?

Spätestens hier stößt der Vergleich zum Film an seine Grenzen, denn was die Komplexität des Schauplatzes betrifft, ist uns das visuelle Medium natürlich weit voraus. Eine wilde Verfolgungsjagd oder ein dramatischer Schwertkampf können im Film auch über längere Strecken hinweg kurzweilig dargestellt werden, wenn z. B. der Schauplatz beständig wechselt – im Roman haben wir es hier schon etwas schwerer. Zwar werden wir uns noch mit der Darstellung von Action befassen, grundsätzlich gilt aber, dass komplexe, sich stetig verändernde Schauplätze und Actionorgien nicht unbedingt zu den Stärken des geschriebenen Wortes zählen.

Szeneneröffnung

Wieder ganz beim Film sind wir hingegen, was die Eröffnung einer Szene betrifft – denn wie ein versierter Kameramann können wir die Brennweite der Aufnahme verändern und eine entsprechende Einstellung wählen. Zum Beispiel können wir den Zoom auf etwas richten, das zunächst noch ganz unscheinbar, ja sogar nebensächlich erscheinen mag, wie ich es an folgender Stelle in DAS BUCH VON ASCALON getan habe:

> *Das Tier schien kein bestimmtes Ziel zu haben.*
>
> *Auf seinen acht Beinen kroch es über den sandigen Boden, wandte sich bald hierhin und bald dorthin auf der Suche nach Beute. Die beiden Scheren waren halb geöffnet, der Giftstachel am Ende des nach vorn gebogenen Schwanzes bereit zum Stich. In seiner Welt mochte es ein erbarmungsloser Jäger sein.*
>
> *Hier war es das Opfer.*
>
> *Eine Stiefelsohle fiel herab und zerquetschte das Tier, bewegte sich so lange hin und her, bis eine zähe Flüssigkeit hervorquoll, die langsam im Sand versickerte.*
>
> *»Skorpione«, knurrte Guillaume de Rein. »Wie ich sie hasse.«*

Oder aber, wir ziehen die Optik auf die dankbar größte Brennweite auf und geben unseren Lesern einen *Establishing Shot*, der ihnen zunächst einen Überblick über das Wo und Wie der kommenden Szene gibt, ehe wir zu unseren Figuren kommen – so geschehen in DIE ZAUBERER:

Es gab Leute, die nannten Andaril eine Burg, was zum Teil richtig war, denn ein zinnenbewehrter Turm bildete den Mittelpunkt der Siedlung, in den bei Gefahr zumindest jene flüchten konnten, die es verstanden hatten, sich beizeiten die Gunst und das Wohlwollen des Fürsten Erwein zu sichern.

Manche nannten Andaril auch eine Stadt, was auf die vielen Hütten und Häuser zurückzuführen war, die sich rings um die Burg erstreckten und zwischen denen sich ein unüberschaubares Gewirr enger und engster Gassen wand. Händler boten dort ihre Waren feil, und wie es hieß, gab es kaum etwas, das es in Andaril nicht zu kaufen gab, von der Liebe einer Hure bis hin zur Klinge eines gedungenen Mörders. Und dann waren da noch jene, die Andaril schlicht als Dreckloch bezeichneten, als stinkenden Haufen Abfall.

Granock gab diesen Leuten durchaus recht …

Natürlich kann der Einstieg in eine Szene auch auf anderen Weg gefunden werden – durch den subjektiven Blickwinkel einer handelnden Figur etwa, oder in der Mitte eines laufenden Gesprächs wie in SPLITTERWELTEN:

»Nun? Hast du es dir überlegt?«

Die Zeit in dem unterirdischen, aus Stein gemauerten Gewölbe, dessen einzige Lichtquelle ein schwelendes Kohlenfeuer war, schien stillzustehen. Die Luft war von bitterem Brandgeruch erfüllt. Von Fäulnis. Und vom sauren, ekelerregenden Gestank nackter Furcht.

Die Augen des Mannes waren geweitet, die bleichen Züge mit den hervorspringenden Wangenknochen hatten einen flehenden Ausdruck angenommen. Sein fleckiges Kerkergewand klebte schweißdurchtränkt an ihm. Die Gelenke seiner Arme und Beine steckten in eisernen Schellen, die mittels zweier Schraubzwingen verschlossen worden waren; dazwischen, auf der hölzernen Folterbank, lag sein zum Zerreißen gespannter Körper.

»I-ich weiß es nicht«, beteuerte er zum ungezählten Mal.

Wenn der Einstieg in eine Szene gut gewählt ist – und man merkt meist ziemlich schnell, ob das der Fall ist oder nicht –, kommt der Rest ganz von allein. Der Einstieg gibt den Tonfall und die Stimmung der Szene vor. Wenn er passt, kann man die Handlung laufen und die »Schauspieler« agieren lassen. Dies sind fraglos die Momente, in denen das Schreiben am meisten Freude bereitet, dann nämlich, wenn die Figuren von selbst zu agieren beginnen und sich innerhalb der Logik ihrer Rollen bewegen. Dann sitzt der Autor als Zuschauer in seinem eigenen Kopfkino und braucht im Grunde nur noch zu beschreiben, was geschieht. Solche Phasen können schon nach wenigen Minuten wieder vorbei sein, sich aber durchaus auch in einen Zustand steigern, der etwas Rauschhaftes hat, weil es nicht ganz einfach ist, sich wieder daraus zu lösen – das ist dann der berühmte Schreibzwang, dem Autoren bisweilen unterliegen, und zwar so lange, bis die Szene, das Kapitel oder (in extremen Fällen) der ganze Roman fertiggestellt ist.

Für das soziale Umfeld des Autors ist das wie erwähnt manchmal nicht ganz einfach, für den Autor selbst jedoch eine ziemlich beglückende Angelegenheit. Stellt euch vor, ihr würdet ein Buch lesen, das sich nur aus euren Lieblingsbüchern zusammensetzt, ein literarisches Best of von allem, was euch je an einem Buch gefallen hat – dann wisst ihr ungefähr, was ich meine. Das Finden des richtigen Einstiegs ist also von erheblicher Bedeutung, nicht nur für den Anfang einer Szene, sondern für ihren ganzen weiteren Verlauf. Deshalb sollte man darauf besonders große Sorgfalt verwenden.

2
Eine Frage der Perspektive

Eine Entscheidung, die oft bereits in der Planungsphase des Romans getroffen wird, spätestens jedoch bei der konkreten Ausarbeitung ansteht, ist die der Perspektive: Aus wessen Sicht sollen die Geschehnisse der Geschichte geschildert werden? Und auf welche Weise soll dies geschehen?

Obwohl die Literaturwissenschaft viel zum Thema Erzähltheorie und -perspektive zu sagen hat, ist das in den 1950er-Jahren von Karl Stanzel entwickelte Modell noch immer gültig und, wie ich finde, auch sehr praxisnah. Stanzel unterscheidet zwischen Person, Modus und Perspektive und definiert damit die unterschiedlichen Möglichkeiten, eine Geschichte zu erzählen. Die für uns relevantesten sind der auktoriale und der personale Erzählstil sowie die Ich-Erzählung, aus denen sich ein vierter, für die Fantasy besonders geeigneter Erzählstil ableiten lässt.

Auktorialer Erzählstil

Der auktoriale, oft auch »allwissend« genannte Erzähler ist der älteste und ursprünglichste, ein Märchenonkel, wie er im Buche steht. Wenn er zum »Es war einmal« anhebt, lässt er keinen Zweifel daran, dass er bereits weiß, wie die Geschichte ausgehen wird, und in dieser Haltung zieht er seine Erzählung bis zum Ende durch.

Es ist die einfachste Form des Erzählens, die schon am Lagerfeuer propagiert wurde, als die Schrift noch nicht einmal erfunden war, und sie hat mit der eigentlichen Intention des Geschichtenerzählens zu tun, nämlich dem Erklären und Verstehen der Welt. Wenn der auktoriale Erzähler spricht, dann spricht aus ihm die Ordnung, die ein gestörtes Gleichgewicht am Ende auf jeden Fall wiederhergestellt wissen will. Mit anderen Worten: er spiegelt die moralischen Werte seiner Zeit wider, nach denen der Held handelt und die der Schurke missachtet. Märchen und Mythen bieten hierfür unzählige Beispiele, und auch in der Literatur war dieser allwissende Standpunkt über Jahrhunderte hinweg verbreitet.

Wenn etwa der Erzähler von Charles Dickens' berühmter Erzählung A CHRISTMAS CAROL von den gruseligen und höchst seltsamen Ereignissen berichtet, die den Geizhals Ebenezer Scrooge zu einem großzügigen und guten Menschen machen, dann tut er das stets aus einer übergeordneten Perspektive heraus, die sich weder am Auftauchen der Geister noch an anderen außergewöhnlichen Begebenheiten stört, sondern sie aus einer gewissen, nicht selten augenzwinkernden Distanz heraus beschreibt. Gerade in der Phantastik hat der allwissende Erzähler daher einen festen Platz, schafft er es doch, dem Leser die ungewöhnlichsten Kreaturen und Schauplätze vor Augen zu führen, ohne auch nur den geringsten Zweifel an ihrer Existenz aufkommen zu lassen.

Dramaturgisch hat es auf den ersten Blick gravierende Nachteile, wenn der Erzähler durchblicken lässt, dass er alles weiß. Geschickt eingesetzt, kann der auktoriale Erzählstil aber auch genutzt werden, um eine düstere Atmosphäre zu erzeugen und die Wucht eines drohenden Schicksals in ihrer ganzen Schwere in die dramaturgische Waagschale zu werfen:

Keiner der Gefährten, die die Festung von Grundal an diesem Morgen verließen, weder Granock noch einer der Zwerge, ahnten, dass schon am Abend desselben Tages nur noch einer von ihnen am Leben sein würde.

Gerade auch im Kinderbuch hat der nicht nur allwissende, sondern dieses Wissen durchaus auch vermittelnde und erklärende Erzähler bis heute seinen festen Platz. Er bietet dem Leser zu jeder Zeit eine sichere Führung, an die er sich halten kann und die ihm den Weg durch die Handlung weist – der erwachsene Leser heutiger Tage hingegen hat andere Ansprüche an den Erzähler.

Personaler Erzählstil

Von einem personalen Erzählstil ist die Rede, wann immer der Erzähler (nicht der Autor) die Perspektive einer der handelnden Figuren einnimmt. Anders als der Ich-Erzähler verschmilzt er jedoch nicht mit ihr, sondern schildert ihr Handeln noch in der Neutralität der dritten Person; wann immer es aber darum geht, Innensichten dieser Figur zu schildern, werden diese wie selbstverständlich in die Handlung einbezogen. Die Figur dient dazu, ihre Handlungsweise und die anderer Figuren zu reflektieren, weshalb sie auch als Reflektorfigur bezeichnet wird. Anders als beim auktorialen Erzählstil weiß der Erzähler nicht alles, sondern nur das, was auch der Reflektorfigur bekannt ist; er kann mit ihr vermuten und Überlegungen anstellen, Gewissheit bekommt auch er jedoch erst in dem Moment, da die Ereignisse eintreffen.

Die moralische Orientierung, die ein auktorialer Erzähler dem Leser bietet, geht beim personalen Erzählstil verloren, was zu Verunsicherung beim Leser führen kann, der stets nach einer Möglichkeit zur Identifikation sucht. Ein wahrer Meister, wenn es darum ging, den Leser auf diese Weise in die Irre zu führen, war Max Frisch: Wer der Hauptfigur in HOMO FABER folgt, findet sich auf der Seite eines der fortschrittsgläubigen, der Technik hörigen Menschen wieder, der an einem simplen Zufall scheitert; wer sich mit der Hauptfigur von DER MENSCH ERSCHEINT IM HOLOZÄN identifiziert, reist mit ihr ans Ende ihres Verstandes.

Dieser desorientierende, den Leser herausfordernde Erzählstil ist noch keine hundert Jahre alt. Vielleicht ist er die Antwort auf eine zunehmend komplexer werdende Zeit mit komplexeren Problemen – ganz sicher aber birgt er unzählige Möglichkeiten, um Handlung aus den Figuren heraus zu entwickeln und voranzutreiben – auch und gerade im Unterhaltungsroman.

Ich-Erzählung

Wenn ein Roman in der ersten Person geschrieben werden soll, so fällt diese Entscheidung meist bereits in einem frühen Planungsstadium, denn es macht dramaturgisch einen großen Unterschied, ob eine Geschichte in der dritten oder in der ersten Person erzählt wird. Bei der Ich-Erzählung verschmilzt der Erzähler mit einer der handelnden Figuren und wird dadurch selbst zu einem Teil der Handlung. Der Ich-Erzähler kann, wie etwa bei Karl Mays Old Shatterhand, gleichzeitig auch der Held der Geschichte sein, aber auch dessen Helfer wie Dr. Watson in Arthur Conan Doyles SHERLOCK HOLMES-Geschichten. In beiden Fällen findet die Reflexion durch den Erzähler nicht nur mehr allein für den Leser statt, sondern kann auch auf die Handlung einwirken.

Trotz der personalisierten Erzählweise, die von eigenen Erlebnissen berichtet, kann die Ich-Erzählung aber auch Merkmale auktorialen Erzählens aufweisen, nämlich z. B. dann, wenn, wie etwa in Umberto Ecos DER NAME DER ROSE, das erzählende Ich sehr viel älter und reifer ist als das handelnde. Wenn der greise Adson von den grausigen Vorgängen in der Benediktinerabtei berichtet, so tut er das mit einiger innerer Distanz zu den Geschehnissen und weiß bereits, welchen Ausgang sie genommen haben, sodass Anspielungen und Verweise ebenso möglich werden wie beim auktorialen Erzähler. Hierin liegt eine große Stärke, gleichzeitig aber auch eine Schwäche der Ich-Erzählung: Der Leser weiß zu jedem Zeitpunkt, dass der erzählende Charakter die Geschichte überleben wird, was sich, zumindest wenn es sich um den Helden selbst handelt, nachteilig auf die Spannung auswirken kann.

In der JERRY COTTON-Serie, die traditionell vom Helden in der Ich-Form erzählt wird – in den 60er-Jahren waren die meisten Leser überzeugt, dass es den »G-man Jerry Cotton« beim New Yorker FBI tatsächlich gibt – habe ich deshalb einmal zu einem Trick gegriffen, um den Leser zu verunsichern: Um den Leser glauben zu machen, Jerry Cotton hätte den Dienst beim FBI quittiert, beließ ich es bei der Ich-Perspektive, doch die erzählende Figur war nicht mehr Jerry selbst, sondern sein Partner Phil Decker, der sich mit dem Satz »Der Leser möge mir verzeihen – aber ich bin nicht Jerry Cotton« zu Wort meldete. Auf diese Weise gelang es, den Leser zu verunsichern und ihn über Jerrys weiteres Schicksal im Unklaren zu lassen – zahlreiche Protestbriefe, die in der Redaktion eingingen, gaben davon beredtes Zeugnis. Man muss jedoch immer beachten, dass man derlei Tricks nicht beliebig oft anwenden kann. Ähnlich wie bei einer Parodie handelt es sich um ein Spiel mit den Regeln, das nur dann funktionieren kann, wenn diese über einen sehr langen Zeitraum hinweg definiert wurden.

Eine besondere Form der Ich-Perspektive ist der innere Monolog, in dem die handelnde Figur zu sich selbst spricht und ihr Handeln und ihre Umgebung reflektiert. Wird dieser im Inneren der jeweiligen Figur ablaufende Monolog nicht mehr ausformuliert, sondern in einem Versuch, tatsächliche gedankliche Assoziationsketten nachzuahmen, nur noch bruchstückhaft wiedergegeben, spricht man vom »Bewusstseinsstrom« oder, wie unsere amerikanischen Freunde sagen, *Stream of Consciousness.*

Perspektive der Fantasy

Die Wurzeln der Fantasy reichen weit in die Vergangenheit – das Genre selbst jedoch ist jung, weshalb es allen genannten Erzählformen offensteht. Meister Tolkien hat sich in DER HERR DER RINGE für einen klassisch auktorialen Erzählstil entschieden, Stephanie Meyer folgt in ihrer TWILIGHT-Saga den Regeln der Ich-Erzählung, wenn sie ihre Heldin Bella aus erster Hand von ihren Nöten und Sehnsüchten berichten lässt.

Der in der modernen Fantasy vorherrschende Erzählstil ist jedoch eine Mischung verschiedener Formen: ein auktorialer Erzähler, der von Kapitel zu Kapitel die Perspektiven verschiedener handelnder Figuren einnimmt, und zwar nicht nur die des Helden, sondern durchaus auch die seines Lehrers, seiner Verbündeten und Gegner – und sogar die seines Feindes. Wenn wir die Position des übergeordneten, allwissenden Erzählers verlassen, um die Ereignisse jeweils aus verschiedenen Blickwinkeln zu betrachten, können wir dies nutzen, um die jeweiligen Figuren ihre jeweiligen Handlungen reflektieren zu lassen – der Held kann auf diese Weise ins Zweifeln geraten, der Schurke uns seine Ziele und Motivation auseinandersetzen, der Lehrer uns dank seiner Erinnerung an frühere Zeiten teilhaben lassen. Selbstreflexion und innere Monologe, wie wir sie sonst nur vom Ich-Erzähler kennen, werden dadurch möglich und können in den Handlungsverlauf integriert werden, ohne dass der Leser dadurch in Verwirrung gerät – wichtig ist, dass es nicht zu viele verschiedene Erzählperspektiven in einem Roman gibt, sodass der Überblick erhalten bleibt; und es sollte klar gekennzeichnet sein, aus wessen Sicht ein Kapitel beschrieben ist. Bisweilen kann es reizvoll sein, dieselben Ereignisse aus zwei verschiedenen Perspektiven – z. B. der des Helden und seines Gegenspielers – zu schildern, um damit einen besonderen dramatischen Effekt zu erzielen. Für gewöhnlich genügt es aber vollauf, den Fortgang der Ereignisse aus jeweils nur einer Sicht zu beschreiben. Auch wenn die Figuren nichts voneinander wissen und der Erzähler zumindest so tut, als wüsste auch er nicht, was zur selben Zeit andernorts geschieht, ist der Leser dennoch in der Lage, die aus verschiedenen Perspektiven geschilderte Handlung wie die Teile eines Puzzles zu einem großen Ganzen zusammenzusetzen.

Dafür, dass es dieses große Ganze gibt, sorgt der auktoriale Erzähler, der zwar im Hintergrund bleibt und eine personale Sicht der Dinge vorgaukelt, jedoch alle Handlungsfäden in der Hand hält und gewissermaßen für die Sinnhaftigkeit der Geschichte bürgt. Tut er das mit Überzeugung, werden die Leser ihm vertrauen und ihm auch in die exotischsten Gefilde folgen. Lässt er hingegen Zweifel aufkommen, z. B. durch innere Widersprüche oder andere Ungereimtheiten, ist die Glaubwürdigkeit der Geschichte insgesamt in Gefahr.

Zum Wesen des phantastischen Erzählers gehört, dass er nicht einmal im Ansatz an der Realität der von ihm geschilderten fiktiven Welt zweifelt, warum auch? Zweifel müsste ja, wenn überhaupt, nur der Autor haben. Selbst die abenteuerlichsten Begebenheiten, die atemberaubendsten Schauplätze und wildesten Kreaturen wird er mit Gelassenheit, ja mit echter Selbstverständlichkeit zur Kenntnis nehmen, schließlich soll er diese phantastische Welt für den Leser ja plausibel und erfahrbar machen, und das kann er nur, wenn er selbst damit vertraut ist. In SPLITTERWELTEN beispielsweise ist die erste Figur, auf die die Leser treffen, die Gildeschwester Glennara, die in diesen neuen, aus Tausenden von Weltensplittern bestehenden Kosmos einführt, der für sie zur selbstverständlichen Lebensrealität gehört.

Anders verhält es sich natürlich, wenn der Erzähler die Perspektive einer Figur annimmt, die genau wie der Leser zum allerersten Mal diese Welt betritt – wie in all jenen Fantasy-Geschichten, in denen die Protagonisten durch ein »magisches Tor« aus ihrer (bzw. unserer) Wirklichkeit in eine Phantasiewelt gelangen. Das Paradebeispiel einer solchen Handlung ist natürlich Lewis Carrolls ALICE IM WUNDERLAND, aber es lassen sich auch unzählige weitere Beispiele finden, von Edgar Rice Burroughs' JOHN

CARTER-Romanen über die OZ-Erzählungen von L. Frank Baum bis hin zu C. S. Lewis' NARNIA-Chroniken und Wolfgang Hohlbeins MÄRCHENMOND. Hier darf auch der auktoriale Erzähler über sprechende Kaninchen, grünhäutige Riesen, herzlose Blechmänner und vieles andere staunen, zusammen mit dem Leser, der ebenfalls zum ersten Mal in jener Wunderwelt weilt und wie die kleine Dorothy zu der Erkenntnis gelangt: »*We're not in Kansas anymore*«.

Oder, wie Balbok es so schön ausdrückte: »Wir sind nicht mehr in der Modermark.«

3
Beschreibungen

Beschreibende Passagen in einem Roman sind heikel. Einerseits wollen und müssen wir dem Leser alle Informationen geben, die er braucht, um eine Szene zu verstehen; wir wollen Atmosphäre aufbauen und Spannung vermitteln, die Illusion einer fiktiven Welt zum Leben erwecken. Andererseits hat (wieder einmal) das mediale Zeitalter dafür gesorgt, dass beim Leser eine gewisse Ungeduld vorherrscht, die den Autor drängt, beizeiten zu Potte zu kommen. Wie lang oder kurz eine Beschreibung zu sein hat, hängt von vielen Faktoren ab: Natürlich von der angepeilten Leserschaft, vom Stil des Romans und seinem Erzählfluss – und natürlich vom Inhalt der Beschreibung. Letztlich kommt es auf das Bauchgefühl des Autors an, wie viel oder wenig Platz er seinen Beschreibungen einräumen will. Grundsätzlich sollte aber gelten, dass eine Beschreibung niemals Selbstzweck sein sollte. Wenn sich beim Leser der Eindruck breitmacht, der Autor wolle sich lediglich mit Orts- und Sachkenntnis brüsten oder sich mit einem Überfluss an Adjektiven ein Denkmal setzen, dann ist das dem Roman nicht zuträglich.

Im Zuge meiner eigenen Arbeit räume ich Beschreibungen gewöhnlich nur so viel Platz ein, wie im Zuge der Handlung nötig ist. Größere beschreibende Passagen liefere ich bei Schauplätzen, von denen ich weiß, dass sie im Lauf der Handlung noch eine größere Rolle spielen werden – ein Kaminzimmer, in dem sich die Protagonisten zu einer kurzen Unterhaltung treffen, in allen Einzelheiten zu beschreiben, ergibt nach meiner Auffassung keinen Sinn. Große und komplexe Schauplätze müssen hierbei keineswegs »auf einen Ruck« beschrieben werden, sondern man kann sie Stück für Stück erforschen, gemeinsam mit den Protagonisten. Die Zauberschule Hogwarts aus HARRY POTTER ist z. B. so ein komplexer Schauplatz, den J. K. Rowling in jedem neuen Roman ein Stückchen weiter erforscht hat – immer wieder gab es neue Kammern, Grüfte und Geheimgänge zu entdecken. Passen wir also auf, dass wir Schauplätze nicht zu früh detailliert beschreiben und uns damit vielleicht Möglichkeiten für weitere Handlungsentwicklungen verbauen – Fantasy-Leser haben wie schon erwähnt ein sehr gutes Gedächtnis, wenn es darum geht, Widersprüche in solchen Passagen aufzudecken.

Grundsätzlich können Beschreibungen, wie oben bei Granocks Kleidung, aus einer Ruheposition heraus gegeben werden oder aus einer Aktion heraus. Auch hier muss letztlich die Szene selbst entscheiden, was zur Anwendung kommt – in einem einführenden Kapitel ist eine ruhige Betrachtung sicher angebrachter als in der Mitte des Romans, kann dort aber durchaus auch als ruhender Pol dienen. Beschreibungen aus der Handlung heraus sind meist lebendiger und kurzweiliger zu lesen. Man kann eine Burg etwa wie folgt beschreiben:

Die Festung Grundal erhob sich auf dem Rücken eines Berges, der nach Osten steil abfiel. Nach Norden und Westen wurde er von einem breiten Flusslauf begrenzt.

Lediglich in südlicher Richtung öffnete sich der Hang zum flachen Land, das jedoch weithin einsehbar war, sodass kein Feind sich unbemerkt nähern konnte. Vier trutzige Türme, die wie Pfeiler in das Plateau eingeschlagen schienen, erhoben sich an den Ecken der Festung, dazwischen erstreckten sich zinnenbewehrte Mauern mit breiten, von Zwergenkriegern besetzten Wehrgängen. Im Inneren der Umgrenzung befanden sich der gedrungene Burgfried sowie die Ställe und Wirtschaftsgebäude, dazu die Unterkünfte des Gesindes und der Soldaten. Reges Treiben herrschte im Innenhof – Mägde waren dabei, Wasser aus dem Brunnen zu schöpfen und es in große Eichenfässer zu füllen, Knechte nahmen Ausbesserungen an Schilden und Rüstzeug vor, und begleitet vom Hammerklang der Schmiede übten Zwergenkämpfer den Umgang mit ihren Waffen.

Die Burg bereitete sich auf einen Angriff vor …

Statt einer solchen statisch wirkenden Beschreibung können wir natürlich auch die Figur, aus deren Perspektive wir das Kapitel schildern, zu einem Rundgang auf der Burg schicken und die Szenerie durch ihre Augen erforschen:

Über eine der steinernen Treppen, die sich um jeden der vier trutzigen Ecktürme schmiegten, erreichte Granock den breiten Wehrgang, von dem aus er sowohl die Burg selbst als auch das Umland überblicken konnte. Es war offensichtlich, warum die Herren von Grundal sich entschieden hatten, ihre Festung auf diesem Bergrücken zu errichten: Gen Osten fiel er steil ab, nach Norden und Westen wurde er von einem breiten Flusslauf begrenzt. Lediglich nach Süden öffnete er sich zum flachen Land, das jedoch weithin einsehbar war, sodass kein Feind sich ungesehen nähern konnte.

Von den Blicken der Zwergenkrieger begleitet, die auf dem Wehrgang Wache hielten, brach Granock zu einem Rundgang auf, um sich ein Bild von der Lage zu machen. Rings um den gedrungenen Burgfried der Festung drängten sich die Stallungen und Wirtschaftsgebäude, zwischen denen rege Betriebsamkeit herrschte; Mägde waren dabei, Wasser aus dem Brunnen zu schöpfen und es in große Eichenfässer zu füllen, während die Knechte Ausbesserungen an Rüstzeug und Waffen vornahmen. Bitterer Brandgeruch stieg in Granocks Nase, der von der Schmiede aufstieg, begleitet von hellem Hammerschlag, und als der Zauberer den zweiten Eckturm passierte, fiel sein Blick auf eine Gruppe von Zwergen, die mit ihren Waffen den Kampf Mann zu Mann übten. Und obwohl niemand ein Wort darüber verloren hatte, wurde Granock in diesem Moment klar, dass sich die Burg auf einen Angriff vorbereitete …

Die subjektive Schilderung der Szenerie bietet die Möglichkeit, Meinungen und Vermutungen der betreffenden Figur einzubringen und die Beschreibung in eine kleine Dramaturgie einzubetten, die sich möglicherweise interessanter und spannender liest als eine bloße Schilderung. Auch hier sollten wir wieder an die Leserschaft denken, deren Rezeptionsgewohnheiten von »bewegten« Bildern geprägt sind – letztlich kommt es jedoch wie gesagt immer auf die Szene selbst an; Stil, Inhalt und Erzähltempo bestimmen, welches Mittel zum Einsatz kommt.

Mit der Beschreibung handelnder Personen kann man ganz ähnlich verfahren – auch hier ist es vielfach interessanter, neu auftretende Figuren durch die Augen der Hauptcharaktere schildern zu lassen, da wir auf diese Weise nicht nur etwas über die neu hinzukommende Figur, sondern auch über unseren Helden oder Schurken erfahren. Wie etwa in der Szene aus DIE ZAUBERER, in der Granock zum ersten Mal Aldur begegnet:

> *Er wollte gerade etwas sagen, als sich ein anderer Elf zu ihm und Alannah gesellte. Seinem Äußeren nach war er in Alannahs Alter. Seine Gestalt war hager, langes blondes Haar wallte offen über seine Schultern. Bekleidet war auch er mit einer weißen Tunika und mit einem ebenso weißen Umhang, aber anders als Alannah blickte er streng, geradezu grimmig drein. Er sagte etwas auf Elfisch, worauf sich ein kurzer Wortwechsel zwischen ihm und Alannah entspann, bis sie entschieden den Kopf schüttelte.*

In Granocks Sicht auf Aldur ist bereits die spätere Gegnerschaft der beiden angedeutet – natürlich hätte man auch noch einen Schritt weitergehen und Granock ehrliche Antipathie empfinden lassen können, aber das hätte dann doch zu viel verraten. Die Schilderung von Situationen über handelnde Figuren gibt uns aber nicht nur die Möglichkeit, dem Leser Einblicke in deren Innenleben zu gewähren, sondern auch, eine Beschreibung – nämlich die des seelischen Zustands des Protagonisten – wiederum mit Aktion zu verknüpfen.

In der folgenden Szene aus DIE ZAUBERER, in der Granock erstmals dem weisen Farawyn begegnet, der ihm anbietet, ihn mit nach Shakara zu nehmen und in die Geheimnisse der Zauberkunst einzuführen, ist der Leser ganz auf der Seite Granocks und erfährt, was in ihm vorgeht:

> *»Komm mit mir, und ich verspreche dir, dass du Gelegenheit erhalten wirst, es herauszufinden«, antwortete der Zauberer auf Granocks Frage und hielt ihm die schlanke weiße Hand hin. »So pflegt ihr Menschen doch ein Abkommen zu besiegeln, oder?«, fragte er, als er die Verwirrung im Gesicht des jungen Diebs erkannte.*
>
> *Granock nickte, aber trotz der Verfolger, die sich geräuschvoll näherten, zögerte er.*
>
> *Was sollte er tun? Er hatte nun wirklich nichts für Elfen übrig. Ihre überhebliche Art gefiel ihm nicht, und wenn er ehrlich war, flößten sie ihm auch ein wenig Furcht ein. Dieser Farawyn machte da keine Ausnahme. Andererseits hatte er wohl keine Wahl, wenn er nicht in wenigen Augenblicken in Ketten gelegt und abgeführt werden wollte.*
>
> *»Also schön«, knurrte er und ergriff die Hand des Zauberers.*
>
> *»Eine gute Entscheidung«, lobte Farawyn, während er ihn bereits mitzog, die Gasse hinab und in den Schutz der Dunkelheit. »Ich werde dir eine Welt zeigen, die größer ist als alles, was du dir vorzustellen vermagst …«*

4

Pimp your novel!

Wer erinnert sich nicht: Im Deutschunterricht wurden wir seinerzeit gerne mit der Aufgabe betraut, einen Text auf seine stilistischen Mittel hin abzuklopfen und dann nach so erstaunlichen Dinge wie Pleonasmen oder Oxymorons zu suchen, die sich eher nach astronomischen Phänomenen anhören als nach sprachlichen. So nervtötend es jedoch gewesen sein mag, diese aus bestehenden Texten herauszusuchen, so reizvoll – und auch notwendig – kann es sein, sie in eigene Texte einzubauen. Nachfolgend eine Auflistung einiger Tricks, um einen Text ein wenig zu würzen. Die Reihenfolge ist alphabetisch und spiegelt keine persönliche Vorliebe wieder:

Alliteration

Nur bedingt geeignet und eigentlich nur dann, wenn es humorvoll werden soll – Stabreime wie *der große, grüne, gemeine Gnom* oder *der zaudernde zitternde Zwerg* können passend sein, aber auch aufgebaute Dramatik wie eine Seifenblase platzen lassen.

Brachylogie

Kaum bekannt, aber gerne verwendet. Die Brachylogie lässt Wörter oder ganze Satzteile schlicht unter den Tisch fallen, der eigentliche Sinn kann nur aus dem Zusammenhang erschlossen werden. Sehr geeignet, wenn es darum geht, Innensichten des Helden zu schildern, durchaus auch im Sinn eines Bewusstseinsstromes: *Granock schüttelte den Kopf. Er und nach Shakara? Ein Zauberer werden? Zusammen mit Elfen? Niemals …*

Die Auslassung bewirkt eine Art Code, den nur jene zu verstehen scheinen, die in das Gefühlsleben des Helden eingeweiht sind. Die Folge ist ein hoher Identifikationsgrad des Lesers mit der Romanfigur.

Hyperbel

Die gezielte Übertreibung, um Begriffe und Eigenschaften zu betonen, ist das bevorzugte Stilmittel der Fantasy, gerade dann, wenn wir uns im sprachlich überhöhten Raum der High Fantasy bewegen. Höhlen sind dort gerne *dunkler als jede Nacht*, die Krieger feindlicher Heerscharen *zahlreich wie die Sterne am Himmel* und Sonnenuntergänge gleichen einem *Meer von Blut*. Schwülstig? Vielleicht, aber auch sehr archaisch und kraftvoll. Vor allem dann, wenn man ein wenig abseits der ausgetretenen Sprachpfade wandelt.

Ironie

Das Gegenteil von dem zu sagen, was man eigentlich meint, kann ein wirksames Stilmittel sein – allerdings ist es auch eines, durch das der Erzähler oder Sprecher indirekt seine Meinung kundtut. Sehr geeignet also in direkter Rede, bei inneren Monologen oder der Beschreibung von Gedankengängen.

Bei Büchern für ein junges Publikum sollte man beachten, dass Kinder oftmals Probleme haben, Ironie zu verstehen – hier kommt es auf das Setzen sog. »Ironiesignale« an, z. B. »*Das war ja wirklich sehr mutig von dir*«, *rief Marty Flynn augenzwinkernd.*

Konjunktiv Imperfekt

Oft als sprachliches Mittel des Groschenhefts gescholten, kann der Konjunktiv Imperfekt verwendet werden, um mögliche zukünftige Handlungen auszudrücken – eigentlich ein Widerspruch, tatsächlich aber so eingebürgert, dass sich nur noch selbst ernannte Sprachschützer darüber aufregen: *Granock dachte daran, wie es sein würde, nach Andaril zurückzukehren. Würden die Menschen dort sich noch an ihn erinnern?*

Metapher

Bildhafte Vergleiche sind immer gut, gerade, wenn wir uns in phantastischen Welten bewegen, deren Kreaturen, Landschaften und Gebäude wir dem Leser möglichst bildlich vor Augen führen wollen. Vorsicht: Auch wenn wir den modernen Leser erreichen wollen, sollten unsere Vergleiche zum Zeitkolorit des Romans passen! Ein Drache kann also sehr wohl die Größe eines Heuwagens haben, aber nicht unbedingt die eines Lastwagens. Und ein Gnom, der barfuß unterwegs ist, kann auch schlecht auf dem Absatz kehrtmachen.

Neologismus

Wortneuschöpfungen sind immer gut, gerade dann, wenn wir den Leser in eine andere Welt entführen wollen. Da die Verhältnisse dort anders sind, ist es nur logisch anzunehmen, dass es dort auch andere Begrifflichkeiten gibt, die jedoch durchaus von in unserer Realität existierenden Wörtern abgeleitet sein können. Der Vorteil gegenüber einer Bezeichnung aus einer fiktiven Sprache liegt darin, dass der Leser Neologismen in der Regel sofort versteht – z.B. die *Inquisitorin* Harona in den SPLITTERWELTEN oder der Begriff der *Dunkelzeit* in den SARAH KINCAID-Romanen. Hier kann man als (Fantasy-)Autor eigentlich gar nicht kreativ genug sein.

Neologismen sind, ähnlich wie das nachfolgende Oxymoron, auch gut für die Bildung von Buchtiteln oder Kapitelüberschriften geeignet, z.B. *Hassmond*, *Bluternte* oder *Magierlicht*. Bisweilen sind solche Titel allerdings bei Vertrieb und Handel nicht sehr populär, weil man fürchtet, dass sie vom potenziellen Käufer miss- oder gar nicht verstanden werden könnten. So lautete der ursprüngliche Titel von LAND DER MYTHEN II eigentlich SYLFENFEUER, wurde dann aber in DIE FLAMME DER SYLFEN umbenannt.

Oxymoron

Es hört sich fast selbst wie der Titel eines Fantasy-Romans an – tatsächlich ist dieses stilistische Mittel, das Begriffe von gegensätzlicher Bedeutung kombiniert, gut dazu geeignet, um besonders starke Titel oder auch Bezeichnungen zu stricken: *Heldentod*, *Eisfeuer*, *Dämmerung der Nacht* oder auch *Der Ork und die Rose* (warum gibt es diesen Roman noch nicht???)

Eng verwandt mit dem Oxymoron und gelegentlich auch nicht davon zu unterscheiden ist das Paradoxon – hier widersprechen sich die Begriffe nicht nur, sondern schließen sich gegenseitig aus: *Tagnacht*, *lebender Toter* etc.

Pleonasmus

Den berühmten »weißen Schimmel« gibt es natürlich auch in der Fantasy, wo man ihn auch den »grünen Oger« nennen könnte: Substantive, die bereits eine Eigenschaft enthalten, werden z.B. durch Beigabe eines Adjektivs nochmals erläutert. Diese eigentlich überflüssige Doppelung soll der Verstärkung dienen, was sie für uns natürlich zum probaten Werkzeug macht. Wenn Ruinen *schwarz verkohlt* sind, Krieger in *rotem Blut* erschlagen liegen oder *himmelhohe Türme* über einer Festung aufragen, dann mag das gelegentlich ein bisschen schwülstig klingen, sorgt aber dafür, dass im Kopf das Lesers fast reflexhaft Bilder entstehen – und so soll es sein.

Präsens

Bei Actionszenen und anderen unmittelbaren Handlungen kann es bisweilen dienlich sein, vom allgemein üblichen Imperfekt ins Präsens zu wechseln: *Granock fuhr herum und gewahrte die Kreatur … Mit einem weiten Satz springt sie ihn an und reißt ihn zu Boden. Der Zauberer geht nieder, der flasfyn entringt sich seiner Hand. Mit aufgerissenen Augen starrt er dem Monstrum entgegen, den messerscharfen Krallen, die nach ihm greifen …*

Ich gebe aber zu bedenken, dass der Tempuswechsel selbst den Leser für einen (wenn auch nur kurzen) Moment aus dem Lesefluss reißt und damit vorübergehend die Illusion beschädigt. Also bitte nur wohldosiert anwenden!

5

Er sagt, sie sagt

Von Dialogen war ja bereits wiederholt die Rede. Nicht nur, dass sie der Informationsvermittlung dienen und die Handlung vorantreiben, sie tragen auch dazu bei, einen Roman zu einem lebendigen Leseerlebnis zu machen, das die multimediale Konkurrenz nicht zu scheuen braucht.

Persönlich bin ich ein großer Fan von Dialogen; ich halte nichts von erzwungenem Gequassel, das zu offensichtlich nur dazu dient, dem Leser bestimmte Infos zu stecken – aber wann immer es möglich ist und sich aus der Handlung ergibt, versuche ich, »schweigsame« Sachverhalte wie Innensichten der handelnden Figuren sowie ihre Ängste und Befürchtungen in Dialoge zu packen. Ein Dialog hat gegenüber einem (inneren) Monolog stets den Vorteil, dass er dem Austausch von Gedanken dient; man kann dem Leser nicht nur Informationen über eine, sondern gleich über mehrere Figuren geben, und das alles in einer Form, die für ihn kurzweilig nachzuvollziehen ist – vom tiefschürfenden Gespräch zwischen einem Lehrer und seinem Schüler über eine Neckerei unter Freunden bis hin zur wortgewaltigen Abrechnung mit dem Feind.

Dass Sprache hierbei eine wichtige Rolle spielt, wurde schon erwähnt – die Möglichkeit, eine Figur über ihre

Sprache zu charakterisieren, sollte nie aus den Augen verloren werden. Und achtet bei Dialogen darauf, dass sie abwechslungsreich gestaltet sind – infolge sprachlich schwachbrüstiger Übersetzungen wurde das eintönige »*he said/she said*«, an dem sich *Native Speakers* des Englischen nicht zu stören scheinen, häufig einfach als »sagte er/sagte sie« ins Deutsche übertragen, was sich inzwischen schon beinahe eingebürgert hat. Der Vollständigkeit halber sei jedoch verdeutlicht: Das Deutsche kennt eine Vielzahl von Verben auf dem Bedeutungsfeld »sagen«, die sogar noch etwas über die Intention oder Haltung des Sprechers ausdrücken – schließlich ist es ein Unterschied, ob jemand flüstert, haucht oder wispert oder ob er lauthals brüllt, schnauzt oder keift.

Bei Wortwechseln, vor allem zwischen zwei Protagonisten, gibt es auch die Möglichkeit, die erklärenden Vokabeln wegzulassen, um das Tempo eines Dialogs zu erhöhen. Folgende Unterhaltung zwischen Balbok und Rammar aus DIE RÜCKKEHR DER ORKS hätte zum Beispiel so lauten können:

»Rammar?«, stieß Balbok im Laufen hervor.

»Ja?«, fragte Balbok zurück

»Ich muss dir was sagen«, erwiderte der dürre Ork.

»Dummkopf«, keuchte der dicke, »jetzt ist keine Zeit für Gefühlsduselei. Aber wenn du es unbedingt wissen willst – ich bin auch froh, dich zum Bruder gehabt zu haben.«

»Das meine ich nicht.« Balbok schüttelte den Kopf.

»Nein?«, fragte Rammar.

»Nein«, entgegnete Balbok. »Mir ist nur grade eingefallen, dass wir unseren Auftrag nicht erfüllt haben. Wir wissen nicht, wie viele Gnome es sind.«

»Glaubst du denn, das spielt jetzt noch eine Rolle?«, zweifelte Rammar.

»Zuletzt habe ich 87 gezählt«, überlegte Balbok. »Die vier, die wir erschlagen haben, brauche ich nicht mitzuzählen, abzüglich derer, die von Pfeilen getroffen wurden, das macht …«

»Balbok?«, fragte Rammar.

»Ja, Rammar?«, gab Balbok zurück.

»Tu mir einen Gefallen«, stieß sein Bruder zwischen keuchenden Atemzügen hervor. »Halt verdammt noch mal die Klappe, verstanden?«

»Ja, Rammar«, bestätigte Balbok. »Aber die Anzahl der Gnome …«

»Noch ein Wort über Zahlen, und ich werde dich erschlagen!«, rief Rammar aus. »Elender Dummkopf, das alles ist nur deine Schuld!«

Das klingt schwerfällig und nach einer Menge Ballast, zumal sich die beiden Orks in dieser Szene auf der Flucht vor einer wilden Gnomenhorde befinden und dabei ganz sicher keinen Ballast brauchen können. Hier also die Version aus dem fertigen Roman, die mit viel weniger Verben auskommt:

»Rammar?«, stieß Balbok im Laufen hervor.

»Ja?«

»Ich muss dir was sagen.«

»Dummkopf«, keuchte der andere, »jetzt ist keine Zeit für Gefühlsduselei. Aber wenn du es unbedingt wissen willst – ich bin auch froh, dich zum Bruder gehabt zu haben.«

»Das meine ich nicht.«

»Nein?«

»Nein. Mir ist nur grade eingefallen, dass wir unseren Auftrag nicht erfüllt haben. Wir wissen nicht, wie viele Gnome es sind.«

»Glaubst du denn, das spielt jetzt noch eine Rolle?«

»Zuletzt habe ich 87 gezählt. Die vier, die wir erschlagen haben brauche ich nicht mitzuzählen, abzüglich derer, die von Pfeilen getroffen wurden, das macht …«

»Balbok?«

»Ja, Rammar?«

»Tu mir einen Gefallen«, stieß sein Bruder zwischen keuchenden Atemzügen hervor. »Halt verdammt noch mal die Klappe, verstanden?«

»Ja, Rammar. Aber die Anzahl der Gnome …«

»Noch ein Wort über Zahlen, und ich werde dich erschlagen. Elender Dummkopf, das alles ist nur deine Schuld!«

Solcherart verkürzte Dialoge wirken nicht nur sehr viel echter und unmittelbarer, sondern nähern sich in ihrer Erzählweise auch den visuellen Medien an – was es dem Leser wiederum erleichtert, unseren Film in seinem »Kopfkino« zu sehen.

6

Action!

Ein Fantasy-Abenteuer, in dem es nicht mal ordentlich kracht, ist nach meiner Definition keines – handlungsbetonte Passagen gehören für mich unabdingbar zum Leseerlebnis und sind auch ein Stück weit zu meinem Markenzeichen geworden. Dabei lautet für mich die oberste Regel, dass jede Aktion, die man beschreibt, folgerichtig sein und zumindest im Kern für den Leser nachvollziehbar bleiben muss. Hätte Ian Fleming in seinen Büchern schon all die Dinge beschrieben, die später einen guten Teil der JAMES BOND-Kinoserie ausmachen sollten, wäre sein 007 wohl kaum zu einer erfolgreichen Romanfigur geworden. Es ist eine Sache, im Film zu zeigen, wie ein Auto im Handumdrehen zu einem Propellerflugzeug ummontiert wird oder wie ein Sportwagen, der ins Meer gestürzt ist, sich kurzerhand in ein Unterseeboot verwandelt – so etwas zu *schreiben*, ist nochmal was ganz anderes.

Nicht, dass wir in der Fantasy häufig in die Verlegenheit kommen würden, von fliegenden Autos zu berichten (obwohl auch das hin und wieder vorkommt, siehe HARRY POTTER), jedoch stehen wir ja häufig vor der Herausforderung, Dinge zu beschreiben, die es in der Realität nicht gibt. Die simple Physik sollten wir dabei nicht unbedingt außer Kraft setzen, es sei denn natürlich, es wäre Teil unserer Welt und wir hätten es ausführlich erklärt. Ansonsten gilt, dass gewisse Gesetzmäßigkeiten wie die Abfolge von Aktion und Reaktion auch in unserem Fantasy-Kosmos erhalten bleiben sollten – einmal mehr geht es hier darum, dem Leser den Zugang zu unserer Welt zu erleichtern und ihm etwas zu geben, woran er sich halten kann. Actionszenen, auch Kampfszenen, werden also am besten dem chronologischen, folgerichtigen Ablauf nach beschrieben. Ob das nun sehr detailliert erfolgt und jeder einzelne Schwertstreich kommentiert wird, oder ob man eher das wogende Hin und Her des Kampfes beschreibt, ist dabei jedem Autor überlassen; der grundlegende Verlauf muss jedoch stimmen, weshalb es Sinn ergibt, eine ungefähre Choreografie festzulegen, nach der z. B. der Kampf verlaufen soll. Wichtig ist dabei auch, auf die Perspektive zu achten – auch wenn wir als allwissender Erzähler agieren, haben wir stets die Möglichkeit, in die personale Perspektive eines der Charaktere einzutauchen, was die Schilderung beispielsweise eines Kampfes sehr viel näher und unmittelbarer werden lässt, und dadurch auch spannender. Von entscheidender Bedeutung dafür, dass in einem Roman dargestellte Action nicht zur bloßen Beschreibung äußerlicher Abläufe verkommt, ist auch immer wieder der Blick nach innen: Was fühlt der Held, während er mit dem Gegner die Klinge kreuzt? Empfindet er Furcht? Wut? Hass? Vergesst nie, dass das unmittelbare Schildern von Gemütszuständen die große Stärke des Buches ist. Die Leser erwarten Action, aber sie wollen auch, dass diese mit dramatischer Substanz untermauert ist – drei Zauberer, die gegeneinander zum Duell auf Leben und Tod antreten und dabei die Elemente Feuer und Eis sowie die Zeit als Waffen gebrauchen, wären in einem Film sicher spektakulär anzusehen – im Roman wird der Konflikt erst dadurch wirklich interessant, dass man weiß, dass die drei Zauberer einst Freunde gewesen sind und durch eine Folge tragischer Ereignisse zu erbitterten Feinden wurden. Action, so spektakulär sie für sich genommen auch sein mag, wirkt im Roman umso überzeugender, wenn die äußerliche Handlung von innerer Spannung widergespiegelt wird.

Um Aktion lebendig zu beschreiben, gibt es grundsätzlich zwei Möglichkeiten, die ich kurz vorstellen möchte.

Möglichkeit a: Persönliche Perspektive

Die persönliche Perspektive, bei der der Erzähler einmal mehr die Sichtweise einer handelnden Figur annimmt, ist gut geeignet, das Geschehen auf eine sehr unmittelbare, je nach Intensität der Beschreibung fast dokumentarische Weise zu schildern. Das Beispiel, das ich gewählt habe, stammt aus DAS BUCH VON ASCALON: Als es in Kleinasien zur ersten großen Auseinandersetzung zwischen den eingefallenen Kreuzfahrern und den Seldschuken kommt, hielt ich es für passend, diese aus der Sicht des jungen Helden Conn zu schildern und somit ein neues, anderes Bild der historischen Schlacht von Dorylaeum zu liefern:

> *Ihr markerschütterndes Gebrüll eilte den Franken voraus. Eine Abteilung türkischer Reiter, die den östlichen Höhenzug herabkam und sich in das Kampfgeschehen hatte stürzen wollen, änderte die Richtung ihres Angriffs und sprengte Conn und seinen Kameraden entgegen – und wenige Herzschläge später prallten die feindlichen Kämpfer aufeinander.*

Es war, als hätte ein Blitz eingeschlagen.

Mit urtümlicher Gewalt begegneten sich die Klingen, wurden Kettenhemden durchbohrt und Knochen gespalten. Das Geklirr der Waffen, das Lärmen der Kriegstrommeln, das Gebrüll der Kämpfenden und die gellenden Schreie derjenigen, die verwundet niedergingen, ließen die Luft erzittern, die erfüllt war von Staub und vom ekelerregenden Gestank von Blut.

Conn stand unbewegt, wie erstarrt inmitten der nachdrängenden Massen, den Speer noch immer umklammernd. Einen flüchtigen Augenblick lang hatte er den Eindruck, nicht wirklich hier zu sein, an diesem Ort des Grauens, dann packte ihn jemand an der Schulter und riss ihn mit. Conn stolperte und wankte dem Feind entgegen, der ihm schon im nächsten Moment gegenüberstand …

Die unmittelbare Schilderung gibt dem Leser das Gefühl, hautnah am Geschehen teilzunehmen. Subjektive Eindrücke überwiegen, die Ereignisse werden gedeutet und kommentiert, was es dem Leser leicht macht, mit der Hauptfigur zu fiebern. Die Methode hat allerdings den Nachteil, dass ihr aus ihrer gewollt subjektiven Perspektive das große Schlachtgeschehen verborgen bleibt, weil es aus der Sicht des einfachen Soldaten schlicht nicht erkennbar ist. Der Ablauf der Schlacht kann, so er wichtig für die Handlung ist, entweder in einem späteren Kapitel nachgereicht werden, wenn sich etwa die Feldherren zur Beratung treffen; oder er kann sich auch, was viel eleganter ist, im Kampf des Protagonisten spiegeln, der im Kleinen erlebt, was im großen Ganzen stattfindet.

Möglichkeit b: Außenperspektive

Wer keinen Wert auf eine Deutung der Ereignisse und einen emotionalen Bezug des Lesers zum Geschehen legt, sondern nur die Fakten liefern will, kann natürlich auch die bloße Außenperspektive schildern und wie einst David Lean in LAWRENCE VON ARABIEN die Massen dirigieren. Solche Beschreibungen sind nicht von so unmittelbarer Wirkung wie subjektiv geschildertes Schlachtgeschehen, verfügen dafür aber über eine ungeheure epische Wucht. Man denke nur an die Passagen aus DIE RÜCKKEHR DES KÖNIGS, in denen Tolkien den Aufmarsch von Saurons Heer vor Minas Tirith beschreibt – mehr Atmosphäre geht nicht.

Auf der Suche nach einem weiteren Beispiel bin ich auf diese Stelle aus DIE ZAUBERER – DIE ERSTE SCHLACHT gestoßen:

> *In Ermangelung einer organisierten Schlachtordnung drängten sich die Unholde dicht aneinander, getrieben von der Gier nach Blut und Beute. Die Speere, die die heranjagenden Reiter schleuderten, fanden ohne Ausnahme ihr Ziel und kosteten die Orks die ersten Todesopfer. Dann trafen Reiter und Unholde aufeinander, und Elfenklinge und saparak kreuzten sich.*
>
> *Der Lärm war unbeschreiblich, nicht nur das Geklirr der Waffen, die Funken schlagend aufeinandertrafen, sondern auch das Gebrüll der Orks, die allesamt in blutrünstige Raserei verfallen waren. Mit der Wucht ihres Angriffs trieben die Elfen einen Keil in sie hinein. Die einen Unholde wurde von Schwerthieben gefällt, andere kurzerhand niedergeritten – und im*

nächsten Moment fanden sich die Elfenkrieger inmitten eines blutigen Gemetzels, das in den Reihen der Orks entbrannte – und der König selbst war im Zentrum des Kampfes.

Das Geschehen wird weitgehend neutral geschildert, gewissermaßen vom Feldherrenhügel aus – die Wirkung entsteht hier gerade dadurch, dass der Erzähler eben keine Partei ergreift, sondern das blutige Geschehen neutral beschreibt. Natürlich gibt es auch die Möglichkeit, eine solche »übergeordnete« Schlachtbeschreibung mit persönlichen Eindrücken der Figuren zu verbinden – zum Beispiel, indem man auf einen uralten Theatertrick zurückgreift, der immer dann zum Einsatz kam, wenn man Geschehen auf der Bühne nicht zeigen konnte oder wollte: die Mauerschau. Während wir also einen oder zwei Protagonisten von einem hohen Aussichtspunkt auf das Schlachtgeschehen blicken lassen, können wir nicht nur die Schlacht selbst beschreiben, sondern auch, was ihr Hergang bei den Beobachtern bewirkt, und so einen emotionalen Bezug herstellen, wie in dieser Szene aus LAND DER MYTHEN, in der Galfyn, der Anführer des Waldvolks, von einem hohen Baum aus auf das herannahende feindliche Heer blickt:

Iónador unterdessen schien siegesgewiss. Schon kam die zweite Welle des Angriffs heran: Tausende von Fußkämpfern marschierten in breiter Front über den Fluss, folgten der Reiterei, die eine Schneise durch den Schnee gebahnt hatte. Der Klang der Trommeln war furchterregend, ebenso das Schmettern der Fanfaren, dem die Kriegshörner der Waldkämpfer kaum etwas entgegenzusetzen hatten. In rechteckigen Formationen rückte der Feind vor, Schulter an Schulter und mit eiserner Disziplin. Die Waffen der Iónadorer glänzten im blassen Tageslicht, und ihre großen Schilde sorgten dafür, dass der Pfeilbeschuss kaum Wirkung zeigte.

Galfyn biss sich auf die Lippen.

Mit einem derart massiven Angriff hatte er nicht gerechnet.

Natürlich können die beiden Methoden auch kombiniert werden. In DIE ZAUBERER – DIE ERSTE SCHLACHT wird z. B. ein Großteil des Schlachtgeschehens aus der Sicht des Zauberers Farawyn geschildert – nicht zuletzt deshalb, weil er der Älteste des Ordens von Shakara ist und man ihm zutrauen darf, dass er auch im tobenden Schlachtgeschehen den Überblick behält. Von daher bietet sich seine Perspektive an, die sowohl Elemente der Außensicht enthält als auch persönliche Eindrücke der Schlacht, die schlaglichtartig an Farawyn vorüberziehen:

Die Türme, die vor den heranpreschenden Reitern riesenhaft in die Höhe wuchsen, bewegten sich nicht mehr vorwärts, doch die Kräfte in ihrem Inneren waren längst nicht versiegt. Fauchend entwich Dampf aus metallenen Nüstern, und nicht nur die Flügel drehten sich, sondern die ganze gigantische Konstruktion begann, um ihre Achse zu rotieren. Mit furchtbarer Wucht gingen die Klingen nieder und erreichten die Krieger, die zuvorderst stürmten. Messerscharf geschliffener Stahl schnitt ohne auf Widerstand zu treffen durch Pferde und Reiter.

Entsetzt sah Farawyn, wie ein stolzer Elfenkrieger samt seinem Ross halbiert wurde, ein anderes Tier wurde enthauptet und galoppierte noch ein Stück weiter, ehe es zusammenbrach und sein Herr sich beim Sturz aus dem Sattel das Genick brach.

So ging es weiter.

Mit hässlichem Fauchen, im grausamen Rhythmus der Vernichtung, gingen die Klingen ein um das andere Mal nieder und fanden reichlich Nahrung. Zwar versuchten die heranstürmenden Reiter, den mörderischen Windmühlenflügeln auszuweichen, jedoch setzten sich die beiden Türme nun wieder in Bewegung, fuhren mitten in ihre Reihen und säten nach allen Seiten Verderben …

Wer über Kampf und Action spricht, muss natürlich auch über die Darstellung von Gewalt ein Wort verlieren. Fantasy spielt häufig in archaischen Welten und Zeiten, in denen Gewalt in all ihren Formen ein probates Mittel zur Konfliktlösung ist. Wie explizit nun auf die Ausübung von Gewalt eingegangen wird und wie deutlich Brutalität geschildert wird, unterliegt neben dem persönlichen Geschmack des Autors vor allem dem Subgenre, in dem wir uns bewegen – zwischen C.S. Lewis' DER KÖNIG VON NARNIA und J.R. Wards BLACK DAGGER liegen im wahrsten Sinn des Wortes Welten. Klar ist: Wer für ein erwachsenes Publikum schreibt, sollte sich hinsichtlich der Darstellung von Gewalt, sofern es die Dramaturgie erfordert und nicht Selbstzweck wird, keinen Zwängen ausgesetzt sehen. Dennoch sollte uns als Autoren klar sein, dass wir in einer gewissen Verantwortung stehen. Da die Wurzeln der Fantasy im Mythos liegen, ist ihr auch dessen bisweilen schwülstige Überhöhung nicht fremd – wendet man diese auf detailliert geschilderte Kampfszenen an, kommt man jedoch der Gewaltverherrlichung gefährlich nahe.

Ich versuche, in dieser Beziehung einen Mittelweg zu gehen und mich in der Darstellung von Gewalt dem jeweiligen Sujet anzupassen: in einem historisch-realistischen Umfeld versuche ich, ein halbwegs adäquates Bild der Wirklichkeit zu liefern; bei traditioneller Fantasy sehe ich die Überhöhung darin, dass es bei aller Härte keine explizit geschilderten, bis ins Detail ausgebreiteten Splattereinlagen gibt; und bei den Orks, wo schon mal munter verhackstückt wird, übertreibe ich auf eine Art und Weise, die schon etwas Karikierendes hat – tatsächlich hätte ich die ORKS-Trilogie nie geschrieben, wenn mir der Verlag nicht gestattet hätte, das Thema auf meine Weise anzugehen und es humorvoll zu brechen.

Action, zumal wenn sie flott und spannend geschrieben ist, ist das Salz in der Suppe eines Unterhaltungsromans, allerdings sollte sie stets der Handlung folgen und nach dramaturgischen Gesichtspunkten eingesetzt werden. Wenn der Held zu Schwert, *saparak* oder *flasfyn* greift, ist dies stets das Finale eines Konflikts, der schon sehr viel früher und auf einer anderen Ebene eingesetzt hat.

Nur wenn wir diese vorausgehenden, meist inneren Konflikte überzeugend gestalten und sie ausreichend berücksichtigen, bekommt eine Actionszene die Wirkung, die wir uns von ihr erhoffen – andernfalls wird sie leer und aufgesetzt wirken.

Viertes Buch

FREUND UND FEIND

Nehmen wir einmal an, ihr habt es getippt, dieses berühmte Wort mit den vier Buchstaben, das den Schlusspunkt einer in der Regel mehrmonatigen Arbeit setzt und mit Gefühlen verbunden ist, die ich hier weder beschreiben kann noch will – das sollt ihr schließlich selbst herausfinden:

E N D E

Das *Opus Magnum* ist fertiggestellt! Ihr habt es geschafft, euren eigenen Roman zu schreiben und – im Fantasy-Jargon gesprochen – den Preis zu erringen.

Hürde für Hürde.

Stück für Stück.

Figur für Figur.

Kapitel für Kapitel.

Spätestens jetzt steht ihr vor der verantwortungsvollen Aufgabe, mit dem errungenen Elixier in die wirkliche Welt zurückzukehren und es seiner Bestimmung zuzuführen – der Veröffentlichung durch einen Verlag. Auf dem Weg dorthin trefft ihr jedoch, genau wie der oder die Helden eures Romans, auf potenzielle Verbündete, die euch bei der Erreichung eures Ziels helfen können, und auf Gegner, die es euch verwehren. Nachfolgend deshalb eine Auflistung all jener, deren Nähe man getrost suchen sollte, aber auch jener, die man lieber meidet.

1 Lektoren

»Und was macht der Lektor dann noch?« – »Haben Sie Einfluss auf das, was an Ihrem Roman geändert wird?« – »Ist es Ihnen schon mal passiert, dass ein Roman gegen Ihren Willen vom Lektor umgeschrieben wurde?«

Aus den Fragen, die mir auf Lesungen zum Thema Lektoren gestellt werden, ist es nicht schwer zu ersehen: Lektoren genießen unter Lesern nicht den allerbesten Ruf.

Zu Unrecht, Leute.

Das Wort »Lektor« kommt vom lateinischen *legere*, was nichts anderes als »lesen« bedeutet. Der Lektor ist also zunächst nicht mehr als ein Leser, nur dass er das berufsmäßig tut und (für viele sicher eine wunderbare Vorstellung) dafür bezahlt wird. Beim Lesen allein bleibt es aber freilich nicht. Der Lektor ist – von den Probelesern des Autors einmal abgesehen – in der Regel der Erste, der das fertiggestellte Manuskript in die Hände bekommt, und ihm obliegt es auch, es auf Herz und Nieren zu prüfen: Erzählt es eine spannende Geschichte? Sind die Charaktere glaubwürdig angelegt? Wird der Leser von der Thematik angesprochen?

Natürlich sind das auf den ersten Blick sehr subjektive Gesichtspunkte. Zu den Fähigkeiten eines guten Lektors oder einer guten Lektorin gehört es jedoch, durch die

Brille des »Durchschnittslesers« zu sehen und aufgrund von Erfahrungswerten beurteilen zu können, was ankommt und was nicht. Das bedeutet freilich nicht, dass Lektoren unfehlbar wären – all jene, die das Manuskript des ersten HARRY POTTER-Romans auf ihrem Schreibtisch liegen hatten und es abgelehnt haben, haben sich später wohl in den – wie Balbok es ausdrücken würde – *asar* gebissen. Gemeinhin haben Lektoren aber ein ziemlich gutes Gespür für das, was bei der Leserschaft ankommt.

Wird der Roman angenommen, so folgt die Lektoratsarbeit – die Durchsicht des Manuskripts nach inhaltlichen Schwächen oder Logikfehlern, nach missverständlichen Passagen oder auch einfach nach grammatikalischen Fehlgriffen, die auch routinierten Autoren gelegentlich unterlaufen. Nun ist es aber nicht so, dass der Lektor das Werk einfach umgestalten könnte, wie es ihm in den Kram passt – das Urheberrecht an dem Manuskript liegt ja beim Autor, folglich werden Änderungen mit ihm abgestimmt. Überhaupt ist es – zumindest nach meinem Empfinden – nicht so, dass zwischen Autor und Lektor eine Gegnerschaft herrscht. Beide sind ja daran interessiert, ein möglichst gutes Buch auf den Markt zu bringen, und aus eigener Erfahrung kann ich sagen, dass nach vier- oder fünfmonatiger Arbeit an einem Manuskript auch ein Stück Betriebsblindheit herrscht. Mit anderen Worten, ich bin schlicht froh darüber, dass jemand von außen kommt, der sich den Text noch einmal ansieht und mit einem neutralen Auge daraufblickt – schon allein wegen der Stilblüten, die jeder von uns fabriziert und die sonst ungefiltert beim Leser landen würden. Die schönste Fehlleistung, die ich je erbracht habe (das war noch zu Heftroman-Zeiten) ist allerdings auch dem Auge des damaligen Lektors entgangen – und so schalteten die wackeren FBI-Beamten, die in schwärzester Nacht nach einem entflohenen Verbrecher suchten, ganz ungerührt den *Schwein*werfer an …

Wir sehen also, Lektoren sind auch nur Menschen, allerdings solche, die sich bemühen, das Beste aus unserem Roman herauszuholen. Insofern sollte man hier Mut zur Kritikfähigkeit beweisen, statt sich in Animositäten zu flüchten. Ich jedenfalls habe noch keinen Lektor erlebt, der aus schierer Niedertracht das Werk eines Autors verstümmelt, verändert oder sonst wie verunziert hätte, und die Zusammenarbeit habe ich stets als ein respektvolles Miteinander und nicht als eifersüchtiges Gegeneinander empfunden. Natürlich herrscht nicht immer traute Einigkeit, wenn es z. B. um die Streichung einer Passage geht, in die man als Autor viel Herzblut gelegt hat, die aber, bei objektiver Betrachtung, das Handlungsgeschehen nur verlangsamt. Beide Seiten sollten jedoch genug Professionalität aufbringen, um solche Streitfälle auch nach leidenschaftlichem Disput einvernehmlich zu lösen. Letztlich wollen ja beide dasselbe, nämlich ein Buch, das sich im Laden gut verkauft – andernfalls haben beide bald keine Arbeit mehr.

Der Vollständigkeit halber sei auch noch erwähnt, dass diese eigentliche »Lektoratsarbeit« in vielen Fällen gar nicht mehr von den im Verlag beschäftigten Lektoren gemacht wird – *Outsourcing* ist das Stichwort, das auch in der Verlagsbranche die Runde gemacht hat. Sehr häufig hat man es also mit (allerdings oft langjährigen) freien Mitarbeitern zu tun, was der Qualität der Arbeit aber keinen Abbruch tut. Der Grund dafür ist vielmehr darin zu suchen, dass die Verlagslektoren häufig mit anderen Aufgaben befasst sind, die zwar ebenfalls zu ihrem Berufsbild gehören, jedoch so zeitintensiv sind, dass für die eigentliche Textarbeit kaum noch etwas übrig bleibt. Das reicht von der Sichtung unverlangt eingesandter Manuskripte über Gespräche mit Autoren und Agenturen (von denen ich gleich noch ein wenig mehr erzählen werde) bis hin zur Planung kommender Programme, zur Festlegung von Titeln und Covern und, speziell auf die Fantasy bezogen, zum Besuch von Messen und Conventions in Europa und den USA. So sind die fest angestellten Verlagslektoren heute häufig zu Produktmanagern geworden, die Lektoratsarbeit im engeren Sinn wird oft außerhalb erledigt.

2
Agenten

Dass es dieses Kapitel gibt, ist schon fast ein kleines Wunder. Als ich Anfang der 90er-Jahre mit dem Schreiben begann, gab es in Deutschland zwar literarische Agenturen, von denen die meisten jedoch auf Sachbücher spezialisiert waren, einige auch auf schöngeistige Literatur – einen Fantasy-Roman jedoch hätten sie nicht mal mit der Kneifzange angefasst. Von einem richtigen Agenturennetzwerk war nur aus dem englischsprachigen Raum zu hören, wo engagierte Profis Autoren zuverlässig betreuten und Verhandlungen mit Verlagen führten, während man bei uns noch dachte, Agenten wären Leute mit Trenchcoats, Schlapphüten und hochgeschlagenen Kragen.

All das hat sich geändert.

Wenn wir heute auf die deutschsprachige Literaturlandschaft blicken, so finden wir eine ganze Anzahl kleiner, mittlerer und großer Agenturen, die inzwischen ganz ohne Scheu auch Autoren von Unterhaltungsliteratur vertreten – und auch und ganz besonders Fantasy-Autoren. Dies hängt zum einen natürlich mit dem enormen Aufwind zusammen, den deutschsprachige Unterhaltungsliteratur im Zuge der Wiedervereinigung erfahren hat, zum anderen aber auch damit, dass sowohl Autoren als auch Verlage erkannt haben: es ist bisweilen einfacher, über einen Dritten zu verhandeln, der die Interessen des Autors vertreten und gegebenenfalls hart verhandeln, aber auch vermitteln kann – der Literaturagent.

Weil ich oft danach gefragt werde, sei es kurz erklärt: Der Agent tut im Grunde das, was ein Makler mit einer Immobilie tut – er bietet das zum Verkauf stehende Objekt (in unserem Fall ein Manuskript) bei verschiedenen Interessenten an und wickelt den Verkauf und die vertragliche Handhabung ab. Für den Autor hat das den Vorteil, dass er sich nicht selbst auf die Suche nach einem Verlag begeben muss, was sehr langwierig und frustrierend sein kann, und sich auch nicht um Kontakte bemühen muss, denn die Agentur hat diese bereits und setzt sie im Interesse des Autors ein. Auch wenn es um das Verhandeln geht, um das Festlegen der Garantiesumme und die Höhe der Beteiligung, die Abgabetermine und die Nebenrechte, macht der Agent in der Regel eine sehr viel bessere Figur – ich kenne nur sehr wenige Autoren, die gute Selbstvermarkter und/oder Verhandler sind. Ihre Stärken liegen auf anderen Gebieten, und so macht jeder das, was er am besten kann.

Eine gute Agentur leistet darüber hinaus jedoch noch einiges mehr und betreut ihre Autoren auch bei der Entwicklung neuer Projekte und dem Knüpfen neuer Verbindungen, berät bei Rechtsfragen und ist – auch das kommt vor – der Kummerkastenonkel, wenn es beim Schreiben mal nicht so läuft, wie es soll. Kurzum – Agenten sind Menschen, die nicht unbedingt zu beneiden sind, aber dringend gebraucht werden. Nicht nur, weil sie besser verhandeln können und über viele Kontakte verfügen, sondern auch, weil sie mit Rat und Tat zur Seite stehen und unser Draht zur Welt außerhalb unseres Schreibtischs sind. Die Zusammenarbeit zwischen Autor und Agent sollte entsprechend von Vertrauen und gegenseitiger Wertschätzung geprägt sein – ist sie das nicht (mehr), wird es Zeit, die Agentur zu wechseln. Im Idealfall hingegen wird zwischen Autor und Agent im Lauf der Zeit eine vertraute und freundschaftliche Bindung entstehen, die sich fruchtbar auf die beiderseitige Arbeit auswirkt – so jedenfalls durfte ich selbst es in den vergangenen Jahren erfahren.

Da der Agent auch von etwas leben muss und seine Dienste nicht unentgeltlich zur Verfügung stellen kann, bekommt er einen Anteil vom Honorar des Autors, in der Regel um die zwanzig Prozent. Vor allem Jungautoren zucken da oft zusammen, dennoch kann ich die Zusammenarbeit mit einem Agenten nur empfehlen, gerade wenn man weder Kontakte zur Verlagsbranche hat noch über irgendwelche Erfahrungen auf diesem Gebiet verfügt. Eine Recherche im Internet verschafft rasch einen Überblick über die wichtigsten Agenturen, es gibt sogar solche, die sich auf Phantastik spezialisiert haben. Statt das Manuskript blindlings zu verschicken, würde ich jedoch immer zunächst via E-Mail oder telefonisch anfragen – bekommt man grünes Licht zur Einsendung, weiß man, dass das Manuskript auch gesichtet wird. Sollte es von der Agentur zur Vermittlung angenommen werden, kann man dann entspannt die Füße hochlegen und warten, bis das Telefon klingelt – den Rest der Arbeit, das »Klingelputzen« bei den Verlagen, erledigt die Agentur.

Leider muss noch dazugesagt werden, dass es auch unter den Agenturen schwarze Schafe gibt. Diese verdienen ihr Geld nicht in erster Linie damit, Verlagen Manuskripte zu verkaufen, sondern sich von Autoren für das Sichten, Prüfen und Anbieten von Manuskripten (bisweilen gar fürstlich) bezahlen zu lassen. Hier steht wohl nicht so sehr das Interesse an einer langfristigen Zusammenarbeit mit dem Autor im Vordergrund, als vielmehr der Wunsch nach schnellem Verdienst – ich rate deshalb dringend, die Finger von solchen Agenturen zu lassen.

3

Kollegen

Natürlich sind Lektoren und Agenten nicht die Einzigen, denen man auf seiner Wanderschaft als Autor begegnet – da sind auch die lieben Kollegen, wobei ich das ganz ohne Ironie verstanden wissen möchte. In der Fantasy genießen wir einen Vorteil, der in der schreibenden Zunft seinesgleichen sucht – die Autoren unterhalten ein sehr kollegiales, bisweilen freundschaftliches Verhältnis zueinander – zum größten Erstaunen mancher Zeitgenossen. Ich habe Buchhändler erlebt, die ziemlich fassungslos darüber waren, dass ein Markus Heitz und ein Michael Peinkofer ganz ohne Neid und Missgunst *zusammen* eine Lesung abhalten und dabei noch viel Spaß haben können; und auch Peinkofer und Hennen, obwohl bei konkurrierenden Verlagen tätig, sind in der Lage, einen nicht nur für die Leser, sondern auch für sie selbst unterhaltsamen Abend zu gestalten und sich gegenseitig die Bälle zuzuwerfen.

Warum ist das so?

Markus Heitz hat einmal eine Theorie geäußert, der ich nur zustimmen kann: Da wir im Grunde alle Fans sind, haben wir alle schon mal etwas gemeinsam – und gemessen an der Situation, die noch vor zwanzig Jahren in Deutschland herrschte und die ich eingangs beschrieben habe, schätzen wir alle uns einfach nur glücklich, unser

Geld mit dem verdienen zu dürfen, was wir am liebsten tun. Natürlich will jeder Autor erfolgreich sein, profiliert sich in der Fantasy-Szene aber nicht auf Kosten des anderen – das ist ein Vorzug, den man eigentlich gar nicht hoch genug einschätzen kann. Denn für den größten Teil unserer Arbeitszeit sind wir Autoren weitgehend isoliert – wir sitzen in unserem Kämmerchen, schreiben an unseren Geschichten und sind zuhauf von fiktiven Charakteren umgeben. Natürlich gibt es Internet und Telefon, und man ist in regelmäßigem Kontakt mit Lektoren, Agenten und Zeichnern. Doch es gibt keine Kollegen, die mal eben den Kopf in die Tür stecken und fragen, wie's gestern im Kino war oder ob man das Fußballspiel am Vorabend gesehen hat. Ich behaupte jetzt nicht, dass das unbedingt ein Manko des Autorenberufs ist, aber es ist trotzdem schön, seine Kollegen zumindest auf Cons und Messen zu treffen und – darauf kommt es letztlich an – sich darauf zu *freuen*, sie zu treffen.

Natürlich kommt dieses kollegiale Miteinander auch jungen Autoren zugute, denn es fällt, zumal im Zeitalter der *Social Networks*, eigentlich nicht schwer, Kontakt zu Kollegen zu knüpfen und sich über gemeinsame Erfahrungen auszutauschen oder sich gegenseitig Hilfestellungen zu geben. Zu weit sollte man dabei aus Gründen des Selbstschutzes allerdings nicht gehen. Ich bin z. B. zurückhaltend, wenn ich ein Exposé oder Manuskript von Kollegen lesen und beurteilen soll. Nicht, weil ich ihnen diesen Gefallen nicht gerne tun würde, sondern weil ich zum einen meist derart in eigene Projekte involviert bin, dass es mir äußerst schwerfiele, ein neutrales Urteil abzugeben. Und weil ich zum anderen nicht unbewusst zum Plagiator werden will. Aus diesem Grund lese ich auch nur äußerst selten Bücher deutscher Kollegen – die Gefahr, dass irgendetwas davon ins Unterbewusstsein einsickert, um dann ein paar Jahre später als »meine« ureigenste Idee wieder zutage zu treten, ist zu groß. Und das wäre nun wirklich das Unkollegialste, was man tun könnte.

4

Erstleser

Keine Frage, Erstleser sind wichtig. Die meisten Autoren, die ich kenne, haben eine Person ihres Vertrauens, die sie das neueste Werk aus ihrer Feder lesen lassen, bevor sie es »offiziell« aus den Händen geben. Dabei gibt es ganz verschiedene Methoden – manche Autoren überarbeiten ihr Werk erst noch einmal in aller Ausführlichkeit, ehe sie es jemandem zur Lektüre vorlegen, andere geben ganz bewusst eine Rohfassung weiter, damit noch Raum für Korrekturen ist. Wieder andere geben Kapitel für Kapitel zur Probe, was Vor- und Nachteile hat – einerseits können Widersprüche oder Handlungslöcher so frühzeitig entdeckt und sehr viel leichter ausgemerzt werden; andererseits kann zu frühe Kritik den Autor auch verunsichern und dafür sorgen, dass das ganze Projekt plötzlich auf wackeligen Beinen steht.

Welche Methode man auch bevorzugt – die Auswahl des Erstlesers ist dabei von zentraler Bedeutung. Es muss jemand sein, dem man a) unbedingt vertraut, der b) unvoreingenommen an einen Stoff herangehen kann und der c) in der Lage ist, Kritik so zu äußern, dass sie nicht entmutigt, sondern zur Verbesserung des Werks beiträgt. Kenntnisse im Genre sind, sofern es sich nicht um ein sehr spezielles Thema handelt, eigentlich nur von untergeordneter Bedeutung, schließlich soll der Roman ja auch auf dem allgemeinen Markt angeboten werden und möglichst viele Leser erreichen.

Ich gebe zu, dass es nicht einfach ist, eine solche Person zu finden, deren Hilfe wirklich von unschätzbarem Wert sein kann. Familienmitglieder eignen sich aufgrund ihrer Vertrauenswürdigkeit, allerdings haben sie oft ein Problem, ehrliche Kritik zu üben. Folglich sind als Erstleser oftmals gute Freunde im Einsatz, vor allem auch solche, die ihr Geld mit anderen Dingen verdienen als Schreiben und daher unvoreingenommener sind. Sofern sie nicht schon zu viel über die Geschichte wissen, werden sie den Roman unter völlig anderen Gesichtspunkten lesen, als wir ihn geschrieben haben – Dinge wie die Schilderung von Charakteren und ihren Motivationen, die rechtzeitige Informationsvermittlung sowie die Wiederholung wichtiger Sachverhalte, die man während des Schreibens nur schwer beurteilen kann, kommen bei diesem »Erstlektorat« ganz besonders auf den Prüfstand. Und nur darum geht es im Grunde: Herauszufinden, ob die Geschichte nicht nur in der eigenen Vorstellung, sondern auch im Kopf von jemand anderem funktioniert. Um in dieser Hinsicht ganz sicherzugehen, haben manche Autoren auch zwei oder drei Erstleser am Start – von ihren mehrheitlichen Reaktionen wird dann abhängig gemacht, ob Passagen im Text geändert werden. Ich erinnere mich zum Beispiel an einen Fall, in dem sowohl mein Agent als auch meine bevorzugte Erstleserin (mit der ich zufällig auch verheiratet bin) der Ansicht waren, dass das Happy End, das ich den Figuren meines Romans zugedacht hatte, der Geschichte nicht angemessen wäre. Ich fand ihre Argumente sehr einleuchtend und habe mich dann dazu entschlossen, das Ende des Romans entsprechend umzuschreiben, was der Geschichte, davon bin ich überzeugt, nur zuträglich war.

Vor allem Neulingen reicht dies aber oft noch nicht, und sie suchen Hilfe bei Erstlesern, die sie nicht oder nur flüchtig kennen – ein Vorgehen, von dem ich nur abraten kann. Einen kompletten Roman in einem Internet-Forum zur Begutachtung freizugeben, ist wie schon erwähnt keine gute Strategie, zumal, wenn ihr das gute Stück nachher noch einer Agentur oder einem Verlag anbieten wollt. Zum einen setzt ihr euch damit einem völlig überflüssigen Spießrutenlauf aus, denn ihr könnt davon ausgehen, dass nicht alle Probeleser eurem Werk wohlgesinnt sein werden, und so wird es neben vielen gut gemeinten Worten auch destruktive Kritik geben, die gerade für Anfänger oft schwer zu verkraften ist. Zum anderen wird verständlicherweise kein Agent oder Lektor begeistert darüber sein, dass das zum Verkauf stehende Werk schon gratis im Netz zu lesen stand.

In einer Zeit, in der viele Menschen relativ unbedarft mit privaten Daten und sensiblen Informationen umgehen, ist die Verlockung, auf die Möglichkeiten des Internet zuzugreifen und sich auf diese Weise ein Publikum zu verschaffen, ziemlich groß. Ein Leserbrief, der mich erreicht hat, spricht in dieser Hinsicht Bände. Der Verfasser teilte mir mit, dass er einen Fantasy-Roman geschrieben habe, den er online gestellt hätte und der bei den Webbenutzern gut angekommen sei. Nun wollte er diesen Roman Verlagen anbieten und bat mich um Tipps, wie er den Verlagen gegenüber seine Urheberrechte schützen könne – wohlgemerkt die Urheberrechte an einem Roman, den er im Netz bereits veröffentlich hatte.

Eine Ausnahme bilden sicher einschlägige, seriös arbeitende Autorenforen wie das bereits erwähnte »Montségur«, wo Kollegen füreinander da sind und sich tatsächlich gegenseitig helfen wollen. Auch macht es natürlich einen Unterschied, ob man einen Roman oder eine Kurzgeschichte nachher noch anbieten will oder nur zu Übungszwecken geschrieben hat – in diesem Fall ist die Veröffentlichung im Netz natürlich in Ordnung.

Eines jedoch solltet ihr nie vergessen: So wertvoll Erstleser sind und so wichtig ihr Input sein kann – ihr seid und bleibt die Autoren, und was in dem Roman passiert und was nicht, unterliegt letztlich allein eurer Entscheidung. Ich bin immer dafür, sich konstruktive Kritik anzuhören und sie nach bestem Gewissen abzuwägen. Trifft sie zu, so habe ich nie ein Problem damit, bestehende Passagen zu ändern oder auch ganz zu streichen, falls das erforderlich sein sollte. Bin ich jedoch im Zweifel oder gar der Ansicht, dass die Kritik unberechtigt ist, so bleibe ich lieber bei meiner Version, statt einem Rat zu folgen, dem ich nicht oder nur halb vertraue. Denkt daran, dass es am Ende euer Name sein wird, der auf dem Cover steht. Wenn ihr also kritisiert werdet, sollte es eurer eigenen Entscheidungen wegen sein.

5 Urheberrecht

Weil es eben schon angeklungen ist, will ich an dieser Stelle auch ein paar Worte zum Urheberrecht verlieren. Für alle, die bei diesem Thema zusammenzucken, weil sie das Urheberrecht für eine überflüssige Zumutung der milliardenschweren Medienbranche halten, habe ich eine Neuigkeit: Das Urheberrecht ist unser Freund.

Und zwar nicht deshalb, weil es wie ein Formwandler seine Funktion in unserer Geschichte geändert hätte und vom Gegner zum Verbündeten geworden wäre, sondern weil *ihr* euch geändert habt. Als Autoren steht ihr nicht mehr nur auf der Seite derer, die Texte, Musik, Hörbücher und Filme konsumieren, sondern auch auf der Seite der Werkschöpfer. Und aus dieser Perspektive stellt sich die Diskussion über das Urheberrecht ein wenig anders dar.

Nehmt an, der Roman, den ihr im Lauf eines Jahres in mühevoller Kleinarbeit geschrieben habt, wird von einem Verlag angenommen. Ihr bekommt einen Vertrag und einen kleinen Vorschuss, das Buch wird gedruckt und gelangt in den Handel – aber die Verkäufe stagnieren. Wenn ihr den Titel eures Buches googelt, könnt ihr dagegen sehen, dass es in einem halben Dutzend Torrents und Downloadportalen heruntergeladen werden kann, ohne dass ihr auch nur einen Cent davon seht.

Nicht witzig, oder?

Wohlgemerkt, es geht hier um exzessiven, vorsätzlichen Verstoß gegen das Urheberrecht. Kein Autor wird wohl etwas dagegen haben, wenn einzelne Seiten eines Buches kopiert werden oder mal ein Hörbuchduplikat angefertigt wird, weil man die originalen CDs nicht mit in den Urlaub nehmen will. Die Möglichkeiten der digitalen Vervielfältigung bzw. des Einstellens ins Internet haben diese eigentlich ganz alltäglichen Dinge jedoch in eine Größenordnung geschossen, die sie zur Bedrohung für eine ganze Branche werden lassen. Und es hilft auch nicht, wenn gewisse Politiker all dies legalisieren wollen mit der Begründung, dass es technisch möglich und diese technische Entwickung ohnehin nicht mehr umkehrbar sei – da hätte man mit der Erfindung der Dampfmaschine auch den Eisenbahnraub für legal erklären müssen. Gerne wird auch argumentiert, dass der Großteil der Bevölkerung illegal Inhalte aus dem Internet lade und man ja schließlich nicht alle Bürger in Bausch und Bogen kriminalisieren könne – was natürlich, wie Rammar sagen würde, auch völliger Schmarrn ist. Denn zum einen wird etwas dadurch, dass es viele tun, ja nicht zwangsläufig richtig, und zum anderen ist es einfach falsch, dem Großteil der Konsumenten illegales Verhalten zu unterstellen. Aus meinen Mailkontakten und Gesprächen mit vielen Lesern weiß ich, dass der größte Teil der Fantasy-Fans ein durchaus faires Verhältnis zum Urheberrecht hat und Bücher, Hörbücher und anderes auf legalem Weg erwirbt. Aber natürlich gibt es auch schwarze Schafe, die sich Fans nennen und in Wahrheit dabei sind, unser aller Lieblingsgenre zu sabotieren und mit dem Hintern einzureißen, was andere mit viel Herzblut aufgebaut haben.

Wer auf das Urheberrecht pfeift, sägt am Ast, auf dem

wir alle sitzen, Autoren wie Leser. Und wer davon spricht, im Namen der Freiheit das Urheberrecht gleich ganz kippen und das geistige Eigentum abschaffen zu wollen, dem dürfte es in Wahrheit wohl eher um Wählerstimmen gehen. Im alten Rom brauchte man noch Brot und Spiele, um das Volk zu begeistern – zu essen haben wir zumindest in unseren Breiten inzwischen genug, aber mit Unterhaltung (zumal, wenn sie kostenlos heruntergeladen werden kann) kriegt man die Massen immer noch.

Die Folgen sind diesen Jungs einerlei, sie brauchen sie ja nicht zu tragen. Jedenfalls nicht unmittelbar. Sollte ihrem Ansinnen jedoch jemals Erfolg beschieden sein und das unbegrenzte Kopieren und die Weitergabe geschützter Werke erlaubt werden, wird verständlicherweise kein Verlag mehr ein Interesse daran haben, Bücher zu machen, oder ein Produzent, Filme zu drehen. Und das wäre ein Verlust, der alle träfe.

Gewahrt werden die Urheberrechte von Autoren (wie überhaupt von der schreibenden Zunft) von der Verwertungsgesellschaft Wort, kurz VG Wort, die das Pendant zur GEMA der Musikbranche darstellt. Wenn Übersetzungsrechte an einem Roman verkauft werden oder es eine Sonderausgabe eines Romans geben soll, so erfährt der Autor das ja unmittelbar vom Verlag und wird am Gewinn beteiligt. Es gibt aber eine ganze Menge von Urheberrechten, die ein Autor allein gar nicht wahrnehmen kann: Wenn etwa irgendwo in Deutschland zu Schulungszwecken eine Kurzgeschichte kopiert wird, oder wenn jemand ein Hörbuch auf CD brennt, dann entzieht sich das ja unserer Kenntnis – dafür gibt es dann bei der alljährlichen Ausschüttung der VG Wort Geld, das sich aus den Abgaben zusammensetzt, mit denen z. B. Kopiergeräte beim Kauf belegt sind. Um »Wahrnehmungsberechtigter« zu werden, muss man bei der VG Wort einen Antrag stellen. Wurde man als Mitglied aufgenommen, kann man dann alljährlich online oder mittels Formular die Titel seiner Werke melden. Wohlgemerkt geht es hier aber nicht um Tausende von Euros, wie immer wieder kolportiert wird, bisweilen noch nicht mal um dreistellige Beträge – von diesen Zahlungen leben kann also niemand.

Es wird abzuwarten sein, wie sich die Debatte um das Urheberrecht in den nächsten Jahren entwickeln wird.

6
Kritiker

Sind Kritiker – und damit meine ich nun sowohl die professionellen als auch die selbst berufenen – die Gegner, die uns auf unserer Autorenreise begegnen?

So pauschal lässt sich das sicher nicht sagen. Zwar hat sich wohl jeder Autor schon einmal über eine Negativkritik geärgert, die seiner Ansicht nach ungerechtfertigt oder auch unfair war, jedoch würde ich den Kritiker eher der Kategorie des Formwandlers zuteilen. Nicht nur deshalb, weil wir häufig nicht wissen, ob das, was er über uns sagt (sei es nun positiver oder negativer Natur), uns schadet oder nicht. Sondern auch, weil ein Kritiker notwendigerweise eine andere Agenda verfolgt als wir.

Ein Journalist beispielsweise, der für eine Zeitschrift arbeitet – ich habe das lange genug getan und kenne daher diese Perspektive – wird ein Buch stets im Interesse seiner Leserschaft betrachten. Auch die Betreiber von Online-Foren wissen ja durchaus, wer ihre Besucher sind, von daher werden auch sie versuchen, Bewertungen von Büchern, Filmen etc. aus dem Blickwinkel ihrer Interessengruppe anzugehen. Das ist legitim und völlig in Ordnung – als Autoren bleibt uns nichts anderes übrig, als zu lernen, damit umzugehen. Das fällt am Anfang nicht ganz leicht, wird im Lauf der Jahre aber einfacher. Und es gibt nicht wenige Kollegen, die um Kritiken, ganz gleich ob sie gut oder schlecht sind, einen Bogen machen, weil sie sich nicht davon beeinflussen lassen wollen.

Problematisch werden Kritiken dann, wenn sie zum Selbstzweck werden. Mit Feuilletonisten, die ihren Spaß daran haben, das Werk eines Autors öffentlich abzuurteilen und hinzurichten, haben wir in der Fantasy vergleichsweise wenig zu tun, weil unser Genre in den Kulturteilen von Zeitungen nach wie vor recht stiefmütterlich behandelt wird. Im Internet hingegen ist die Jagdsaison schon seit Langem eröffnet. So schön und vorteilhaft es ist, dass sich dort jeder äußern darf, so wenig wissen manche Zeitgenossen mit dieser Verantwortung umzugehen. So kommt es nicht selten vor, dass selbst ernannte Genrekenner, die das betreffende Buch häufig noch nicht einmal gelesen haben, wie wild vom Leder ziehen und sich dabei hinter Pseudonymen wie »Sodapop21« oder »DarkZon« verschanzen. Dass es hier längst nicht mehr darum geht, jemands Leistung zu bewerten, sondern man das Podium, das etwa ein großer Onlinebuchhändler bietet, nur dazu nutzt, um mit einem eloquenten Verriss zu glänzen, steht außer Frage.

Verstehen wir uns richtig – ich will hier nicht totaler Paranoia das Wort reden. Die Fähigkeit, Kritik anzunehmen, zu überdenken und in die eigene Arbeit einzubeziehen, gehört zu den Grundvoraussetzungen des Autorendaseins. Jedoch muss man grundsätzlich zwischen konstruktiver Kritik und übelwollender Selbstinszenierung unterscheiden – das eine verdient Beachtung, das andere nicht.

Um kurz zu illustrieren, was ich meine, habe ich eine Rezension meines Romans DIE BRUDERSCHAFT DER RUNEN herausgesucht, die von einem User bei besagtem

Internet-Buchhändler veröffentlicht wurde und dort noch immer so zu lesen steht:

»Dieses Buch koennte der Knaller sein, wenn der Autor mit den historischen Fakten nicht so geschludert haette. Z. B. lebten Johann Strauss Sohn und Sir Walter Scott niemals in der gleichen Zeit. Als die Musik Johann Strauss' nach England kam, war Sir Walter Scott schon lange tot.«

So weit, so gut.

Nur muss man wissen, dass Johann Strauss in meinem Roman mit keinem einzigen Wort Erwähnung findet.

7 Bezahlverlage

Wenn Kritiker so etwas wie die Formwandler auf der Autorenreise sind, dann gibt es auch den Typ des Tricksers. Erinnern wir uns: der von Campbell beschriebene Archetyp des Tricksers hat seine ganz eigene Sicht der Dinge; dadurch sorgt er entweder für Komik oder sucht seinen eigenen Vorteil. Auch in der Literaturlandschaft gibt es solche Trickser – die Bezahlverlage.

Ich bin fast erschrocken, als ich eines Tages eine Mail von einem Leser bekam, der dabei war, einen Fantasy-Roman zu schreiben, den er veröffentlichen wollte. Aus diesem Grund fragte er mich, wie hoch denn die Summe gewesen sei, die ich dem Piper-Verlag gezahlt hätte, damit er DIE RÜCKKEHR DER ORKS veröffentlicht. Ehrlich gesagt dachte ich zuerst, dass mich da einer veralbern will, dem mein Roman schlicht nicht gefallen hätte, aber das war nicht der Fall – die Frage war durch und durch ernst gemeint.

Hintergrund ist folgender: Es gibt Verlage, die ein Buch nur dann drucken, wenn der Autor entweder die ganzen Druckkosten bzw. einen Teil davon übernimmt oder sich verpflichtet, einen nicht unbeträchtlichen Teil der Auflage zu kaufen. An sich ist an diesem Geschäftsmodell nichts Verwerfliches, bei sehr spezieller Fachliteratur oder

Doktorarbeiten findet es häufig Anwendung und hat hier auch durchaus seinen Sinn. Leider spielen einige dieser »Druckkostenzuschussverlage« – oder nur kurz Bezahlverlage – jedoch auf geradezu unverschämte Weise mit den Hoffnungen junger Autoren. Man fordert werdende Schriftsteller auf, Manuskripte einzusenden, sichtet diese (ich frage mich nur, nach welchen Gesichtspunkten) und teilt dem Autor, der sein Glück kaum fassen kann, dann mit, dass man das Werk für würdig befunden hätte, gedruckt zu werden. Natürlich, so geht es dann weiter, sei es branchenüblich, dass der Autor die ganze Produktion (oder zumindest einen guten Teil davon) bezahlen müsse. Dass dieser Unfug von unerfahrenen Jungautoren auch noch geglaubt wird, davon gibt die erwähnte Mail frustrierendes Zeugnis.

»Branchenüblich« sieht in Wahrheit anders aus, nämlich so: Zeigt ein Verlag an einem Manuskript Interesse, so wird er dem Autor (oder dessen Agenten) ein Angebot unterbreiten. Dieses setzt sich meist aus zwei Komponenten zusammen, nämlich der prozentualen Beteiligung, die der Autor am Nettoverkaufspreis des Buches bekommt, und einer Vorauszahlung auf diese Beteiligung, dem sogenannten Vorschuss, der sich danach berechnet, wie gut sich der Roman nach Einschätzung des Verlags verkaufen wird. Bei noch unbekannten Autoren fällt dieser Vorschuss nachvollziehbarerweise geringer aus als bei Bestsellerlieferanten, und auch die Größe der Verlags spielt hier natürlich eine gewisse Rolle. Große Verlage, die womöglich noch in einen internationalen Medienkonzern eingebunden sind, können eine nicht eingespielte Vorschusszahlung leichter verkraften als ein Kleinverlag, dem so etwas das Genick brechen kann. Gerade in der Fantasy haben wir es bisweilen mit engagiert geführten, jedoch kleinen Verlagen zu tun, die keine großen Beteiligungen oder Vorschüsse einräumen können, weil sie sonst ihr wirtschaftliches Überleben gefährden würden – dafür sollte man Verständnis haben. An dem grundlegenden Geschäftsmodell ändert sich jedoch auch hier nichts, auch ein noch so kleiner Verlag würde den Autor nie um einen Druckkostenzuschuss anpumpen. Im Gegenteil, der Verlag will dem Autor ein Honorar zahlen.

Die grundsätzliche Idee der Zusammenarbeit zwischen Autor und Verlag ist ja, dass beide ihren Teil dazu beitragen, das Buch auf den Markt zu bringen: Der Autor bringt seine Kreativität ein und liefert das Manuskript, der Verlag lässt es drucken, bringt es über seine Vertriebswege in den Handel und bewirbt es. Aus eigener Erfahrung weiß ich, wie verlockend der Gedanke ist, gedruckt zu werden und ein »richtiges« Buch mit dem eigenen Namen darauf in den Händen zu halten – von einer Zusammenarbeit mit Bezahlverlagen kann ich jedoch nur abraten. Denn ein Roman, der nicht in den Handel kommt und gleichsam unter Ausschluss der Öffentlichkeit publiziert wird, ist kaum besser als einer, der erst gar nicht gedruckt wird. Mal abgesehen von den Streicheleinheiten fürs Ego zieht man keinen Nutzen daraus – und das Bankkonto ist leer, denn ein paar tausend Euro sind hier gleich beisammen.

Der Grund, warum ich mich in dieser Sache so engagiere, ist der, dass mich einige Wochen, nachdem ich die erwähnte Mail erhalten hatte, eine zweite Nachricht des jungen Kollegen erreichte. Er bedanke sich höflich für meine Antwort, in der ich ihm geraten hatte, bloß die Finger von der Sache zu lassen, hatte sich jedoch dennoch dazu entschlossen, den Vertrag mit dem Druckkostenzuschussverlag zu schließen, und sein Sparbuch dafür geplündert. Eine solche Chance, schrieb er, könne er sich einfach nicht entgehen lassen.

Glücklicherweise gibt es inzwischen zahlreiche Alternativen für all jene, die nicht warten wollen, bis ein Verlag sie »entdeckt«: Sich selbst zu verlegen ohne sich dabei zu ruinieren, war früher fast ein Ding der Unmöglichkeit – die rasante Entwicklung auf dem Gebiet des digitalen Drucks hat jedoch Modelle wie Print on Demand möglich gemacht, bei denen sich die finanzielle Vorleistung in engen Grenzen hält. Und im Reich der E-Books gibt es schon heute viele Autoren, die sich erfolgreich selbst verlegen und vermarkten.

8 Schreibblockade

Da ist es wieder, das böse Wort, der ultimative Feind, der die Autorenreise jäh beenden kann – die Wahrheit oder nur ein Klischee?

Ganz ehrlich, es gibt sie, diese Tage, an denen nichts recht gelingen will. Man wirft die Wörter in die Zeilen, ohne dass sie dort einen Sinn zu ergeben scheinen, kommt nicht in den Erzählrhythmus, von Schreibfluss keine Spur. Das hängt meist nicht so sehr mit dem Schreiben selbst, sondern mit der Verfassung des Autors zusammen – ein Held, der völlig durchhängt, wird schließlich auch keinen Drachen erschlagen können. Eine gute Methode, um solchen Flauten (Blockade scheint mir zu viel gesagt) zu begegnen, ist sicher, sie früh zu erkennen. Wenn der Schreibfluss stockt, hilft es oft, mal rauszugehen und den Kopf frei zu bekommen – eine Tasse Tee oder ein Spaziergang durch den Park können durchaus schon hilfreich sein. Das eingangs beschworene Durchhaltevermögen muss nicht immer bedeuten, etwas mit eiserner Selbstdisziplin auf Biegen und Brechen durchzuziehen – das ist lobenswert, trägt aber gerade bei kreativer Arbeit nicht unbedingt zur Qualität bei. Vielmehr geht es darum, seinem Geist Frischluft zuzufächeln, sich zu regenerieren und sich dann *wieder* zu motivieren und mit neuer Kraft ans Werk zu gehen.

Das funktioniert meist ziemlich gut, schon deshalb, weil sich Kreativität nicht einfach ausschalten lässt. Während wir unseren Tee trinken oder unseren Spaziergang machen, arbeitet der Verstand unbewusst weiter – und wenn wir an den Schreibtisch zurückkehren, haben wir oft ganz neue Lösungen und Einfälle, etwa für den nächsten Szeneneinstieg, parat.

Was die eigentliche Blockade betrifft, also das Ausbleiben der Schreibfähigkeit aufgrund akuter Einfallsarmut, so ist das tatsächlich eine ziemlich schreckliche Vorstellung für jeden Autor. Man kann ihr aber begegnen, indem man vorausplant und seine Geschichten sorgfältig plottet. Wer ein ausführliches Kapitelexposé als Grundlage seiner Arbeit hat, ist auf spontane Eingebungen sehr viel weniger angewiesen als jemand, der sich unvorbereitet auf die Reise begibt. Das Exposé erfüllt hier dieselbe Aufgabe wie der Faden, den Ariadne einst dem Helden Theseus mitgab, als dieser in das Labyrinth des Minotaurus eindrang: Selbst wenn das Licht ausgeht und es zappenduster wird, weist es uns weiter den Weg. Das Schreiben selbst wird dadurch zwar nicht einfacher, aber das Wissen, dass man einem Ziel entgegenschreibt und einen funktionierenden Handlungsbogen bedient, hilft ungemein und fördert das Selbstvertrauen. Das wiederum braucht man unbedingt, um ein begonnenes Projekt zum Ziel zu führen – und da wollen wir schließlich alle hin.

Fünftes Buch

DER FINALE KONFLIKT

Der Roman ist geschrieben, die Mühen bewältigt – dennoch steht die letzte Auseinandersetzung noch bevor. Denn so wie der Held der Fantasy den entscheidenden Konflikt bestehen, die letzte Schwelle überschreiten muss, um als geläutertes Wesen in seine Welt zurückzukehren und diese an seinem Preis – in unserem Fall dem fertigen Manuskript – teilhaben zu lassen, muss auch der Autor erst noch die letzte Barriere durchbrechen: die Veröffentlichung. Jeder, der es schon einmal versucht hat, wird bestätigen, dass das in der Tat keine leichte Aufgabe ist.

Man muss es leider sagen – ein Recht auf Veröffentlichung gibt es nicht. Auch keine Garantie, die dieses Handbuch (oder irgendein anderes) geben könnte. Ob ein Manuskript von einem Verlag angenommen wird oder nicht, hängt in letzter Instanz von Faktoren ab, die außerhalb des Einflussbereichs des Autors liegen. Was wissen wir, wenn wir einen Roman verfassen, schon von den jeweiligen Programmplanungen eines Verlags, von den individuellen Präferenzen des Lektors oder von den Erwägungen des Marketings oder Vertriebs? Insofern ist, unabhängig von der Qualität des Manuskripts, immer ein Hauch von Lotteriespiel dabei – zur rechten Zeit am rechten Ort zu sein, darum geht es vor allem. Doch es gibt

Faktoren, mit denen man zumindest begünstigend auf die Verlagsentscheidung einwirken und sich überflüssige Absagen ersparen kann. Rüsten wir uns also zum letzten Kampf, den es noch zu bestehen gilt, ehe wir zu wahren Zaubermeistern werden.

1

Verlagsauswahl

Natürlich ist es von grundlegender Bedeutung, an wen man das fertiggestellte Manuskript verschickt. Versteht sich von selbst, werdet ihr jetzt denken – aber die Wahrheit sieht anders aus.

Aus den Lektoraten ist allenthalben zu hören, dass Manuskripte eintreffen, die gar nicht zum Verlagsprogramm passen. Damit meine ich nicht nur, dass man kein Fantasy-Manuskript an einen Verlag schicken sollte, der ausschließlich Krimis veröffentlicht. Auch innerhalb jener Verlage, die sich mit Fantasy befassen, gibt es durchaus Unterschiede in der Gewichtung sowie der inhaltlichen Zusammenstellung der Programme: Während der eine Verlag mehr auf Romantasy setzt, hat sich der andere ganz auf High Fantasy verlegt, wieder andere veröffentlichen per se zwar keine Phantastik, dafür aber Jugendliteratur, zu der auch All Age Fantasy zählt.

Es ist also in jedem Fall sinnvoll, sich vor Verschicken seines Manuskripts gut darüber zu informieren, welcher Verlag welche Schwerpunkte setzt. Gerade von jungen Autoren höre ich häufig das Argument, dass sie sich mit ihrem Manuskript von der Menge abheben wollten und deshalb gezielt Verlage angehen, die ihre Art von Geschichten eigentlich nicht im Programm haben. Das ist zwar schlau gedacht, aber wenig realistisch – denn wenn ein Verlag tatsächlich einmal ein Experiment wagen und etwas ins Programm nehmen sollte, das nicht dem sonst Üblichen entspricht, wird er das gemeinhin nicht mit einem Neuling tun, sondern mit einem etablierten Autor, der sich bereits einen Namen gemacht hat und sich nun einmal auf einem neuen Feld bewähren darf. Für die Romantiker unter uns – und wer, der Bücher schreibt, ist das nicht? – mag es eine unschöne Erkenntnis sein, dennoch ist sie unumgänglich, wenn man mit dem Schreiben Geld verdienen oder es gar zu seinem Beruf machen will: Letztlich ist auch ein Buch ein Produkt, das verkauft werden muss.

Wie wir gesehen haben, hat der Schritt von der Idee zum fertigen Manuskript viel mit Inspiration und Kreativität zu tun – der vom Manuskript zum Buch hingegen mit knallharten Zahlen und Fakten. Warum auch nicht? Natürlich sind Bücher Kulturgut, weswegen es letztlich die Buchpreisbindung gibt, die die Wettbewerbschancen kleiner Verlagen und Buchhändler und damit die kulturelle Vielfalt zumindest einigermaßen wahren soll; aber wenn Verlage mit der Herstellung und dem Vertrieb von Büchern Gewinne erwirtschaften und damit Autoren Arbeit geben sollen, so muss natürlich nach wirtschaftlichen Gesichtspunkten gearbeitet werden – und dazu gehört auch, nur solche Bücher ins Programm zu nehmen, die sich erwartungsgemäß ordentlich verkaufen werden. Zwar gibt es immer Titel, die ein Verlag aus Liebhaberei ins Programm nimmt – etwa weil man eine besondere Neigung zu einem bestimmten Thema hat oder weil sich das Haus aus Tradition oder gesellschaftlicher Verantwortung zu einer Veröffentlichung verpflichtet sieht – so etwas ist jedoch die Ausnahme, erst recht in der Fantasy. Wer also auffallen und sich von der Masse abheben will, sollte dies nicht unbedingt tun, indem er sein Manuskript entgegen aller Wahrscheinlichkeit verschickt und gleichsam auf einen Lotteriegewinn hofft. Es gibt bessere und auch verlässlichere Möglichkeiten, einen Roman beim Verlag anzubieten, und es fängt mit der richtigen Auswahl an.

Geht in die Buchläden oder ins Internet und informiert euch, welcher Verlag was im Programm hat. Dann überlegt euch, welchem Subgenre der Fantasy euer eigener Roman zuzurechnen ist. Bei den vielen Mischformen, die sich in den letzten Jahren wachsender Beliebtheit erfreuen, ist das gar nicht so einfach, aber Buchhändler haben eine gewisse Schwäche für Etikettierungen, was damit zusammenhängt, dass sie die Bücher in ihren Geschäften ja irgendwie thematisch gliedern und präsentieren müssen. Folglich sind auch die Programme der Verlage oft nach Subgenres unterteilt, und man tut gut daran, genau hinzusehen. Natürlich kann man derlei Überlegungen auch im Vorfeld anstellen und sehen, wo eventuell Bedarf an neuen Geschichten besteht oder wo schon eine gewisse Sättigung eingetreten ist – der enorme Erfolg der TWILIGHT-Saga beispielsweise hat für eine Flut an Vampir-Romanen aller Couleur gesorgt, sodass es eine Zeit lang wenig aussichtsreich erschien, hier mit einem neuen Manuskript punkten zu wollen. Aber meist ist es ja so, dass Ideen einfach kommen und sich nicht unbedingt an aktuellen Strömungen orientieren. Und das ist sicher auch besser so.

2
Der erste Kontakt

Wenn ihr euch mit eurer Einsendung aus der Masse hervorheben wollt, dann solltet ihr das auf anderem Wege tun – nämlich durch ein professionelles Auftreten und ein formal einwandfreies Manuskript. Vom Inhalt mal ganz abgesehen, könnt ihr damit bereits bei Agenten und Lektoren punkten, denn viele Nachwuchsautoren wissen leider immer noch nicht, wie ein Manuskript aussehen sollte.

Ganz abgesehen davon, dass es gewisse allgemeine Regeln gibt, auf die ich noch genauer eingehen werde, hat natürlich jeder Verlag seine ganz speziellen Vorstellungen davon, wie ein Manuskript eingereicht werden sollte, ob ganz traditionell in ausgedruckter Form oder als Mailanhang. Obwohl das digitale Zeitalter auch vor der Bücherbranche natürlich nicht haltgemacht hat, prüfen viele Lektoren eingereichte Manuskripte nach wie vor lieber ganz traditionell analog. Um dergleichen Dinge zu klären, ist es immer gut, sich auf der Homepage des Verlags umzusehen, wo es häufig nützliche Hinweise gibt, oder einfach mal beim Verlag anzurufen und nach den entsprechenden Vorgaben zu fragen. Dort bekommt man auch mitgeteilt, ob ein Verlag Manuskripte annimmt oder ob ein zeitweiliger Stopp verhängt wurde.

Ganz gleich, ob ihr euer Manuskript dann per Post schickt, via Mail oder ob ihr es persönlich abgebt – dem Roman sollte eine kurze Vita eurer bisherigen Taten beigefügt sein sowie ein ordentliches Anschreiben. Mit »ordentlich« meine ich sowohl die äußere Form als auch die inhaltliche. Stellt euch kurz vor und beschreibt mit *wenigen* Worten, worum es in eurem Roman geht – und das auf möglichst interessante Weise. Nehmen wir an, jemand schreibt folgenden Text:

> *»… geht es um einen Jungen, der ein Ei findet, aus dem eines Tages ein Drache schlüpft. Die beiden werden Freunde und kämpfen im Land XY gegen das Böse.«*

Ganz ehrlich – wer so etwas schreibt, braucht sich nicht zu wundern, wenn er sein Manuskript ungelesen zurückbekommt. Formulieren wir denselben Inhalt also etwas anders:

> *»… geht es um einen Jungen, der durch dramatische Ereignisse in den Besitz eines Dracheneis gelangt und damit zur Schlüsselfigur in einem epischen Kampf wird, der das Land XY in seinen Grundfesten erschüttert.«*

Eine Garantie, dass das Manuskript gelesen oder gar angenommen wird, bekommt man auf diese Weise zwar auch nicht, jedoch hat man zumindest die Voraussetzungen dafür geschaffen. Beim Anschreiben, das eure Einsendung begleitet, seid ihr euer eigener Werbe- und PR-Manager. Haut ruhig ein bisschen auf die Pauke, wenn es darum geht, euer Werk anzupreisen – aber bleibt unbedingt bei der Wahrheit. Wer schon etwas veröffentlicht hat, sei es im Internet, in Fanzines oder wo auch immer, kann und sollte das ruhig angeben, Übertreibungen aller Art sollte man jedoch vermeiden. Vergesst nicht, dass die Fantasy-Szene nicht so furchtbar groß ist und ihr es in den Lektoraten mit Profis zu tun habt, die sich auf ihrem Feld recht gut auskennen. Sich mit unverdienten Lorbeeren zu schmücken, kommt ebenso schlecht an, wie von einer Erfahrung zu zehren, die man nicht hat. Wenn der Roman euer Erstling ist, sagt das ganz offen, aber durchaus selbstbewusst, schließlich hat auch jeder bekannte Autor irgendwann einmal unbekannt angefangen.

Ganz wichtig: Achtet darauf, dass sich in den Brief, mit dem ihr euch und eure Arbeit vorstellt, keine Fehler anschleichen – wenn schon das Anschreiben mit Fehlern gespickt ist, warum sollte ein Lektor dann noch nach eurem Manuskript greifen? Ein wesentlicher Aspekt ist auch das exklusive Anbieten von Manuskripten. Auch wenn es nicht offen ausgesprochen wird – in der Regel gehen Verlage davon aus, dass sie ein Manuskript exklusiv angeboten bekommen, was schlicht bedeutet, dass es zur gleichen Zeit nicht noch auf dem Schreibtisch eines konkurrierenden Verlags liegt. Zwar ist ein solches Vorgehen nicht verboten und zwischen Agenturen und Verlagen durchaus sogar üblich, Neueinsteigern im Geschäft würde ich jedoch nicht dazu raten. Wenn man als Jungautor sein Manuskript an den Verlag X schickt und ihm im Anschreiben mitteilt, dass das gute Stück gleichzeitig auch noch bei Verlag Y und Verlag Z zur Prüfung liegt, wird das den Lektor nicht unbedingt beeindrucken. Ebenso verhält es sich mit dem Nennen von Deadlines. Zwar ist es wünschenswert, dass ein Verlag sich zum Sichten eines Manuskripts nicht allzu viel Zeit lässt, damit man es gegebenenfalls möglichst rasch an andere Häuser weitergeben kann, jedoch sind Wartezeiten von einigen Wochen schon allein aufgrund der großen Anzahl an Manuskripten, die geprüft werden müssen, nicht zu vermeiden. Auch hier könnt ihr eurem Manuskript einen kleinen Vorteil verschaffen, indem ihr ihm eine kurze Inhaltsangabe oder einen Auszug aus dem Exposé beiheftet, die es dem Lektor ermöglichen, sich in aller Kürze ein Bild von eurem Roman und seinem Inhalt zu machen.

Im Grunde läuft im Verhältnis zwischen Autor und Verlag alles auf gegenseitiges Vertrauen hinaus: Der Autor muss darauf vertrauen, dass sein Werk beim Verlag gut aufgehoben ist und dieser alles dafür tun wird, es in den Handel zu bringen; der Verlag wiederum muss darauf vertrauen, dass der Autor in der Lage ist, ein gutes Buch zu schreiben. Mit eurem Anschreiben an den Verlag wollt ihr genau dieses Vertrauen für euch in Anspruch nehmen.

Wie erwähnt, könnt ihr euch die Kontaktaufnahme mit dem Verlag auch sparen und euch stattdessen auf die Suche nach einem Agenten begeben – die Vorgehensweise ist grundsätzlich dieselbe, denn auch in Agenturen wird Wert auf ordentlich formatierte Texte und prägnant formulierte Anschreiben gelegt. Davon einmal abgesehen, wird es für euch jedoch einfacher, denn die Auswahl infrage kommender Verlage wird dann vom Agenten übernommen, der sich im Allgemeinen auch sehr viel besser mit den Bedürfnissen und Präferenzen der Lektorate auskennt als Außenstehende. Und als Insider haben Agenten auch nicht selten den einen oder anderen Geheimtipp parat.

3

Form wahren!

Wie sollte ein Manuskript aussehen, das man einreichen möchte? Die technische Entwicklung der letzten Jahrzehnte kommt uns hier wirklich entgegen, denn dank moderner Textverarbeitung stellt es kein größeres Problem mehr dar, einen Text optisch ansprechend zu präsentieren. Die Ansprüche der Verlage sind allerdings auch gestiegen – war man früher froh, wenn ein Manuskript ordentlich getippt war und nicht allzu viele ausgebesserte Stellen aufwies, möchte man heute einen annähernd fehlerfreien, gut leserlich formatierten Text.

Gut leserlich bedeutet gemeinhin mit einer Schriftgröße von 11 oder 12 pt gesetzt, mit zweizeiligem Abstand sowie ausreichend Platz an den Rändern, damit beim Lektorieren Platz für Anmerkungen bleibt. Natürlich, werdet ihr einwenden, kann eine Textdatei jederzeit umformatiert werden, aber das kostet Zeit, und jeder Lektor wird froh darüber sein, wenn er sich diesen zusätzlichen Aufwand sparen kann. Ihr merkt, es gibt eine ganze Reihe von Dingen, die ihr tun könnt, damit euer Manuskript gelesen wird – kleine Dinge, zugegeben, die jedoch in der Summe durchaus den Unterschied ausmachen können.

Was den Umfang einer Seite betrifft, so gibt es noch aus analoger Zeit die Vorgabe der normierten Seite, die 1500 (bei 12 pt) oder 1800 Zeichen (bei 11 pt) umfasst. Was die Schrift selbst betrifft, so gibt es keine zwingenden Vorschriften mehr – früher wollte man von Verlagsseite keine Proportionalschrift, weil sie das Berechnen des Umfangs erschwerte. Da es inzwischen zur Routine einer jeden Textverarbeitung gehört, die exakte Anzahl an Buchstaben, Wörtern und Zeichen zu berechnen, spielt dieser Aspekt keine Rolle mehr, allerdings tendiere ich noch immer dazu, in Manuskripten und längeren Exposés eher eine Serifenschrift wie Courier oder Times New Roman zu verwenden, da sie nachgewiesenermaßen leichter lesbar sind als serifenlose Schriften – auch so eine kleine Sache, die demjenigen, der das Manuskript prüft, das Leben ein bisschen leichter macht.

Was das grafische Drumherum angeht – ein bisschen davon schadet nicht, man will sich ja von der besten Seite zeigen, aber widersteht der Versuchung, das ganze Manuskript in Runenschrift o. ä. zu setzen. Ich habe auch schon Manuskripte gesehen, die komplett auf Papier mit Pergament-Optik ausgedruckt waren – das ist zwar löblich und zeugt vom Engagement des Autors, kann aber auch ein bisschen zu verspielt und unprofessionell wirken. Ganz abgesehen davon, dass es eine ordentliche Stange Geld verschlingt. Wenn es hingegen eine Kartenskizze gibt oder ein Freund von euch, der Grafiker ist, Zeichnungen der Hauptcharaktere gemacht hat, legt sie ruhig bei. Gefragt ist alles, was Aufsehen erregt, ohne dabei zu nervig oder übertrieben zu wirken.

Wenn ihr das Manuskript als Datei verschickt, benutzt eines der gängigen Formate wie .rtf oder das durch Word verbreitete .doc oder .docx, das von den Verlagsmitarbeitern problemlos geöffnet werden kann. Andere Programme sind grundsätzlich kein Problem, aber besorgt euch einen Konverter, um das Dateiformat in ein gängiges umzuwandeln. Und noch ein Tipp: Benennt eure Dateien nicht kryptisch à la

Fusi_project_version98b.rtf

sondern klar und nachvollziehbar mit eurem Namen und dem Titel des Romans:

peinkofer_zauberer.rtf

Wenn ihr euer Manuskript als Ausdruck verschickt, dann natürlich auf sauberem, frischem Papier. Das gilt auch, wenn ein Manuskript von einem Verlag abgelehnt wurde und ihr es zurückerhalten habt. Es steht euch frei, den Roman an einen weiteren Verlag zu schicken, aber ihr solltet nicht unbedingt das bereits gelesene Manuskript verschicken, denn es macht auf einen Lektor keinen guten Eindruck, etwas angeboten zu bekommen, das schon andere in den Händen hatten und (offenbar) abgelehnt haben. Ihr werdet feststellen, dass Lektorate ihre ganz eigene Art haben, mit Manuskripten umzugehen und dass diese mitunter in einem recht bemerkenswerten Zustand zurückgeschickt werden – mit Rändern der Kaffeetasse drauf, mit Bröseln zwischen den Seiten …

Habe ich alles schon erlebt.

Vielleicht wäre das ja auch eine pfiffige Idee fürs Fernsehen: Wetten, dass ich es schaffe, drei von zwanzig Lektoraten anhand der Art und Weise zu erkennen, wie zurückgeschickte Manuskripte aussehen …?

4
Anbieten will gelernt sein

In der Regel erfolgt die Kontaktaufnahme mit dem Verlag oder der Agentur dadurch, dass ein komplettes Werk zur Prüfung eingereicht wird. Es gibt jedoch auch Ausnahmen, denn wie gesagt, im Grunde läuft in dieser Branche alles auf das gegenseitige Vertrauen zwischen Autor und Verlag hinaus. Wenn ihr also schon einmal ein Buch veröffentlicht habt, selbst dann, wenn es in einem anderen Genre oder bei einem anderen Verlagshaus gewesen ist, wird ein Lektor eventuell auch bereit sein, euch einen Roman abzukaufen, der noch nicht vollständig geschrieben ist. Ihr könnt es dann auch mit dem Einsenden einiger Probekapitel versuchen, natürlich in Verbindung mit einer Konzeption, die Aufschluss darüber gibt, wo die Geschichte hingeht und welche Wendungen sie nimmt.

Diese Konzeption, die im Wesentlichen aus einer Inhaltsangabe, also dem Exposé, sowie eventuell auch noch aus einigen Zusatzinformationen besteht, sollte so gehalten sein, dass sie euch bzw. euer Projekt von der allerbesten Seite zeigt. Eine feste Form hierfür gibt es wie erwähnt nicht, zu lang oder ausführlich sollte ein Exposé in diesem Fall jedoch nicht sein, ein ausführliches Kapitelexposé ist also eher ungeeignet. Man muss versuchen, die Mitte zu finden – so lang wie nötig, aber auch so knapp wie möglich.

Zeichnungen, Kartenskizzen etc. können einer Konzeption natürlich ebenfalls beigefügt werden, und natürlich sollte man auch versuchen, die Vorzüge seines Projekts gegenüber anderen – die *Unique Selling Proposition*, wie unsere Freunde vom Marketing es nennen würden, herauszustellen. Stellt euch am besten vor, es gäbe euer Romanprojekt bereits als fertiges Buch und ihr müsstet einen Werbetext dafür schreiben: Wie würdet ihr anfangen? Wie würdet ihr all das, was euren Stoff ausmacht, in wenigen Worten zusammenfassen?

Wer sein Geld mit Schreiben verdienen will, muss zu einem gewissen Grad auch lernen, sich selbst zu vermarkten. Aber bleibt auch hier unbedingt bei der Wahrheit – Parolen wie »das größte Fantasy-Abenteuer seit DER HERR DER RINGE« helfen nicht unbedingt weiter. Macht euch die besondere Qualität und die Vorzüge eures Projekts bewusst und bringt sie gezielt zur Sprache. Letztlich kommt es vor allem darauf an, dem Verlag zu zeigen, dass eure Konzeption Hand und Fuß hat und gut durchdacht ist. Nur so werdet ihr den Vertrauensvorschuss bekommen, den ihr braucht.

Eine genaue Anleitung, wie man eine solche Konzeption verfasst, kann es nicht geben, da sie sich ja immer nach dem jeweiligen Projekt zu richten hat. Man kann sich jedoch wertvolle Tipps in Büchern holen, die sich ganz allgemein mit der Präsentation von Dingen befassen. Ganz nebenbei erfährt man dabei noch eine ganze Menge über Werbepsychologie – auch Lektoren sind schließlich nur Menschen.

Mein ganz persönlicher Tipp ist das in den späten 60er-Jahren in den USA erschienene (und in unzähligen Auflagen nachgedruckte) Taschenbuch THE MAKING OF STAR TREK. Haarklein wird darin geschildert, wie Gene Roddenberry es damals geschafft hat, seine heute weltberühmte Schöpfung beim TV-Studio Desilu unterzubringen. Wie jeder Autor stand auch Roddenberry damals vor dem Problem, die Vorzüge eines Werkes anpreisen zu müssen, das es noch nicht gab – und er hat das auf eine Weise getan, die bis heute beispielhaft ist. Ein echtes Vorbild also für jeden, der (ähnlich) Großes vorhat. Das Buch wird zwar leider nicht mehr gedruckt, ist antiquarisch aber leicht zu bekommen.

5
Dröges Vertragsrecht

Angenommen, ihr habt es geschafft: Euer Manuskript hat die Zustimmung des Lektorats gefunden, oder die Agentur, an die ihr es geschickt habt, hat einen Verlag dafür interessieren können – was geschieht als Nächstes?

Ihr ahnt es schon, jetzt kommt der Papierkram. Denn die Angelegenheiten zwischen Autor und Verlag werden durch einen Vertrag geregelt, der die für den Autor wohl wichtigsten Dinge festlegt: das Was, das Wie, das Wie viel und natürlich das Wann. Lasst euch nicht auf etwas anderes ein. Jeder seriös arbeitende Verlag wird euch von sich aus einen Vertrag schicken, in dem die Konditionen der Zusammenarbeit genau geregelt sind – alles andere ist nicht nur Käse, sondern kann sowohl euch als auch den Verlag in größte Schwierigkeiten bringen und teuer zu stehen kommen, wenn es zu Meinungsverschiedenheiten kommt. Von daher muss der Verlag allein schon aus purem Eigeninteresse auf der Unterzeichnung eines Vertrages bestehen. Jedenfalls dann, wenn er lautere Absichten hat und es mit der Veröffentlichung ernst meint, und davon gehen wir ja aus.

Hier wird es Zeit, mit einem weitverbreiteten Irrtum aufzuräumen: Ein Verlagsvertrag ist kein Kaufvertrag. Ihr verkauft euer Werk nicht im herkömmlichen Sinn, schon deshalb, weil ihr das gar nicht könnt. Das Urheberrecht, das im Grunde im Augenblick der Entstehung des Werks zustande kommt, ist unveräußerlich und bleibt immer bei euch. Alles, was ihr dem Verlag übertragen könnt und womit dieser ausschließt, dass das Werk gleichzeitig auch noch bei anderen Verlagen erscheint, ist das Nutzungs- bzw. Veröffentlichungsrecht an eurem Werk, nur darum geht es. Kommen wir also zu den einzelnen Punkten, die in einem Verlagsvertrag festgelegt werden:

Das »Was«:

Der Vertrag nennt das Werk, das vom Verlag veröffentlicht werden soll. Falls der endgültige Titel schon vorliegt, wird er genannt, ansonsten verwendet man den vorläufigen Arbeitstitel oder einen allgemeinen Platzhalter – auf die rechtliche Relevanz hat das keinen Einfluss. Auch wird festgelegt, ob das Buch unter eurem eigenen Namen oder unter einem Pseudonym erscheinen soll. Und natürlich schreibt der Vertrag auch vor, welchen Umfang das Manuskript haben soll, falls es noch nicht vollständig vorliegt. Der Umfang wird gewöhnlich in den bereits erwähnten normierten Seiten von 1500 oder 1800 Anschlägen/Seite festgelegt.

Das »Wie«:

Der Vertrag regelt auch, unter welchen Voraussetzungen die Veröffentlichung eures Werkes erfolgt bzw. welche Rechte genau ihr dem Verlag überlasst. Grundsätzlich unterschieden wird zwischen »buchnahen« und »buchfernen« Rechten. Die einen umfassen, wie die Bezeichnung schon vermuten lässt, die Rechte am Buch selbst: das Veröffentlichungsrecht sowohl für den herkömmlichen als auch für den elektronischen Bereich (Stichwort E-Book), das Übersetzungsrecht für fremdsprachige Ausgaben (gerade in der Fantasy ein wichtiger Aspekt) sowie das Vertonungsrecht zur Adaption als Hörbuch. Die buchfernen Rechte hingegen bezeichnen all jene Rechte, die nur indirekt mit dem Buch zu tun haben, weil sie dieses lediglich als Grundlage nutzen – also etwa das Recht auf eine Adaption als Film, Theaterstück oder inszeniertes Hörspiel oder auch die Merchandisingrechte. Letztere haben in den vergangenen Jahren an Bedeutung gewonnen, seit sich ursprünglich aus dem Fandom stammende, jedoch sehr professionell und engagiert agierende Firmen wie WerkZeugs für Bücher-Merchandising ins Zeug legen und damit Rechte nutzen, die früher schlicht brachgelegen haben: T-Shirts, Schmuck, Postkarten und viele andere Dinge sind seither zu Fantasy-Romanen namhafter Autoren erhältlich.

Bestimmt wird auch, wie lange diese Rechte an den Verlag übertragen werden – ob nur für eine bestimmte Zeitspanne oder für immer. Erwirbt ein Verlag alle Rechte zu einem bestimmten Fixum, nennt man das einen *Buy Out* – so etwas wird zum Beispiel im Heftroman gemacht, wenn ein Autor für den Verlag eine Serie mit wiederkehrenden Figuren entwickelt hat, die dann von anderen Autoren weitergeführt werden soll. Außerdem legt der Vertrag fest, in welcher Form euer Werk auf den Markt kommen wird – ob als Beitrag in einem Sammelband oder als eigenständiges Buch, wobei es dann natürlich festzulegen gilt, ob es sich um ein Taschenbuch handelt, ein Hardcover, einen laminierten Pappband (v. a. im Jugendbuch sehr gebräuchlich) oder eine Broschur, besser bekannt als Paperback.

Das »Wie viel«:

Auf diesen Punkt habt ihr wahrscheinlich schon gewartet – es vergeht eigentlich keine Lesung, auf der ich nicht gefragt werde, wie viel man als Autor verdient. Die Frage lässt sich natürlich nicht einfach so beantworten, denn der Verdienst des Autors an einem Buch hängt von zwei Faktoren ab – dem prozentualen Anteil, den er pro verkauftem Buch bekommt (in der Fachsprache Tantieme genannt) sowie der Anzahl der verkauften Bücher.

Letzteres lässt sich leider nicht vertraglich festlegen, Erstgenanntes aber schon. Und wenn ich bei Lesungen erzähle, wie viel der Autor von jedem verkauften Buch bekommt, gibt es meistens lange Gesichter. In den Köpfen der Leute spuken – wohl inspiriert durch Filme, in denen Autoren den ganzen Tag auf der Veranda ihrer Villa sitzen und Daiquiris schlürfen – Zahlen von fünfzig oder noch mehr Prozent herum, was (leider) völliger Blödsinn ist. Die Tantiemen, die der Autor erhält, bewegen sich, je nach Ausstattung, Verkaufspreis und zu erwartendem Verkauf eines Buchs, in der Regel zwischen 5 und 10 Prozent, wohlgemerkt nicht vom Ladenpreis, sondern vom Nettoverkaufspreis (also Ladenpreis abzüglich Mehrwertsteuer). Machen wir eine Beispielrechnung auf: Nehmen wir an, ein Autor veröffentlicht ein Taschenbuch mit einem Umfang von 500 Seiten. Es ist sein Erstlingswerk, wofür man ihm 5 % Tantiemen einräumt. Das Buch geht zum Ladenpreis von 8,00 Euro über den Tisch, der Gewinn des Autors an jedem verkauften Buch berechnet sich also wie folgt:

Ladenverkaufspreis	8,00 Euro
Mehrwertsteuer (derzeit 7 %)	0,52 Euro
Nettoverkaufspreis	7,48 Euro
Anteil des Autors pro Buch	0,37 Euro

Ganz klar – nach Villa und Daiquiri klingt das nicht gerade. Und es hat auch nichts mit zügelloser Ausbeutung des Autorenstandes zu tun, denn auch der Verlag verdient an einem Buch längst nicht so dick und fett, wie man vermuten sollte. Natürlich verschlingt auch die Herstellung des Buches eine Stange Geld; von dem, was übrig bleibt, verbleibt nur rund ein Drittel beim Verlag, der Rest fließt in Verkauf und Vertrieb. Denn zum einen müssen die Bücher ja von der Druckerei in den Handel gelangen (und dabei irgendwo zwischengelagert werden, denn sie sollen über einen langen Zeitraum hinweg bestellbar bleiben), zum anderen will auch der Buchhändler noch etwas daran verdienen. Der Autor, auch wenn er letztlich der »Erfinder« des Projekts war, ist damit nur das erste Glied in einer langen Kette, sein prozentualer Anteil entsprechend – und das ist letztlich auch der Grund dafür, dass viele Autoren über lange Jahre hinweg noch ihrem »Brotberuf« treu bleiben, ehe sie den Schritt in die Selbstständigkeit als freiberufliche Schriftsteller wagen.

Finanziell interessant wird die Sache erst durch den Verkauf *vieler* Bücher. Nehmen wir an, dass sich das besagte Erstlingswerk fünftausend Mal verkauft, was fürs »erste Mal« gar nicht schlecht ist, dann kommen wir auf eine Tantiemenausschüttung von 1850 Euro – zum Leben zu wenig und zum Sterben zu viel, wie es so schön heißt. Bei zwanzig- oder dreißigtausend Exemplaren hingegen sieht die Sache schon etwas anders aus, zumal dann häufig auch in den Vertrag eingearbeitete Steigerungsmechanismen greifen und sich der prozentuale Anteil erhöht, je mehr Bücher verkauft werden.

Eine wirklich gute Sache für uns Autoren ist die schon erwähnte Vorschusszahlung auf die zu erwartenden Tantiemen – man muss also nicht erst warten, bis sich das Buch verkauft hat, sondern bekommt gleich eine gewisse Summe Geldes, entweder am Stück oder nach bestimmten Terminen (Manuskriptabgabe, Erscheinen des Buchs etc.) gestaffelt, die dann mit den Tantiemen verrechnet wird. Da diese Vorschusszahlung in der Regel auch dann nicht zurückgezahlt werden muss, wenn sich das Buch nicht so gut verkaufen sollte wie vom Verlag erwartet, bietet sie eine finanzielle Grundlage, mit der sich für den Autor vergleichsweise sicher kalkulieren lässt. In regelmäßigen Abständen erhält er (oder seine Agentur) dann Abrechnungen, in denen der Verlag genaue Rechenschaft über den Verkauf des jeweiligen Titels ablegt. Hier erfährt man dann auch, wie viel von der Vorschusszahlung bereits eingespielt wurde. Übersteigen die Tantiemen aus den Verkäufen die Vorschusssumme, gibt es zusätzliches Geld. Dasselbe gilt auch für Einkünfte aus dem Verkauf von Nebenrechten, falls sie dem Verlag übertragen worden sind.

In selteneren Fällen, z. B. im Heftroman, werden die Tantiemen auch pauschal mit einer einmaligen Zahlung abgegolten. Das hängt damit zusammen, dass man bei periodisch erscheinenden Veröffentlichungen ziemlich genau weiß, wie sie sich verkaufen werden und die fälligen Tantiemen daher recht exakt vorausberechnen kann. Außerdem sind die überwiegend im Bahnhofs- und Zeitschriftenhandel vertriebenen Heftromane ja nach wenigen Tagen oder Wochen bereits nicht mehr erhältlich, Nachabrechnungen sind also nicht nötig.

Das »Wann«:

Auch alle Termine, die mit der Veröffentlichung des Romans zusammenhängen, sind im Verlagsvertrag geregelt – sowohl jene, die den Verlag betreffen, als auch solche, die den Autor angehen. Wenn ein fertiges Manuskript angekauft wird, steht der Erscheinungstermin oft schon fest und wird im Vertrag festgehalten, z. B. »November 2012« oder etwas vager »Herbst/Winterprogramm 12/13«. Bei noch unerfahrenen Autoren oder auch bei solchen, die als notorische Terminüberzieher bekannt sind, lässt man den Erscheinungstermin auch schon mal offen – keine gute Sache, da sich der Verlag in solchen Fällen auch kaum dazu bereit erklären wird, fixe Zusagen im Hinblick auf Werbung für das Buch zu machen. Wie soll man eine Marketingkampagne für ein Buch planen, von dem man noch nicht weiß, wann (oder ob) es fertig wird?

An dieser Stelle kann ich nicht anders, als erneut ein kleines Plädoyer für Pünktlichkeit zu halten. Das Einhalten des im Vertrag vereinbarten Abgabetermins sollte für Autoren eigentlich selbstverständlich sein, ist es aber nicht – viele Lektoren können ein Liedchen von Autoren singen, die ihre Termine um Wochen, manchmal um Monate überziehen. In der schreibenden Zunft wird das Überziehen von Terminen gemeinhin als Kavaliersdelikt angesehen, bei manchen gehört es fast zum guten Ton, den Verlag eine mehr oder minder lange Zeitspanne zappeln zu lassen. Mal abgesehen davon, dass man auf diese Weise seinen Status als Freigeist untermauert, gewinnt man damit keine Freunde, denn das Überziehen eines Termins kann einen Lektor, der fest mit einem Buch geplant oder es vielleicht sogar schon in seiner Vorschau angekündigt hat, in beträchtliche Schwierigkeiten bringen und dem Verlag erhebliche Kosten verursachen. Wohlgemerkt spreche ich hier von *exzessivem* Überziehen. Auch Lektoren wissen, dass Schreiben eine kräftezehrende Angelegenheit ist und Kreativität sich bei Bedarf nicht einfach an- oder abstellen lässt, deshalb wird in den Verträgen bereits eine gewisse Überziehungszeit zugestanden. Merkt man beim Schreiben, dass auch diese nicht ausreichen wird, sollte man möglichst früh mit dem zuständigen Lektor sprechen und die Karten offen auf den Tisch legen – ihr könnt davon ausgehen, dass man dort die gängigsten Ausreden (unangefochten auf Platz 1 steht übrigens der totale Festplattencrash) ohnehin bereits kennt.

Wer seine Termine einhält, empfiehlt sich dem Verlag als verlässlicher Partner, und man wird eher bereit sein, ihm einen neuen Vertrag zu geben als einem notorischen Terminjongleur. Klingt erzkonservativ und auch ein bisschen langweilig, ich weiß. Aber es ist gleichzeitig auch ein Aspekt, mit dem ihr wirklich punkten könnt. Um im Jargon zu bleiben: Lasst nicht zu, dass die Lektoren in euch einen Formwandler sehen, der seine Gestalt mal so, mal so verändert, sondern empfehlt euch unzweifelhaft als Held eurer Geschichte.

6

Spezialfall Auftragsarbeit

Gelegentlich kommt es vor, dass Agenturen oder Verlage einen Roman aufgrund der Thematik o.ä. zwar nicht annehmen können oder wollen, jedoch das Potenzial des Autors erkennen und mit ihm an der Entwicklung einer neuen Geschichte arbeiten wollen. Dass das gar nicht so selten ist, davon zeugen die vielen Mails, die mich ganz speziell zu diesem Thema erreichen. Die Haltungen der Verfasser gehen dabei weit auseinander – die einen sehen es als kleinen Affront, dass ihr Werk abgelehnt wurde und man lieber etwas anderes von ihnen geschrieben haben möchte, andere sorgen sich um das Urheberrecht (s. betreffendes Kapitel), wieder andere fragen, ob sie zusagen oder es lieber weiter mit ihrem ursprünglichen Manuskript versuchen sollen.

Die Antwort, die ich in solchen Fällen gebe, ist eindeutig: Unbedingt zugreifen!

Bedenkt, dass weder Agenten noch Lektoren euch so ein Angebot machen müssten. Beide werden täglich von unverlangt eingesandten Manuskripten überschüttet, aus dieser Masse herausgepickt zu werden, ist also an sich schon eine Leistung. Natürlich ist es am schönsten, wenn das Manuskript, das man eingeschickt hat, vom Fleck weg gekauft wird – aber es ist auch ziemlich selten. Ein Angebot zur Zusammenarbeit ist insofern das Zweitbeste, das einem passieren kann, zumal es einem hilft, einen Fuß in die Tür zu bekommen und Leute in Agenturen und Verlagen kennenzulernen. Nicht wenige heute sehr erfolgreiche Autoren haben ihren ersten Job durch eine solche »Auftragsarbeit« bekommen – Romane zu aktuellen Themen oder bereits bestehenden Serien. Vielleicht ist das nicht der künstlerisch erfüllendste, freigeistigste Weg, um seine schriftstellerische Karriere zu starten, dafür ist er aber umso Erfolg versprechender. Denn ein Autor, der sich bei einem solchen Projekt bewährt und seine Zuverlässigkeit unter Beweis stellt, hat gute Chancen, als nächstes oder übernächstes Buch ein eigenes Projekt realisieren zu dürfen – und schon ist man »drin«, auch wenn man vorher noch keinerlei Verbindung zur Branche hatte.

Ein gewisses Maß an Pragmatismus kann also bisweilen ganz nützlich sein, jedoch sollte man immer nur so weit gehen, wie man es sich selbst gegenüber verantworten kann. Wenn es etwas gibt, das ihr, aus welchen Gründen auch immer, absolut nicht tun oder schreiben wollt, dann solltet ihr das auch nicht, denn der Leser würde es in jedem Fall merken. Das Geheimnis hinter einem erfolgreichen (Fantasy-)Roman ist letztlich immer, dass beide, Autor und Leser, mit Freude bei der Sache sind.

7
Steuern? Steuern!

Kommen wir nun zu dem Thema, vor dem es den meisten Autoren einfach nur graut. Wie könnte es auch anders sein, prallen hier doch zwei Welten zusammen, die unterschiedlicher kaum sein könnten: Auf der einen Seite wir Autoren mit unserem nach größtmöglicher Freiheit und kreativer Selbstverwirklichung strebenden Geist – auf der anderen das deutsche Steuerrecht. Trotzdem bleibt, will man als professioneller Autor arbeiten, nichts anderes übrig, als sich zumindest ein klein wenig damit auseinanderzusetzen.

Die gute Nachricht ist, dass sich der Aufwand in Grenzen hält. Autoren gehören, ebenso wie etwa freie Journalisten oder selbstständige Architekten, zur Kategorie der Freiberufler. Das bedeutet, dass keine Gewerbeanmeldung nötig ist, sondern lediglich ein »Fragebogen zur steuerlichen Erfassung«, der beim zuständigen Finanzamt erhältlich ist. Und ihr braucht auch keine speziellen Vorgaben darüber zu beachten, wo ihr euren Beruf ausüben dürft und wo nicht – der Autorenschreibtisch darf also ruhig bei euch zu Hause in der Wohnung stehen. Auch sonst gibt es eigentlich keine großen Hindernisse – die Kosten für den Berufseinstieg halten sich in Grenzen, die Gewinnermittlung erfolgt jährlich über eine vergleichsweise einfache Einnahmen-Überschuss-Rechnung: Von euren jährlichen Betriebseinnahmen wird all das abgezogen, was ihr an Aufwand zu bestreiten hattet, was unterm Strich übrig bleibt, ist euer zu versteuernder Gewinn.

Aufwandskosten sind all das, was ihr ausgebt, um eurer Schreibtätigkeit nachgehen zu können – von der Anschaffung eines Computers über die Einrichtung eines Telefons bis hin zu Rechercheliteratur und Verbrauchsmaterialien wie Papier oder Druckertinte. Auch eine Büromiete kann darunterfallen oder, in unserem Beruf besonders wichtig, Reisekosten, wenn ihr auf eine Convention oder Messe fahrt, um euer Buch vorzustellen – manchmal werden solche Kosten zwar von den Verlagen übernommen, manchmal aber eben auch nicht. In diesem Fall könnt ihr die Kosten für Bahnfahrt, Hotelübernachtung etc. als »Verpflegungsmehraufwand« von der Steuer absetzen – wichtig ist, dass ihr die Rechnungen sammelt und sie aufbewahrt.

Seid ihr zum Abzug der Vorsteuer berechtigt, so bekommt ihr von allem, was ihr zu beruflichen Zwecken erwerben oder bezahlen müsst, die gesetzliche Mehrwertsteuer (derzeit 19 % bzw. 7 %, abhängig vom Produkt oder von der Dienstleistung) vom Finanzamt wieder erstattet. Im Gegenzug seid ihr mehrwertsteuerpflichtig und müsst ihr von allem, was ihr einnehmt, Umsatzsteuer an das Finanzamt abführen – Hintergrund der ganzen Geschichte ist der Grundsatz, dass es keine Doppelbesteuerung geben darf. Im Fall der schreibenden Zunft beträgt die Umsatzsteuer 7 %, was aber nicht ins Gewicht fällt, da die meisten Verlage die Umsatzsteuer zusätzlich ausbezahlen, denn aus ihrer Sicht ist es ja Vorsteuer, die sie wiederum vom Finanzamt erstattet bekommen. Bei Vertragsunterzeichung müsst ihr angeben, ob ihr zur Entrichtung der

Mehrwertsteuer verpflichtet seid oder nicht, entsprechend erfolgt dann die Auszahlung und gegebenenfalls auch eure Rechnungsstellung.

Ob es sich für euch lohnt, beim örtlichen Finanzamt auf Vorsteuer zu optionieren, müsst ihr für euch selbst entscheiden. Wenn ihr nur ganz gelegentlich Einnahmen zu verbuchen habt, lohnt es sich eher nicht, bei regelmäßiger schriftstellerischer Tätigkeit ganz sicher. Der Nachteil ist, dass die Sache mit einem gewissen Aufwand verbunden ist. In einem Zeitraum, der sich nach der Höhe des Überschusses der Umsatzsteuer über die Vorsteuer richtet und vom Finanzamt festgelegt wird – möglich ist jährlich, vierteljährlich oder auch monatlich – müsst ihr eine Anmeldung abgeben, in der dann sowohl die entrichtete Vorsteuer als auch die vom Verlag an euch ausbezahlte Umsatzsteuer gegeneinander aufgerechnet werden. Früher ist diese Anmeldung schriftlich über ein Formular erfolgt, heute wird sie online erledigt, über ein kostenloses Programm, das von den Finanzämtern zur Verfügung gestellt wird.

Am Ende eines Geschäftsjahres gebt ihr – wie jeder andere auch – eure Steuererklärungen ab, nach der die noch an das Finanzamt zu zahlende Umsatzsteuer und die fällige Einkommensteuer berechnet werden. Da es hier schon mal ein bisschen komplizierter werden kann, zumal, wenn ihr mehreren Tätigkeiten nachgeht oder einen festen Brotberuf habt, würde ich das Hinzuziehen eines Steuerberaters dringend empfehlen. Hier bekommt man auch Auskunft, wie eventuell anstehende Investitionen (z. B. in einen neuen Computer o. ä.) sinnvoll und steuersparend angesetzt werden können. Auf der Grundlage der abgegebenen Einkommensteuererklärung nimmt das Finanzamt dann eine Schätzung des freiberuflichen

Einkommens für das Folgejahr vor, nach der man meist vierteljährliche Vorauszahlungen auf Einkommensteuer und Solidaritätszuschlag zu leisten hat. Nach Ablauf des Geschäftsjahres werden diese dann mit den tatsächlichen Ergebnissen verrechnet, und man bekommt entweder wieder etwas ausbezahlt oder muss noch nachzahlen. Diese Vorauszahlungen sind für das Finanzamt eine feine Sache, weil es so nicht bis zum Jahresende auf sein Geld warten muss – einen Freiberufler können sie manchmal ins Schwitzen bringen, denn das Einkommen ist ja nicht gleichmäßig auf alle zwölf Monate des Jahres verteilt, und so kommt es durchaus vor, dass man Vorauszahlungen auf Steuern zu begleichen hat, die gar nicht fällig werden, weil man in diesem Zeitraum schlicht nichts eingenommen hat. Sobald man also merkt, dass sich der Gewinn eines Jahres deutlich unter dem des Vorjahres bewegen wird, sollte man dies dem zuständigen Sachbearbeiter beim Finanzamt melden und eine neue Festsetzung der Vorauszahlungen erwirken – auch solche Dinge regelt schnell und effizient ein Steuerberater.

Ich weiß, im Augenblick hört sich das alles noch nach orkischen Dörfern für euch an – auch mir hat damals der Kopf ziemlich geraucht, als das alles auf mich einstürzte. Aus Erfahrung kann ich aber sagen, dass man über die Jahre in die Materie reinwächst, und wenn man das Grundprinzip erst mal verinnerlicht hat, wird es leichter. Was die Buchführung selbst betrifft, so gibt es ganz gute Software, die eigens für Freiberufler geschrieben und ihren Anforderungen angepasst wurde – Einnahmen und Ausgaben werden hier genau verzeichnet und in Dateiformate übertragen, die das Steuerbüro direkt übernehmen und weiterverarbeiten kann, was Zeit und damit natürlich auch Geld spart.

8

Sicher versichert

Ein weiterer Punkt – über den man freilich erst dann nachdenken muss, wenn man den Broterwerb aufgibt und sich entschließt, ganz auf eigenen Beinen zu stehen und das Schreiben zum Beruf zu machen – ist die Sozialversicherung, also Kranken-, Pflege-, Renten- und Arbeitslosenversicherung.

Was Letztere betrifft, so gibt es die für Freiberufler erst gar nicht. Die gute Seite daran ist, dass man keine Abgaben entrichten muss, die schlechte, dass man auch keine Leistungen bekommt. Sollte es also mal mit dem Schreiben klemmen und es keine Aufträge geben, so ist man auf die eigenen Ersparnisse verwiesen, Arbeitslosengeld gibt es nicht. Um wenigstens seine Arbeitskraft zu versichern, kann man als Freiberufler auf eine Berufs- oder Erwerbsunfähigkeitsversicherung zurückgreifen. Diese sorgt dafür, dass man, falls man nicht selbst zum Broterwerb fähig sein sollte, einen bestimmten Tagessatz an Geld von der Versicherung bekommt. Leider sind solche Versicherungen, wenn sie in Höhe der tatsächlichen Lebenshaltungsskosten abgeschlossen werden, sehr teuer. Und, um die Sache noch schlimmer zu machen, für Schriftsteller gibt es sie nicht, weil der Begriff der Arbeitsunfähigkeit hier nicht eindeutig zu definieren ist. Diese Möglichkeit kommt also ohnehin nur für Autoren in Betracht, die mehreren Tätigkeiten nachgehen oder noch einen anderen freien Beruf ausüben.

Bei der Kranken- und Pflegeversicherung hingegen sind auch Autoren dabei, wenn auch auf ganz spezielle Weise. Alle in Deutschland tätigen Schriftsteller sind nämlich grundsätzlich pflichtversichert, und zwar über die Künstlersozialkasse, kurz KSK. Diese Einrichtung, die, wie der Name schon vermuten lässt, nicht nur Autoren offensteht, sondern jeder Art von Künstlern, fungiert sozialversicherungstechnisch ähnlich wie ein Arbeitgeber, d.h. sie übernimmt 50 % der Kosten für Kranken- und Pflegeversicherung, genau wie ein Arbeitgeber in einem festen Angestelltenverhältnis das tun würde. Die KSK ist dabei aber keine Krankenkasse, sondern zieht das Geld nur treuhänderisch ein und gibt es dann, um den eigenen Anteil erweitert, an die vom Autor gewählte Krankenkasse weiter. Die Vor- und Nachteile, die sich aus einer gesetzlichen Krankenversicherung ergeben, bleiben dieselben. Natürlich steht es einem freiberuflichen Autor unter Berücksichtigung der entsprechenden Auflagen auch frei, sich privat zu versichern.

Auch bei der gesetzlichen Rentenversicherung wird die KSK aktiv und übernimmt ebenfalls die Hälfte des vom Versicherten zu zahlenden Gesamtbetrags, der sich wiederum aus einer am Ende des Vorjahres abgegebenen Schätzung errechnet. Allerdings wird die aufgrund dieser Zahlungen prognostizierte Rente wohl kaum ausreichen, um eines fernen Tages den tatsächlichen Lebensunterhalt zu bestreiten. Wie alle anderen sollten sich also auch Autoren beizeiten Gedanken um eine zusätzliche Altersvorsorge machen, wobei es schwer ist, hier zu einer Strategie zu raten – die wirtschaftliche Entwicklung der letzten

Jahre hat gezeigt, dass private Lebens- und Rentenversicherungen längst nicht so ergiebig und sicher sind, wie man uns das über Jahre hinweg glauben machen wollte. Viele Autoren schreiben auch bis ins hohe Alter hinein – nicht unbedingt deshalb, weil wirtschaftliche Notwendigkeit sie dazu zwingen würde, sondern weil sie einfach nicht mit dem Schreiben aufhören und in Rente gehen wollen. Kreativität lässt sich eben nicht einfach abstellen, wenn man ein bestimmtes Alter erreicht hat.

Alles in allem genießen Autoren gegenüber anderen Freiberuflern durch die KSK den Vorteil, die wichtigsten Absicherungen vergleichsweise günstig vornehmen zu können. Der Gedanke, der dahintersteht, ist der, dass eine Gesellschaft ohne Künstler eine ärmere Gesellschaft wäre und man auf diese Weise von staatlicher Seite alle kreativ Tätigen fördern will – eine tolle Einrichtung, von der wir bei allen Risiken und Nachteilen als freie Autoren profitieren.

Epilog

Jenseits des Tageslichts, das senkrecht durch die Öffnung in der Höhlendecke fiel, konnte Granock sie schemenhaft erkennen – eine Kreatur wie aus einem Albtraum.

Weiße, fast durchsichtige Haut überzog einen gedrungenen, knochigen Körper, der auf kräftigen, nach hinten gebogenen Beinen ruhte. Die Arme waren beinahe doppelt so lang und endeten in mörderischen Fängen, an denen blutige Fleischreste hingen. Der Kopf der Kreatur glich einem Helm mit geschlossenem Visier – eine fliehende Stirn unterhalb derer acht senkrecht verlaufende Schlitze klafften. Die äußeren vier öffneten und schlossen sich unaufhörlich und stießen feuchten Dampf aus, weshalb Granock folgerte, dass es sich um Atemorgane handeln musste; bei den übrigen Öffnungen schien es sich um Augen zu handeln, die schwarz glänzten und den Zauberer blutlüstern taxierten. Darunter klaffte ein breites Maul, von dessen an eine Säge erinnernden Zähnen weißlicher Geifer troff – und das sich in diesem Augenblick so weit öffnete, dass es einen Menschen mühelos hätte verschlingen können. Ein Zischen wie von tausend Schlangen erfüllte die Höhle, dann setzte die Kreatur auf ihren kurzen Hinterbeinen heran und schnellte auf Granock zu.

Der Zauberer stand wie versteinert, das Schwert in der einen, den nutzlos gewordenen flasfyn in der anderen Hand.

Keines von beidem schien geeignet, dem Monstrum zu trotzen, und Granock dämmerte, dass dies das Ende sein würde.

Das Ende seines Daseins – und damit auch allen Schmerzes.

Erinnerungen glommen blitzartig in der Dunkelheit auf, Bilder von Weggefährten, von Freunden und geliebten Menschen, die er verloren hatte.

Und von ihr …

Als Alannahs Bild vor seinem geistigen Auge auftauchte, fühlte Granock erneut den Schmerz, und er sehnte das Ende beinahe herbei, das sich ihm in Gestalt des Höhlenmolochs entgegenwarf …

… doch es kam anders.

Rasend vor Blutdurst und Rachsucht achtete die Kreatur nicht auf den Lichtstrahl, der von oben in die Höhle einfiel. Mit den langen Armen rudernd, schoss sie nach vorn, geradewegs durch den hellen Schein – und erstarrte, beinahe so, als hätte Granock einen seiner Zeitzauber gewirkt.

Der Zauberer brauchte einen Moment, um zu begreifen, dass es das Licht war, das die Kreatur der Dunkelheit erfasst hatte und ihre Bewegungen hemmte.

Und er brauchte einen zweiten Moment, um sich darüber klar zu werden, dass dies nicht der Tag war, an dem er sterben würde … noch nicht. Ganz offenbar war seine Zeit in Erdwelt noch nicht vorüber, war er zu etwas anderem bestimmt als dazu, in einer alten Zwergenhöhle von einem rasenden Monstrum getötet zu werden.

Entschlossen trat er vor, das Schwert erhoben – und noch ehe der Moloch reagieren oder auch nur zurückweichen konnte, hatte Granock ihm die Klinge bis zum Heft dort hineingerammt, wo er das Herz vermutete. Wenn abscheuliche Kreaturen wie diese überhaupt ein Herz besaßen.

Die lotrechten Schlitze weiteten sich, Verständnislosigkeit sprach aus dem ersterbenden Blick der Kreatur. Granock hasste es, Leben zu nehmen. Es war ein Vergehen an der Natur und es widersprach den Schwüren, die er als Weiser von Shakara einst geleistet hatte – doch trotz des Schmerzes, den er fühlte und der ihn an manchen Tagen zu überwältigen drohte, war sein Überlebenswille stärker gewesen.

Vielleicht, weil er ahnte, dass dies noch nicht alles gewesen war. Vielleicht, weil er hoffte, sie eines Tages noch einmal wiederzusehen.

Alannah …

Mit einem Keuchen kippte das Höhlenmonstrum von den Beinen, die Klinge tief im Körper. Schwerfällig zuckte es, dann blieb es ausgestreckt liegen. Das Ungeheuer, das die Zwerge von Grundal in Furcht und Schrecken versetzt, das ihre Bergwerke überfallen und durch die Minen bis in ihre Festung vorgedrungen war, war tot.

Jenseits des Lichtscheins, dort, wo die Kreatur auf Granock gelauert hatte, war ein rötliches Schimmern zu erkennen. Der Zauberer brauchte nicht erst nachzusehen, um zu wissen, was es war: Der Rubin von Grundal, dessentwegen so viele Zwerge die gefahrvolle Reise in den Berg auf sich genommen und ihr Leben gelassen hatten. Der der Grund dafür war, dass die Bestie aus ihrem Jahrtausende währenden Schlaf geweckt worden war.

Er hatte ihn gefunden …

Wie heißt es so schön? Ende gut, alles gut.

So wie es unser Held Granock am Ende dieses Buches doch noch geschafft hat, im Augenblick größter Gefahr zu triumphieren und den Preis zu erringen, hoffe ich, dass auch ihr schon bald von euch behaupten könnt, die Reise hinter euch gebracht und euer eigenes Romanprojekt fertiggestellt zu haben – und es würde mich freuen, wenn ich dabei ein klein wenig euer Helfer und Mentor gewesen bin.

Auf Farawyns Spuren habe ich versucht, euch auf das vorzubereiten, was euch dort draußen erwartet; ich habe nicht übertrieben, aber auch nichts beschönigt. Es war mir wichtig, einen realistischen Blick auf die Gefahren und Schwierigkeiten, aber auch auf die Chancen dieses Berufs zu gewähren, der bisweilen hart sein und Zähne zeigen, aber unbestritten auch einer der schönsten der Welt sein kann. Ich hoffe deshalb, keinen von euch entmutigt zu haben – wenn ihr wirklich vorhabt, euer Romanprojekt zum Abschluss zu bringen oder den beruflichen Weg des Schriftstellers einzuschlagen, so wird euch ohnehin nichts und niemand – auch ich nicht – davon abbringen können.

Davon, dass aller Anfang schwer ist, weiß ich selbst ein Liedchen zu singen – mit den Absagen, die ich anfangs bekommen habe und in denen meist davon die Rede war, dass das eingesandte Manuskript »nicht dem Verlagsprogramm entspreche« und deshalb »zur Entlastung des Schreibtischs« zurückgeschickt würde, könnte ich locker eine Wand in meinem Büro tapezieren. Es ist wichtig, dass ihr durchhaltet und an euch glaubt. Nehmt euch berechtigte Kritik zu Herzen und verbessert euch, wo ihr könnt – aber besinnt euch auch stets auf das, was ihr könnt und erreichen wollt. Der alte Grundsatz, dass Qualität sich letztlich durchsetzt, bewahrheitet sich immer wieder – auch wenn es dazu mitunter einiger Geduld bedarf.

Für eure eigene Heldenreise als Autoren wünsche ich euch also alles Gute und viel Erfolg. Vielleicht begegnen wir uns ja einmal persönlich auf einer Lesung oder Messe.

Dann nicht mehr als Autor und Leser.

Sondern als Kollegen.

Literaturverzeichnis

Hier die Titel einiger Werke, die mir bei meiner Arbeit geholfen haben und die auch im Handbuch erwähnt sind:

Campbell, Joseph
Der Heros in tausend Gestalten
Frankfurt/Leipzig 1999

Clute, John / Grant, John
The Encyclopedia of Fantasy.
New York 1999

Day, David
Tolkiens Welt. Die mythologischen Quellen des Herrn der Ringe.
Stuttgart 2003

Field, Syd
Das Drehbuch. Die Grundlagen des Drehbuchschreibens.
Berlin 2007

Orkrand, Marc
The Klingon Dictionary
New York 1992

Pesch, Helmut W.
Das große Elbisch-Buch
Bergisch Gladbach 2009

Vogler, Christopher
The Writer's Journey
Los Angeles 1992

Whitfield, Stephen E.
The Making of Star Trek
New York 1968

Namens- und Sachregister

Danksagung

Auch das Schreiben dieses Handbuchs war eine abenteuerliche Reise, auf die ich mich begeben habe und während der ich einmal mehr auf die Archetypen der Fantasy und des Mythos gestoßen bin – all denen, die meine Reise in der einen oder anderen Funktion begleitet haben, möchte ich daher an dieser Stelle herzlich danken.

Mein Dank gilt natürlich euch, meinen Lesern, die ihr mich auf dieses Thema aufmerksam gemacht und zum Abenteuer gerufen habt; ich danke dem Piper-Verlag und Carsten Polzin, dass sie sich auf dieses Experiment eingelassen haben, außerdem Peter Molden und Martin Eichhorst, die mir als Experten für Verlagsvertrags- bzw. Steuerrecht beratend zur Seite gestanden haben.

Und natürlich danke ich – um im Bild zu bleiben – all den Lehrern und Mentoren, die glücklicherweise immer dann zur Stelle waren, wenn es darum ging, Schwellen zu überschreiten und in neue Gefilde vorzustoßen: Manfred Knorr dafür, dass er mich über das Genre hat schreiben lassen, das ich am liebsten mag; Peter Thannisch, weil ich eine Zeit lang JERRY COTTON sein durfte; dem leider bereits verstorbenen Uli Steffan dafür, dass er mir die Chance gab, mein erstes Taschenbuch zu schreiben; Stefan Bauer für die Möglichkeit, meinen ersten historischen

Roman zu veröffentlichen; Friedel Wahren dafür, dass sie mich für die Fantasy entdeckt hat; und meinem Agenten Peter Molden, dass er Türen geöffnet hat, die ohne sein Zutun verschlossen geblieben wären.

Ob in dieser Branche oder in einer anderen – Erfolg kann sich nur einstellen, wenn wir Helfer haben, die uns dort zur Seite stehen, wo wir selbst nicht weiterwüssten. Insofern hoffe ich, dass dieses Buch auch für euch, liebe Leser, den einen oder anderen wertvollen Hinweis enthalten hat.

Michael Peinkofer
Mai 2012

SEI UNSER
HELD!
PIPER FANTASY
Gleich mitmachen und die magische
Welt der Piper Fantasy erleben! Neugierig?
Dann auf zu www.piper-fantasy.de!
Piper-Fantasy.de
PIPER